KB032988

음악의 신

음악의 신 4

이창연 장편소설

초판 1쇄 찍은 날 | 2017년 1월 16일
초판 1쇄 펴낸 날 | 2017년 1월 23일

지은이 | 이창연
펴낸이 | 예경원

기획 | 위시북스
편집책임 | 박우진
편집 | 이즈플러스

펴낸곳 | 예원북스
등록번호 | 제396-2012-000132호
등록일자 | 2012. 7. 25
KFN | 제1-063호

주소 | 경기도 고양시 일산동구 호수로 646-24 위너스21 II 빌딩 206A호 (우)10401
전화 | 031-819-9431 팩스 | 031-817-9432
E-mail | yewonbooks@naver.com

ISBN 979-11-6098-003-5 04810
       979-11-5845-408-1 (set)

음악의 신

이창연 장편소설

WISHBOOKS MODERN FANTASY STORY

4

Wish
Books

CONTENTS

음악의 신

1화
미국에서

밴드 같이 하실 분을 구합니다.

구인 멤버.

드럼, 베이스, 기타, 신디사이저, 그 외 인원까지 약 5명 정도 구인 예정입니다. 제가 보컬이에요.

생각해 둔 곡이 있습니다. 멤버가 확정되었을 때 다시 상의드릴게요.

장르는 구애받지 않아요.

*서울 거주자 대환영! (어디든 상관없어요!)

*악기 잘 다루시고, 소지자였으면 좋겠어요!

자세한 사항은 010-XXXX-XXXX로 연락주세여~♡

이현아는 홍대 거리에 직접 구인광고를 붙이며 돌아다녔

다. 몇몇 이들은 그녀에게 직접 광고지를 받아가기도 했다. 거리를 돌며 거리공연을 하는 이들에게 광고지를 돌리기도 하고 악기를 든 사람들에게 다가가 전하기도 하는 등 그녀는 밴드를 모집하기 위해 정성을 다했다.

그렇게 아침부터 날이 어두워지기까지 광고지를 돌렸지만 그녀의 휴대전화는 조용했다.

"첫날이라 그런가……."

이현아는 시끌벅적한 거리 한쪽에 걸터앉아 멍하니 앉았다. 아침부터 돌아다닌 탓에 힘이 많이 들었다. 간혹 사인을 원한 이들은 있었지만, 밴드라는 말에는 사람들이 쉽게 반응하지 않아 기운이 빠졌다.

멍하니 거리공연을 지켜보고 있을 때, 덩치 큰 남자 한 명이 다가왔다.

"저기, 이 전단 돌리신 분 맞죠?"

그들은 손에 전단을 들고 있었다.

"네, 네."

"제가 베이스를 하는데 노래 한 번만 들어봐도 될까요?

"물론이죠!"

어디서 기운이 솟아났는지 이현아는 당장 자리에서 일어나 남자를 이끌고 가까운 카페로 향했다.

10시간이 넘는 비행 끝에 강윤 일행은 미국 LA 국제공항에 도착했다. 수속을 밟고 나오는 모두에게선 긴 비행의 여독이 느껴졌다. 모두가 지친 얼굴로 출국장을 나서는데 에일리 정이 멀리서 누군가를 보며 달려갔다.

"Papa!"

에일리는 소녀들이 제지도 하기 전에 누군가에게 안겼다.

"Ailee!"

"Papa!"

소녀들이 동요했지만 강윤은 그가 누구인지 알고 있었다. 그는 에일리 정의 아버지였다. 그는 소녀들을 뒤로하고 그에게 다가가 인사했다. 이어 모두가 통성명하고 그의 뒤를 따랐다. 오늘부터 모두가 에일리 정의 집에서 머물 예정이었다.

강윤은 에일리 정과 함께 그녀의 아버지가 운전하는 차에 올랐다. 다른 소녀들은 따로 대여한 차를 타고 뒤따랐다.

"무리한 요청이었을 텐데 들어주셔서 감사드립니다, 팀장님."

"아닙니다. 경비를 줄일 수 있어서 저희야말로 감사하죠."

강윤은 손사래를 쳤다. 이번 미국행을 올 수 있었던 결정적인 이유는 여기에 있었다. 에일리 정의 아버지가 숙박에 따른 모든 경비를 부담했기에 여행경비가 획기적으로 줄었기 때문이었다.

"Papa, 돈 너무 많이 쓰는 거 아냐?"

"괜찮아. 우리 에일리 한 번 더 보는데 이 정도야 괜찮아."

"Papa!"

"……."

강윤을 앞에 두고 부녀는 신파극을 벌이고 있었다.

"잇차!"

"고마워."

부녀간의 신파극이 벌어지는 가운데 정민아는 한주연의 묵직한 가방을 내려주고 있었다.

'정민아가 많이 변했네.'

이전에는 자기만 알고 이기려고만 했던 정민아였는데, 어느새 배려하고 동료를 돕는 모습을 보이기 시작했다. 강윤은 대견하게 느껴졌다.

일행은 차로 한참을 달려 에일리 정의 집에 도착했다. 그녀의 집은 LA 외곽에 있었다. 모두가 머무를 수 있을 정도의 큰 저택이었다. 작지만 정원도 있었고 뒤에는 풀장도 있었다. 한국에서는 보기 힘든 화려한 집에 모두가 입을 쩌억 벌렸다.

여장을 풀고 씻고 나오니 금방 밤이 되었다. 소녀들은 여행 첫날이라는 설렘이 가득했지만, 시차라는 복병을 이기지 못하고 일찍 잠이 들었다.

두 번째 날.

강윤은 모두와 함께 캐릭터들이 살아 숨 쉬는 놀이동산으로 향했다. 세계에서 가장 유명하다는 그 놀이동산이었다.

"으아아아아아아아아아!"

"끼아아아아아아아아아—!"

생전 처음 타 보는 롤러코스터 위에서 강윤은 세상이 떠나가라 비명을 질렀다. 그의 옆에선 정민아가 강윤과 함께 한목소리를 내고 있었다.

"콤비네, 콤비야."

롤러코스터 밑에선 크리스티 안이 그들의 소리에 한심하다는 듯 고개를 흔들었다.

"완전 끝내주지 않아요?"

"이게 재밌냐!"

2분 남짓한 놀이기구 타임이 끝나고 출구에서 강윤은 정민아의 부축을 받으며 비틀거렸다. 소녀들뿐 아니라 매니저들까지 그들을 보며 킥킥거렸다.

놀이동산의 끝은 놀이기구다. 모두가 각자의 취향대로 놀이기구를 즐기며 한가로운 시간을 즐겼다. 강윤은 롤러코스터 이후 절대 놀이기구 근처도 가지 않으려 했다. 어지러운 건 딱 질색이었다. 정민아가 남자가 왜 이리 약하냐며 툴툴댔지만, 전혀 개의치 않았다.

하루는 무척 빨랐다. 에너지 넘치는 소녀들이 거의 전 놀이기구를 섭렵했을 무렵, 날이 뉘엿뉘엿 저물고 있었다.

"돌아갈까?"

강윤의 말에 모두가 아쉬워했지만, 소녀들은 발걸음을 돌렸다.

소녀들의 미국 일정은 휴식과 관광이 대부분이었다. 소녀들은 혹시나 공부나 공연이 있지 않을까 걱정했지만, 전혀 그런 건 없었다. 모두가 함께 행동해야 한다는 제약 외에는 관광이나 다름없었다. 한국과는 완전히 다른 세상에 모두가 눈을 크게 뗬고 웃고 떠들었다.

시간은 빠르게 흘러 한국으로 돌아가기 하루 전날.

강윤은 소녀들에게 티켓을 내밀었다.

"이게 뭐예요?"

정민아의 물음에 강윤 대신 옆의 크리스티 안이 대신 답해주었다.

"티켓이잖아. 눈 안보이냐?"

"그래, 안 보인다. 싸울까?"

정민아와 크리스티 안이 평소처럼 티격대려 했지만 이내 강윤이 두 사람에게 꿀밤을 먹이며 진정시켰다.

"맨날 나만……."

"오늘 세무얼 존슨 공연 보러 갈 거야. 감상문 내라곤 안 할 건데 평은 물어볼 거야. 알았지?"

"네에."

정민아가 투덜거렸지만 강윤은 쿨하게 무시해 주었다. 무시당한 그녀가 바닥에 원을 그리자 모든 소녀들이 낄낄거렸다.

'코믹하네.'

소녀들과 장난을 치는 와중에도 강윤은 한 명 한 명의 교우관계를 보고 있었다. 부드럽게 대처하는 서한유부터 익살스럽지만 배려 넘치는 이삼순에 징징대지만 자기 자리를 지켜주는 에일리 정 등 모두를 강윤은 눈에 담고 있었다.

소녀들과 함께 강윤은 집을 나서 공연장으로 향했다.

"사람 와안전……."

한주연은 거대한 공연장을 가득 메운 관객들을 보며 가볍게 몸을 떨었다. 아니, 압도되었다는 표현이 옳았다. 가운데 무대를 중심으로 주욱 퍼져 나가는 형태의 공연장은 사방이 관객으로 꽉꽉 들어차 있었다.

"오만 명은 수용한다니까 이 정도는 돼야지."

"오…… 오만 명이요?!"

잘 놀라는 일 없는 서한유도 경악을 금치 못했다. 주변을 보니 사람들이 발에 채일 만큼 많았다. 그 사람들이 저기에서는 가수 하나를 보러 온다는 게 믿기지 않았다.

일행 모두가 일렬로 자리를 잡고 앉았다. 소녀들은 사람들이 아직도 계속 들어오고 있는 게 신기했는지 사방의 입구를 뚫어지게 바라보고 있었다. 이 거대한 공연장이 가득 들어찬다는 게 생각할수록 신기했다.

"팀장님, 그런데 오늘 가수가 어떤 사람이에요?"

강윤 옆에 자리를 잡은 정민아가 물었다.

"셰무얼 존슨. 80년대 최고의 가수지. 지금도 물론 최고의 가수라 불리는 사람이고. 이름은 들어보지 않았어?"

"아아. 들어봤어요. 린댄스하고 문워크!"

"맞아. 이 가수가 왜 유명하냐면 당시 가수들은 노래를 부를 때나 공연을 할 때 리듬 타면서 몸만 조금만 움직였었거든. 그런데 셰무얼 존슨이 처음으로 무대에서 춤을 추기 시작했지. 선구자야."

"아, 원래 무대에서 춤은 없었어요?"

정민아는 처음 듣는 말에 귀를 쫑긋 세웠다. 그 모습이 귀여워 강윤은 말을 이어갔다.

"정확히 말하면 춤과 노래는 엄연히 나뉘어 있었어. 그런데 셰무얼 존슨이 등장하면서 노래에 퍼포먼스가 본격적으로 등장했지. 그 외에도 지금의 무대장치, 뮤직비디오 스토리 등 음악사에 큰 영향을 미쳤어. 최고의 가수라고 불릴 만하지?"

"아아. 엄청나네요. 아, 불 꺼진다."

공연이 시작되려는지 사방에 불이 꺼졌다. 그리고 무대 앞 거대한 스크린에 숫자가 뜨기 시작했다. 덩그러니 10부터 하나하나 줄어가는데 관객들 모두가 외치기 시작했다.

"Five!"

"Four!"

관객들은 역동적이었다. 소녀들도 관객이 되어 이들의 외침에 동참했다. 숫자는 순식간에 줄어 1이 되고, 0이 되었다. 그리고 큰 폭음과 함께 사람들의 거대한 함성이 터져나갔다.

"Wow—!"

함성이 터지며 무대에 불이 켜졌다. 그리고 무대 위에…….

'응?'

아무도 없었다. 신이 나서 함성을 내지르던 관객들도 소녀들도 모두가 의아함에 주변을 돌아보기 시작했다.

'뭐지?'

강윤은 사고라도 난 것일까, 의아했다. 5만 명의 관객이 저마다 의아함에 빠지려는 그때. 띠리릭 하는 소리와 함께 사람 형상의 홀로그램이 등장했다. 세무얼 존슨의 홀로그램이었다. 홀로그램은 세무얼 존슨이 과거 보였던 퍼포먼스들을 축약해서 하나하나 선보이며 시간을 빠르게 흘려보내기 시작했다.

음악이 점차 빨라지며 분위기를 고조시켰고 혼란에 빠지려던 관객들을 순식간에 몰입시켰다.

그런데 둥둥 소리가 점점 커지더니 갑자기 홀로그램이 휙 증발해 버렸다. 또다시 사람들이 혼란에 빠지려는 그때!

불기둥이 사방에서 터지더니 무대 밑에서 누군가가 튀어나왔다. 그와 동시에 세무얼 존슨의 홀로그램 2개가 함께 등장했다.

"Wow-! Samuel! Samuel-!"

무대 밑에서 튀어나온 이는 진짜 세무얼이었다. 그와 홀로그램들의 춤이 하나가 되며 사람들의 혼을 순식간에 빼앗기 시작했다.

♪ ♪♩ ♪♫♪ ♪♪

"강윤이가 없으니 회사가 조용하군."

원진문 회장은 강윤의 빈 사무실에 있었다. 그의 뒤를 이현지 사장이 따르고 있었다.

"확실히 팍 치고 나가는 맛이 없는 것 같습니다."

"자네도 그렇게 느끼나?"

강윤이 미국으로 향한 지 4일째. 강윤에게서 넘어오는 시원한 보고서가 없으니 그는 심심했다.

"공연팀은 어떻게 되고 있나? 이 팀장이 걸그룹에만 집중하고 있어서 걱정되는데."

"후유……."

회장 앞에서 보이면 안 되는 모습이었지만 이현지 사장은 깊은 한숨을 내쉬었다. 큰일을 따오려고 해도 강윤이 저리 집중을 하고 있으니 어찌할 도리가 없었다.

"조금만 참게. 애들 데뷔하고 자리만 잡으면 바로 공연팀으로 보내줄 테니까."

"알겠습니다. 하지만 이번 연말 콘서트들은 힘들 것 같습니다."

"할 수 없지. 대신 내 배려해 주겠네."

이현지 사장은 지난번 주아 난입 같은 일이 나지 않도록 원진문 회장에게 몇 번이고 강조했다. 그는 결재란에 사인을 하며 말을 추가했다.

"그런데 말이야. 강윤이를 공연팀에만 두는 건 아깝지 않나? 강윤이면 다른 일들도 잘할 것 같은데."

"그렇지 않아도 스스로 부족하다 생각해 음악이론도 배우고 있습니다."

"그것만으론 부족해."

원진문 회장은 만족스럽지 않았다. 그는 잠시 펜대를 굴리다 좋은 생각이 떠올랐는지 손바닥을 쳤다.

"공연팀이라는 말도 좋지만 내 생각엔 공연만 줄기차게 하는 것보다는 음악에 관련된 여러 업무를 하는 게 어떨까 하는 생각이 들어. 강윤이도 더 키우고, 회사에도 이익이고. 일석이조 아닌가?"

"음악에 관련된 종합업무팀 결성을 말씀하신 건가요?"

"비슷하네. 전문 팀원들도 결성하고, 업무팀 인원도 바꿔야겠지. 역시, 이 사장은 눈치가 빨라서 좋아."

"추진하겠습니다."

이현지 사장은 자신 있게 대답했다.

강윤의 곡을 보는 센스에 사람들을 규합하는 능력 등 지금까지의 모든 것들을 종합해 보면 그녀는 충분히 가능성이 있다 판단했다.

세무얼의 무대가 계속되고 있었다.

영어를 알아들을 수 없는 정민아나 이삼순도 스토리가 있는 퍼포먼스에 하나둘씩 빠져들기 시작했다. 세무얼의 무대에는 극한에 달한 화려함도 있었지만, 곡마다 이야기가 있었다. 단순히 언어만이 아니라 퍼포먼스로, 빛으로 그는 말하고 있었다.

수많은 음표가 하나가 되어 눈부신 하얀빛을 만들어내는 광경을 보며 강윤은 감탄을 금치 못했다. 그 빛이 관객들에게 녹아드는 모습은 장관이었다. 30명이 한 번에 춤을 추면서도 칼같이 맞아 떨어지는 군무하며 어린이 합창단과의 화음은 다시 봐도 보기 힘든 아름다운 장면이었다.

"⋯⋯."

정민아는 이미 넋을 놓았다. 말이 통하고 통하지 않고는 상관없었다. 특히 그녀는 칼군무에 완전히 반해 머릿속에서 잊히질 않았다. 남녀 가리지 않고 30명이 하나의 동작을 연출해 내는 모습은 하나의 예술이었다.

[이제, 마지막 곡입니다.]

셰무얼 존슨이 땀에 젖은 이마를 훔쳤다. 그의 말에 관객들 모두가 진한 아쉬움을 표했지만, 그는 특유의 부드러운 미소만을 보낼 뿐이었다.

[마지막은 모두가 함께했으면 합니다.]

그는 차분히 마음을 가라앉히고 헤드셋을 벗었다. 그리고 스태프가 가져다준 마이크를 잡았다. 무대 뒤, 하우스 밴드의 음악이 흐르며 어린이 합창단의 허밍이 반주에 힘을 더하기 시작했다.

―Make―our world―a better place――

셰무얼 존슨의 특색있는 목소리가 어우러졌다. 이전까지 환호로 답했던 관객들은 이번에는 손을 들고 흔들며 화답했다. 강윤과 소녀들도 하나같이 손을 들었다.

셰무얼 존슨은 눈을 감고 노래에 빠져들었다. 편안하게 이야기하듯 부르는 노래였다. 담담한 멜로디로 잔잔하게 흘러갔지만 '네가 세상을 치유하는 한 사람'이라는 엄청난 메시지가 들어 있었다.

그 메시지가 담겨있기 때문일까. 강윤의 눈에 엄청난 광경이 보이기 시작했다.

'금빛?!'

반주의 음표와 합창단의 음표가 하얀빛을 만들어내는 가

운데, 세무얼 존슨의 음표가 곁들여지니 찬란한 황금빛을 발하기 시작했다. 처음에는 하얀빛이 점차 황금빛으로 물들더니 이젠 하얀빛은 전혀 보이지 않았다. 황금빛은 스며드는 하얀빛과는 달리 강하게 사람들에게 푹푹 파고들었다. 잔잔하게 말하는 듯한 노래와는 달리, 노래가 가진 힘은 엄청났다.

'이게 뭐야?! 최고의 가수는 이 정도였나?!'

새로운 세계를 본 기분이었다. 퍼포먼스, 공연 연출도 좋았다. 그러나 노래로 이런 엄청난 영향력을 발휘하다니……. 강윤은 새삼 세계 최고 가수의 위엄에 경악했다. 이미 소녀들은 손을 흔들며 세무얼 존슨의 노래에 깊이 빠져들어 있었다.

거기에 더해 무대의 전광판에는 전쟁, 기아 등으로 고생하는 사람들과 이들을 위해 노력하는 사람들의 영상이 흘러나오고 있었다. 그게 화룡점정이었다. 빛나던 금빛이 절정을 향해 치달았다. 노래는 끝까지 잔잔했지만, 사람들은 격동했다. 눈물을 흘리는 사람, 다짐하는 사람 등등 감정마저 변화시키고 있었다.

―Heal!

점차 사라져 가는 노래와 함께 조명도 조금씩 어두워졌다. 음악이 사그라지는 가운데 세무얼의 모습이 어둠 속으로 점차 사라져 갔다.

"Wowowowowoowowow―!"

노래가 완전히 사라지고, 어둠이 깔릴 때 사람들의 환호가 무대의 마지막을 장식했다.

"……대박. 이런 콘서트 처음임."

"저도요. 못 잊을 것 같아요."

한주연과 서한유의 대화처럼 소녀들 모두에게 오늘 콘서트는 깊이 각인되었다. 그녀들은 심지어 관객들이 퇴장하는 곳에 설치된 아프리카 돕기 성금도 냈다. 노래의 영향력이었다.

일행 모두가 차에 올랐다. 소녀들이 정신없이 콘서트 이야기를 하는 와중에 강윤도 홀로 창가에 앉아 콘서트를 정리했다.

'최고의 가수를 저런 무대에 세울 수 있다면…….'

찬란한 황금빛의 공연.

모두를 눈물과 웃음으로 물들인 공연이 강윤에겐 잊히지 않았다.

'이게 세계구나.'

세계에는 이런 공연을 하는 사람들이 있었다. 이걸 몰랐다면 우물 안 개구리로 썩어갈 뻔했다. 과거로 넘어와 승승장구하고 있었지만, 세계는 무척 넓었다. 지향점을 발견한 것 같아 강윤은 기뻤다.

"아저씨! 쟤가 자꾸 때려요!"

"……내가 언제! 니가 먼저 때렸잖아."

정민아가 강윤 옆에 폴짝 앉으며 크리스티 안을 손가락으로 가리켰다. 그 때문에 강윤은 사색에서 나와야 했다. 저 멀리서 크리스티 안이 놀라 씩씩대고 있었다. 강윤은 말없이 정민아와 크리스티 안에게 꿀밤을 먹여주었다.

"아얏!"

"악!"

"차 안에서 누가 돌아다니래."

"하여간 맨날 나만……."

정민아가 투덜거리자 강윤은 말없이 주먹을 쥐었다. 정민아가 놀라 바로 크리스티 안 옆으로 대피하고 다른 소녀들 모두가 킥킥대며 웃었다.

평온한 시간은 그렇게 흘러가고 있었다.

2화
1년의 결과

　미국에서 돌아온 이후, 강윤의 시간은 정신없이 흘러갔다.

　첫 데뷔 무대를 가질 K 케이블의 '뮤직 카운터' 프로듀서와 어떤 콘셉트로 데뷔 무대를 가질 것인지 이야기도 나눈후 홍보팀과 이후 어떻게 홍보 활동을 펼칠 것인지에 대해서도 논의도 해야 했다.

　홍보팀 회의가 끝난 후, 강윤은 그 결과를 기획팀과 나누고 있었다.

　"……에디오스 전문 방송 말씀이십니까?"

　기획팀 김준선 과장은 강윤이 가져온 보고서를 보며 이마를 좁혔다. 그의 옆에 있는 민준혁 대리나 강창선 대리도 마찬가지였다. 특히 강창선 대리는 확실히 반대 의견을 내놓았다.

　"방송 뒤의 모습을 공개한다 하셨습니다. 그렇다면 밴에서의 휴식이나 연습, 사생활까지 모두 드러내게 됩니다. 스타는 동경의 대상이 되야 오래 갈 텐데 초반부터 너무 많이 공개되면 곤란하다 생각합니다."

그의 말도 틀리지 않았다. 강윤도 그의 말을 이해하는지 부드럽게 말을 이었다.

"강 대리의 말도 맞습니다. 그러나 방송이 나가는 시점을 생각해 보면 데뷔 후 한 달 정도가 되겠죠. 정말 잘된다면 1위를 해서 인지도가 쌓이는 시점이 될 테고 잘 안 된다면 중간이나 바닥에서 아등바등하고 있을지도 모릅니다. 하지만 공통점이 있죠. 주 타깃이 될 10대들에게 이들은 단순한 동경의 대상은 아닙니다. 나도 노력하면 될 수 있다. 쟤들은 내 미래다, 결국은 꿈이죠. 그만큼 친숙한 존재들입니다. 우리는 그 틈을 파고듭니다."

"팀장님, 가수가 그렇게 쉽게 되는 건 아니잖습니까."

김준선 대리가 강윤의 말에 반박했다. 그러나 강윤이 고개를 저었다.

"우리는 잘 아니까 그렇게 말할 수 있죠. 하지만 10대들은 앞만 보고 달립니다. 노래 잘하고, 춤 잘 추면 이 지독한 경쟁을 뚫을 수 있다고 확신합니다. 우린 그게 전부가 아니라는 걸 알지만, 저들은 그렇지 않죠. 우린 그런 트렌드를 이용해 한발자국 다가가는 전략을 쓰는 겁니다. 방송은 그 일환입니다."

강윤의 요지는 에디오스의 방송 후의 뒷모습이 조금 나간다 해도 흥미를 유발했으면 유발했지 신비감이나 동경이 떨어지진 않을 거란 말이었다. 그 요지를 알아들은 모두는 결국 수긍했다.

"알겠습니다. 추진하겠습니다."

김준선 과장이 필요한 부분들을 체크했다.

강윤은 이후 중요한 안건들을 나누고 회의를 마쳤다.

'아…… 피곤해.'

회의실을 나오며 강윤은 몸이 추욱 늘어지는 걸 느꼈다. 귀국한 이후, 시차에 적응할 시간도 없이 정신없이 일에 몰입했다. 몸이 축나지 않았나 염려될 지경이었다. 그러나 강윤이 들어가야 할 회의는 아직도 여러 개 되었다. 쌓여 있는 일들에 그는 몰래 한숨지었다.

끝이 보이지 않을 것 같은 일들의 향연은 늦은 밤이 되어서야 끝이 났다. 지독한 회의의 릴레이를 끝낸 강윤은 기어이 모든 서류들을 처리하고 나서야 사무실을 나섰다. 내일이면 이 서류들은 사장실로 올라갈 터. 내일 아침, 서류 더미에 깔릴 이현지 사장을 생각하니 강윤은 작게 웃음이 나왔다.

강윤이 집에 돌아오니 희윤이 화성학 책을 보며 그를 기다리고 있었다.

"다녀오셨어요?"

"늦었는데 왜 안 자고 있었어?"

강윤이 항상 말해도 희윤은 요지부동이었다. 물론 몸이 너무 피곤하면 자는 날도 있었지만, 이 착한 동생은 강윤이 오기 전에는 어지간해선 잠자리에 들지 않았다. 강윤은 괜히 희윤에게 미안해지곤 했다.

"어? 음악공부 하고 있었어?"

"응. 이거 오빠가 보는 거지?"

"어. 어렵지 않아?"

"조금 어렵긴 한데, 그래도 할 만해."

강윤은 조금 놀랐다. 강윤은 화성학 기초를 혼자 이해하기 위해 몇 번을 보고 또 봐야 간신히 이해가 되었다. 할 만하다니, 젊은 머리가 역시 좋긴 좋다고 느껴졌다.

"책 필요하면 말해. 더 사줄게."

"응. 그런데 오빠, 작곡 같은 거 배우려고?"

"할 수 있으면 해보고 싶어. 쉽진 않겠지만."

"우와, 우리 오빠 대단한데?"

"아직은 잘 몰라. 음표인지 콩나물인지 아직 구별도 안가."

그는 전혀 아니라 했지만 희윤은 항상 강윤이 노력한다는 걸 잘 알았다. 그는 매니저 시절에도 기획에 대해 배운다며 프로듀서들에게 주워들은 몇 마디를 일일이 필기해 외우고 다녔다. 희윤은 그가 지금은 잘 못한다 해도 조만간 이 배운 걸 크게 활용할 거라 믿었다.

'나도 뭔가를 해야 하는데.'

항상 노력하는 강윤을 보면 약한 몸은 핑계였다. 억지로라도 시간을 쪼개서 뭔가를 하는 모습을 보면 '이대로는 안 되겠다'라는 생각이 절로 들었다.

'이거, 제대로 해볼까?'

가볍게 읽던 '화성학 기초' 책을 보며 희윤은 눈을 빛냈다. 마침 이게 재미도 있었다.

최근 MG엔터테인먼트에서 가장 핫한 화제는 '에디오스'의 데뷔였다. 회사가 전체가 에디오스에 매달려 역량을 집중하고 있는 지금, 이사들이든 회장단이든 누구도 자신의 이익을 앞세우지 못했다.

에디오스의 데뷔 전, 마지막 이사회의.

이사회의에 거의 불려 나오지 않는 강윤이었지만 오늘은 스스로 자청해 이사회의에 나왔다. 그는 프로젝트에 PPT 파일을 열고는 모두에게 프레젠테이션하고 있었다.

"……데뷔 무대는 K 케이블 뮤직 카운트에서 가지게 되었습니다. 12월 2번째 주. 시간은 8분 정도입니다."

"데뷔 무대부터 상당한 시간을 얻었군. 크리스마스 시즌이라 대목일 텐데."

"MG엔터테인먼트의 이름값을 톡톡히 봤습니다."

강윤이 그렇게 말했지만 원진문 회장은 고개를 저었다. 그뿐만 아니라 다른 이사들도 신인이 5분 이상을 할애 받는 게 쉽지 않다는 걸 잘 알았다. 강윤의 영업 능력이었다.

"주아 일본 데뷔 무대와 양상이 비슷하게 흘러가는군. 이번엔 스캔들 같은 건 없나?"

"하하하."

원진문 회장이 가볍게 분위기를 전환했다. 강윤도 같이 웃으며 자료를 넘겼다.

현재 어떤 연습을 하고 있으며 앞으로 어떻게 홍보를 할 것인지, 그리고 어떤 활동을 하게 될 예정인지 강윤은 상세하게 설명했다. 상당한 시간이 소요되었지만, 모두가 필기까지 하며 그의 이야기에 집중했다.

"……이상입니다. 질문 있으십니까?"

그러나 이전 이사회의와는 달리 마이크를 잡는 이는 없었다. 모두 원진문 회장의 눈치를 살피는 중이었다. 강윤은 주변을 한번 주욱 둘러보곤 선언했다.

"이상으로 에디오스 데뷔 관련 프레젠테이션을 마치겠습니다."

큰 박수갈채가 이어졌다. 강윤은 공손히 인사하고는 이현지 사장 옆에 앉았다. 상석 바로 옆이었지만 누구도 제지하는 이가 없었다. 은연중에 그가 사내에서 중요한 위치에 있다고 인정받은 셈이었다.

"에디오스, 약속(ED)을 주다(DIO)라. 뜻도, 어감도 참 좋아. 그렇게 생각하지 않나?"

"그렇습니다, 회장님."

정현태 이사가 얼른 답했다. 다른 이사들이 인상을 썼지만, 점수를 따기 위한 사회생활은 멈추지 않았다.

"좋군. 오늘은 여기까지 하지. 다른 이사진들도 에디오스에 신경들 써 주시고."

"네, 회장님."

"에디오스에 민진서까지. 올해의 마지막은 좋은 일들로 가득해서 좋군. 일어나세."

원진문 회장은 기분이 좋은지 콧노래까지 흥얼거리며 먼저 회의실을 나섰다. 이어 이사들이 삼삼오오 모여 밖으로 나섰고 강윤과 이현지 사장만이 회의실에 남았다.

"수고했어요."

"수고하셨습니다."

이현지 사장은 강윤에게 사탕을 내밀었다. 달달한 사탕은 빠진 기운을 북돋워 주었다. 강윤은 감사하게 받고 입에 넣었다. 달달한 맛이 아주 일품이었다.

"이 팀장은 항상 칭찬만 받네요. 사람들이 착각하겠어요. 회장님 아들로."

"설마 그러겠습니까."

"나부터가 그럴 것 같네요."

조금은 실없는 말에 강윤은 실소를 머금었다. 강윤이 앞으로 나가 노트북과 자료들을 정리할 때 이현지 사장이 말을 걸어왔다.

"진서가 시상식 후보로 거론되고 있다는 이야기 들었나요?"

"그렇습니까? 처음 듣습니다."

"아직은 흘러나오는 이야기라 신빙성은 떨어져요. 하지만 '여자아역상'과 '여우조연상' 후보에 거론되고 있다더군요."

"그렇습니까?"

강윤은 놀라움을 금치 못했다. '별들의 속삭임'에 출연한 이후 민진서에게 드라마 요청이 쇄도한다 들었다. 심사숙고한 끝에 '너에게로 달린다'라는 드라마에 출연해 여자 주인공의 어린 시절을 열연, 좋은 반응을 얻고 있었다.

"그러고 보니 이 팀장, 연말 시상식에 에디오스 애들 영업하지 않았나요?"

"네. 생각해 보고 연락해 준다 했습니다."

"잘 됐으면 좋겠네요."

그녀의 바람이 강윤의 바람이었다. 그는 회의실 정리를 마치고 연습실로 향했다.

강윤이 연습실에 들어서니 한창 연습에 열을 올리던 소녀들은 음악을 멈추고 자리를 잡고 앉았다. 이젠 자동이었다.

"오늘은 리더 선발 때문에 왔어."

강윤의 말에 모두가 귀를 쫑긋 세웠다. 리더라면 회사의 말을 전달받는 일부터 여러 가지 일들을 해야 하는 중요한 자리였다. 게다가 팬들 앞에서도 '리더'라는 말이 붙기에 더 주목받기도 했다.

모두가 혹시 자기가 아닐까 하는 기대를 하며 강윤의 말을 기다렸다.

"정민아."

"네?"

"에디오스의 리더는 너야."

"네에?!"

정민아는 당황했다. 소녀들은 혹시나 하는 기대를 했다가 잠시 실망했지만 이내 수긍했는지 고개를 끄덕였다. 물론, 정민아는 예외였다.

"제, 제가 리…… 리더라고요?!"

"응. 왜?"

"마, 말도 안 돼. 제가요?!"

정민아는 다시 물었지만, 강윤의 말은 변함없었다. 그녀는 믿기지 않아 다른 소녀들을 돌아봤지만 다들 크게 반응이 없었다. 무언의 동의였다.

"이의 없지?"

"네."

너무도 쿨하게 리더라는 자리에 임명되니 정민아는 정신

을 차리지 못했다. 모름지기 리더라면 똑똑하고 잘나야 한다고 생각하고 있었다. 한주연이나 크리스티 안 정도는 되어야 한다 생각하고 있었는데 자신이라니…….

그녀는 아직도 믿지 못했다.

그러나 강윤은 그녀와 생각이 달랐다.

"민아, 너라면 모두에게 좋은 리더가 될 수 있을 거라 판단했어. 똑 부러지고 이젠 배려도 있고. 물론, 표현이 거칠긴 하지만."

모두가 강윤의 말에 공감하는지 킥킥대며 웃었다. 정민아는 전혀 그렇지 안다며 필사적으로 부정했지만 이미 날아간 비행기였다.

"자자. 리더가 음료수 쏘신단다."

"오오오! 리더! 리더!"

"……."

강윤이 모두를 선동하는 바람에 정민아는 결국 주머니에 있던 천 원짜리를 모두 털어내야 했다.

찬바람이 부는 12월. 그것도 중순이었다.

하늘에서는 눈까지 내려 이미 밖은 하얀 세상이 펼쳐지고 있었다. 조금은 늦은 첫눈에 사람들이 감탄하고, 누군가는 욕을 퍼붓기도 했다.

그러나 여기 이들에겐 아무래도 상관없는 일이었다.

"아아. 드디어 오늘……!"

"언니들 오늘 데뷔! 모이셈!"

에디오스가 데뷔하는 K 케이블 방송국 앞은 이미 만원이었다. 에디오스의 팬클럽 아리에스(Aries)는 플래카드에 야광봉 등 갖가지 준비를 다 갖추고 진을 치고 있었다.

에디오스 소녀들이 도착했을 때, 자신들의 그룹명과 멤버 이름이 쓰인 플래카드들을 들고 있는 사람들을 보며 어안이 벙벙했다.

"우와. 우리 팬클럽이야."

밴 안에서 한주연이 내리지도 못하고 중얼거리자 옆에 있던 에일리 정도 한마디 했다.

"저기 내 이름도 있다……."

교복을 입은 여중생이 자신의 이름이 쓰여진 플래카드를 들고 눈을 맞고 있는 모습을 보니 에일리 정은 마음이 복잡해졌다. 아니, 모두가 마찬가지였다.

그때 앞좌석에 있던 강윤이 차분히 말했다.

"너희를 보러 온 사람들이야. 저 고생을 하면서 말이지."

"……."

강윤의 말이 모두에게 엄청난 부담으로 다가왔다. 강윤은 당연히 알면서도 말을 이어갔다.

"저 사람들이 후회하지 않게 해줘."

"네."

잠시 멈춰 섰던 밴은 방송국 지하 주차장으로 향했다. 이삼순이 내려서 잠시 팬들에게 얼굴이라도 비쳐야 하는 거 아니냐 물었지만, 강윤은 고개를 저었다. 팬들과는 적당한 거리가 필수라는 설명과 함께.

강윤은 소녀들을 대기실로 보내고 바로 PD에게로 향했다. 뮤직 카운트를 연출하는 윤민철 PD는 조명 장치들을 살피는 조명감독과 대화 중이었다.

"안녕하십니까?"

"아, 이강윤 팀장님, 어서 오십시오."

강윤은 윤민철 PD와 반갑게 악수를 하였다. 그는 이미 윤민철 PD와 안면이 있었다. 이번 일을 하면서 몇 번 만났고 배려하며 하는 모습에 서로 호감을 느끼고 있었다. 덕분에 시간도 많이 할애받을 수 있었고 대기실도 넓은 곳으로 배정받을 수 있었다.

강윤은 스태프들에게 가져온 음료를 돌렸다. 이미 강윤의 후한 인심은 스태프들 사이에 소문이 자자했다. 덕분에 모두가 강윤에게 호의적이었다.

"이 시간에 오는 가수는 없습니다. 2시간 이상은 빌 테니까 마음껏 쓰십시오."

"감사합니다. 방송 시간은……."

"시청률이 잘 나오는 시간에 배정했습니다."

강윤과 모종의 딜을 한 그는 엄지손가락을 척 내밀었다. 결과는 쉽게 말할 수 있었지만, 그 과정에서 강윤과 섭외팀의 힘겨운 과정이 있음은 말할 것도 없었다.

무대장치가 세팅되고 무대 위에 에디오스를 위한 거대한 모형 배와 파도 모형이 들어왔다. 거기에 맞춰 조명들이 각을 잡았고 드라이아이스 분사장치가 위치를 잡았다. 파도 모형과의 조화가 맞지 않아 몇 번을 옮기는 과정이 있어 잠시 시간이 지연됐다.

"우와……."

정민아를 위시한 소녀들이 무대에 도착했다. 그녀들은 무대 화장을 하고 의상까지 갖춰 입었다. 지금 아예 방송에 나갈 녹화를 떠버릴 생각이었다.

"여기야, 여기!"

"대박대박!"

무대가 개방되고 관객들이 하나둘씩 입장하기 시작했다. 밖에서 와들와들 떨던 팬들이 붉어진 손으로 플래카드를 들며 앞좌석을 차지해 갔다. 그 모습에 소녀들은 뭉클해졌다.

"잘하자."

"응."

정민아의 말에 모두가 동의했다.

드라이 리허설은 없었다. 이미 복장을 갖췄기에 바로 드레스 리허설과 동시에 음을 맞추는 과정, 카메라 리허설이 동시에 이루어졌다. 강윤에게도 소녀들에게서 나오는 음표와 빛의 향연이 펼쳐지기 시작했다.

'컨디션들은 좋은 것 같네.'

동선을 맞추며 가볍게 추는 안무도 칼같이 박자가 맞아떨어졌다. 스태프들이 놀라고 팬들이 환호하기 시작했다. 가벼운 동작도 이럴진대 본 무대는 어쩔까, 이런 기대에서였다.

"저 애들, 정말 잘하네요."

"감사합니다."

강윤 옆에 있던 윤민철 PD도 한마디 보탰다.

6명이나 되었기에 목소리를 맞추는 데 시간이 걸렸다. 덕분에 음향 엔지니어가 조금 짜증을 냈지만, 소녀들은 타협하지 않았다. 회사에서 단단히 교육을 받은 영향이었다. 기어이 마지막 이삼순까지 마이크를 맞추고 나서야 그녀들은 제대로 자리를 잡고 무대 위에 섰다.

"MR이야?"

"네. 왜 그러세요?"

"아, 아냐. 노래가 안 나오네. 요즘 애들 격렬하게 추던데…… 괜찮으려나."

윤민철 PD는 음향 엔지니어와 대화하며 고개를 갸우뚱했다. 보통 작게 가사가 흐르는 MR로 공연하는 요즘 아이돌과 확실히 에디오스가 다르다는 생각도 들었다. 그러나 그는

PD, 개인적인 감정은 접어두었다.

조명, 음향과 각종 장치들에서 준비되었다는 무전을 접한 그는 방송팀에 무전을 전했다.

"들어갑니다!"

윤민철 PD의 신호와 함께 모든 카메라에 빨간불이 켜졌다.

에디오스의 방송 무대가 시작된 것이다.

"꺄악! 민아다! 민아 언니!"

"리스, 리스!"

정민아와 크리스티 안이 센터에 자리를 잡자 플래카드를 들고 있는 교복 소녀들이 소리를 지르며 난리가 났다. '민아 언니짱'이라는 무난한 문구부터 '리스리스 우리리스'라는 언어훈련을 연상시키는 말도 있었다.

'야, 아까 그 애들이야.'

'대박이다.'

정민아의 말에 크리스티 안이 동의했다. 저 교복 소녀들은 그녀들이 밴 안에서 봤던 추위에 떨면서도 방송국 앞을 사수했던 그녀들이었다. 뭔가를 하지도 않은 것 같은데 벌써 자신들을 이렇게 열렬히 찾아주는 팬이 생겼다니, 두 소녀는 신기했다.

모두가 대열을 갖추자 사인이 떨어지며 음악이 흐르기 시작했다. 타이틀곡, '함께하자'였다. 정민아와 크리스티 안이

스텝을 밟으며 화려하게 앞을 장식하곤 옆으로 물러나자 서한유가 그녀들 사이를 헤치고 센터로 나왔다.

ㅡ어느 날 늦은 저녁에 갔던 그 공원~ 하얀 목마 타고 돌아올 때면~

서한유의 목소리가 숨소리까지 울리며 무대를 울렸다. 그녀는 입술을 약간 가릴만한 크기의 이어 마이크를 끼고 있었다. 아니, 다른 소녀들도 모두 마찬가지였다. 그 덕분에 AR이 아닌, 라이브로 데뷔를 장식할 수 있었다.

첫 데뷔, 라이브 무대.

에디오스의 무대를 지켜보는 스태프들은 입이 쩌억 벌어졌다. 격렬한 안무에 커다란 이어 마이크를 낀 소녀들이라니, 신선한 충격이었다.

'쟤들 대단하다. 저런 안무에 라이브가 되네?'

'요즘 애들 대단해.'

뒤에서 드라이아이스를 조작하는 남자 스태프들이 수군댔다. 수다에 너무 빠져 드라이아이스가 나가야 할 타이밍이 어긋날 뻔했지만 놓치진 않았다.

은은한 노란빛과 파란빛이 감도는 무대는 화려하진 않았다. 그러나 무대 위의 에디오스를 돋보이게 하는 데 충분했다. 스포트라이트는 에디오스를 넓게 감싸며 제 몫을 해냈다.

그녀들은 지금 강렬한 하얀빛을 발하고 있었다.

'휴우.'

1절이 끝나 간주가 흐를 때, 강윤은 잠시 안도의 한숨을 내쉴 수 있었다. 간주가 흐르며 에일리 정이 나오기 전, 정민아가 무대를 화려하게 수놓는 솔로 무대가 펼쳐졌다. 힘 있는 꺾기를 비롯한 팝핍 댄스에 크게 관심 없어 하던 주변 관객들의 시선까지 단번에 사로잡았다.

'확실히 민아가 힘이 있어.'

강윤은 정민아의 춤이 빛을 더 강하게 한 것을 보았다. 강윤은 사전에 정민아가 춤을 추는 반주 시간에 더 신경을 써 달라고 사전에 주문해 놓았다. 연기 기둥이 터져 나오고 무빙라이트가 화려하게 돌아가며 정민아를 더 부각시키니 빛은 한층 강렬해졌다.

반주가 끝나고 정민아가 뒤로 들어가니 다음은 노래였다. 에일리의 힘 있는 목소리가 이어졌다.

–눈을 뜰 때면 상큼한–햇살이 나를 반기고 하루의 설렘들이 느껴지죠~

발랄한 노래지만, 힘이 실리니 느낌이 살아났다. 불필요한 힘이 아닌, 사람들의 느낌을 확 자극하는 그런 힘이었다.

강윤은 무대 뒤에서 사람들을 끌어들이는 에디오스의 데뷔 무대를 보며 숨을 죽였다.

어느새 무대는 절정으로 치닫고 있었다. 모두가 일렬로 서서 목소리를 높여가기 시작했다. 음이 높아지고 그녀들의 움직임도 더더욱 빨라졌다.

그리고 한주연이 소리를 높였다.

-좋은 일 있을 것 같아~!

음이 최고조에 달했다. 에코 효과와 함께 그녀의 소리가 한층 부각되며 멀리 퍼져 나갔다.

"와아아아아-!"

한주연의 높은 소리에 관객들이 환호하며 플래카드를 흔들었다. 야광봉을 흔들며, 소리치며 그들은 에디오스를 연호했다. 모두에게 에디오스라는 이름이 확실히 각인되는 순간이었다.

-우리 좋은 일만 생각해요~

조금씩 그녀들의 목소리가 사그라들었다. 모두의 소리가 페이드 아웃되며 관객의 함성이 한층 부각되었다. 자신들을 집어삼키는 관객들의 환호와 함께, 그녀들의 데뷔 첫 번째 무대는 그렇게 끝났다.

"감사합니다!"

"와아아아아아아아아-! 에디오스! 에디오스!"

첫 번째 무대를 마치고 소녀들 모두가 관객들이 외치는 '에디오스'를 연호하는 소리에 젖어들어 갔다.

"수고했어."

"수고하셨습니다!"

대기실에서 강윤은 두 번째 곡까지 녹화를 마치고 무대를 내려온 소녀들을 맞아주었다. 그는 큰일 없이 데뷔 무대를 마치고 내려온 그녀들이 대견스러웠다.

"우와!"

소녀들은 대기실 상을 가득 매운 음식들을 보며 함성을 내질렀다. 평소에 먹어야 하는 다이어트 식단하고는 전혀 상관없는 일반 음식들에 모두가 매우 놀랐다.

"우리 이런 거 먹어도 돼?"

크리스티 안이 걱정스럽게 물을 때 강윤이 그답지 않게 쿨하게 말했다.

"오늘만이야."

후다다다다다다다닥!

그 말과 동시에 엄청난 굉음과 함께 테이블에 놓인 치킨이며 피자며 떡볶이며 엄청난 속도로 증발하기 시작했다. 매니저들은 물론 허락한 강윤도 소녀들 틈에 끼어들 엄두를 내지 못했다. 그녀들은 아귀였다.

'팀장님, 남들이 보면 우리가 쟤들 밥도 안 주는 줄 알겠습니다.'

'아, 두야⋯⋯.'

한태형 매니저 팀장과 강윤은 군것질거리들을 모조리 쓸어버리는 소녀들을 보며 한숨지었다.

프로듀서-오지완.

작곡-로인.

작사-로인.

안무-함기훈.

윤슬 엔터테인먼트의 추만지 사장은 TV로 에디오스의 데 뷔 무대를 보며 팔짱을 끼고 있었다.

"그놈 이름은 안 나오는구만. 잘하긴 엄청 잘하네."

데뷔 무대가 끝나고, 추만지 사장은 바로 TV를 껐다. 자막에 곡에 대한 소개란을 보며 쇼케이스에서 만난 그놈, 이강윤을 떠올린 추만지 사장은 정보를 감추는 모습을 보며 피식했다.

에디오스는 데뷔 무대에서 제대로 터뜨리고 있었다. 언뜻언뜻 비치는 팬클럽의 모습과 들려오는 관객의 소리에서 현장의 뜨거움을 느낄 수 있었다. 자신을 보이지 않으면서 이런 무대를 만들어내는 강윤을 생각하니 그의 마음은 복잡했다.

"세경아. 넌 어떻게 생각하냐?"

추만지 사장은 자신의 앞에 앉아 있는 5명의 소녀에게 물었다. 세경이라는 여자는 그와 가장 가까이 앉아 있는 여인이었다.

"대단하네요."

"그렇지. 대단한 애들이야. 그래서, 이길 수 있을 것 같아?"

추만지 사장의 요지는 이거였다. 너희 5명이 저들을 이길 수 있겠나? 그는 이걸 노골적으로 묻고 있었다.

"네."

주예아가 자신 있게 대답했다. 그녀는 올라간 눈매만큼이나 날 선 기세를 보이고 있었다. 같이 앉아 있는 여인들도 같은 마음이었다.

그러나 추만지 사장은 다시 물었다.

"우린 청춘드라마 찍는 게 아니야. 저 애들, 만만치 않다. 제대로 된 물건이 오랜 기간 준비해 온 작품이야."

"네. 잘 알아요. 하지만 저희도 만만치 않아요. 자신 있어요."

팀의 막내, 김지숙이 방점을 찍었다.

그녀의 말에 추만지 사장은 그녀들 앞에 서류를 내밀었다.

"좋아. 그럼 다들 마음의 결정은 한 거라 믿지. 사인해."

"네!"

힘찬 대답과 함께 모두가 자신들 앞에 놓인 서류에 사인했다. 정식으로 가수가 되어 활동한다는 계약서였다.

사인하고 서류를 교환하며 추만지 사장은 한마디를 더 했다.

"다음 달이다. 준비해."

"네!"

추만지 사장의 집무실은 여인들의 결의에 찬 목소리로 가득 메워졌다.

♩♪♩♪♩♪♩♪

처음 데뷔 무대를 가진 이후, 에디오스는 방송사를 돌며 몇 번의 데뷔 무대를 더 가졌다. 전부 같은 곡이었지만 무대 의상을 다르게 하며 컨셉을 조금씩 다르게 하는 정성을 보였다. 그러나 2곡을 선보였던 K 케이블 방송사와는 달리 다른 정규 방송사는 한 곡만 진행했다.

저녁 시간.

한주연은 방송국에서 인터뷰를 마치고 일찍 숙소로 돌아왔다. 그런데 평소 같았으면 현관으로 나와 맞아주었을 서한유가 컴퓨터 앞에서 양손으로 얼굴을 가리고 있었다. 아니, 모두가 컴퓨터 앞에서 이러네 저러네 난상토론 중이었다.

"나왔어. 뭐해?"

한주연이 무슨 일인가 싶어 가보니 의자를 차지한 정민아 주위로 모두가 음원 사이트에서 곡 반응들을 열심히 보고 있었다.

Eddiosnice♥-아니 투표하려는데 안 찍어짐…… ㅠㅠ

윤설화–최고다! 무조건 살 거야.

박그령–귀가 정화되는 이 느낌…… 1위 제대로 되어 있네요 역시……♥

장재준–음원 가지고는 부족해서 CD 사러 달리는……. 아 지금 12시지? ㅂㄷㅂㄷ

모두를 헤치고 모니터 앞에 선 한주연은 음원 사이트에 올라온 긍정적인 반응들에 함박웃음을 지었다. 하루의 피로가 칭찬세례에 싹 날아가는 듯했다.

"이런 기분이구나."

"좋지좋지?"

이삼순이 들뜬 소리로 묻자 한주연이 강하게 동의했다. 모든 소녀가 컴퓨터 앞에서 떠날 줄을 몰랐다. 이미 노래는 5위에서 주욱 안정권이었다.

"파뤼?!"

정민아가 갑자기 던진 제안에 모두가 눈을 빛냈다.

"파뤼! 예에!"

소녀들은 냉장고에서 각종 음식을 꺼내며 즐거운 밤을 보냈다.

물론, 다음 날 매니저 한태형에게 과식했다며 대판 깨지긴 했지만…….

소녀들이 샴페인을 터뜨리고 있던 시간, 강윤은 섭외팀에서 올라온 일들을 검토하고 있었다.

'처음 일이 제일 중요한데…….'

처음 이미지가 매우 길게 남는다는 걸 누구보다도 잘 아는 강윤으로선 일 하나하나에 신중을 기했다. 예능프로그램도 많았고 가요, 행사 등 여러 가지 섭외와 행사들이 많이 들어왔지만, 선택은 신중해야 했다.

'당장 수익도 중요하지만 일단은…….'

강윤은 안정화가 가장 중요하다고 판단했다. 지금 행사를 돌아다니며 돈을 벌라면 벌 수도 있다. 그러나 당장 돈 몇 푼 때문에 창창한 미래를 버리는 건 바보짓이다. 판단을 내린 강윤은 여러 가지 행사들을 한쪽으로 치워놓았다. 돈보다 많은 사람 앞에 나설 수 있는 대형 행사들만 추린 후, 멤버별로 들어온 방송들도 정리해 놓았다.

'SBB 연기대상 시상식?'

방송에서 눈에 확 들어오는 것이 있었다. SBB 방송국의 연기대상 시상식에 초청을 받은 것이다.

'괜찮은데? 하지만 바로 결정하기보다…….'

강윤은 신중했다. 바로 사인을 하는 것보다 조금 더 고려해 보기로 하고 서류를 옆에 분류해 놓았다.

기획팀과 섭외팀이 팀의 입장에 맞게 멤버들이 어디에 가면 좋을지 정리한 것들도 참고했다. 그리고 인터넷과 팬카페 등 여러 곳에서 모은 정보들도 한데 모았다. 하나하나 출연을 결정하는 것도 쉬운 일이 아니었다.

그의 방에는 시계가 째깍거리는 소리만이 고요히 들릴 뿐이었다. 그런데 문 두드리는 소리와 함께 누군가가 조용히 문을 열었다.

"진서?"

"안녕하세요."

촬영에서 막 복귀했는지 피곤한 기색이 역력한 민진서가 조용히 그의 방에 들어왔다. 강윤은 그녀에게 따뜻한 차를 내주었다.

"감사합니다."

"무슨 일 있어? 집에 갈 시간이잖아."

"그냥?"

그녀는 가볍게 넘기며 들고 온 종이가방을 내밀었다. 강윤이 받아보니 간단한 야참이었다.

"아니, 뭘 이런 걸 다……'

"오늘 월급날이잖아요. 제 월급은 부모님한테 다 드리지만 그래도…… 한번 사봤어요."

"배고팠는데, 잘 먹을게."

마침 출출했던 강윤에게 그녀의 도시락은 단비와 같았다.

강윤이 민진서에게도 권했지만, 그녀는 배가 부르다며 사양했다. 오늘 먹는 씬을 너무 많이 찍어 후유증이 왔다는 이야기도 했다.

민진서는 촬영 이야기를 열심히 해주었다. 강윤과의 대화는 즐거웠다. 평소에 많은 말을 하는 편이 아니지만, 강윤 앞에만 가면 수다쟁이가 되는 민진서였다.

"……그래서 오늘은 카메라 감독하고 PD하고 싸웠구만."

"기 싸움이 장난 아니었어요. 신입 PD님이라서 더 그랬던 것 같아요."

"카메라 감독들은 보통 10년이 넘은 베테랑들이거든. 방송에 어떤 장면들이 쓰일지 다 알고 있는데 자꾸 이상한 구도로 촬영하라면 열 받는 게 당연하지."

"아아. 저도 자꾸 같은 씬 여러 번 찍으려니까 피곤했어요. 의욕이 넘치는 건 좋은데……."

신임 PD에 대한 이야기를 신나게 한 이후, 그녀는 화제를 전환했다.

"저 이번에 시상식 초대받았어요."

"들었어. 청소년 연기상 후보였지?"

"네. 시상식 생각만 하면 잠이 안 와요. 연습생 시절이 아직도 생생한데……."

"잘했으니까 상도 주겠지. 안 그래?"

"하하하."

"드레스 고르려면 고민되겠다. 미리 말하지만, 앞에 파인 건 추천 안 한다."

"……저 라인 좀 되지 않나요?"

민진서의 반응은 뚱했다. 얇은 허리 하며 적당히 부푼 가슴에 히프까지, 그녀는 누구나 부러워할 워너비 몸매를 가지고 있었다. 강윤의 말에 은근한 불만을 표하고 있었다. 그러나 강윤은 꿀밤 한 대를 먹였다.

"아얏!"

"벌써부터 까졌다는 소리 들을래? 그런 건 스무 살 이후부터. 10대가 무슨……."

"아, 선생니임. 저도 다 컸다고요."

"됐거든…… 다 크긴 무슨."

크기는 개뿔. 나이 이야기에 강윤은 어이가 없었지만 웃어 버리고 말았다. 아역배우가 파인 드레스라니, 강윤의 반응은 당연했다.

"애들이 어른 흉내 낸다는 소리 듣고 싶어? 참아. 괜히 마음 약한 매니저 꼬드기지 말고. 알았어?"

"……네에. 쳇. 괜히 왔어……."

"풋."

강윤은 그녀의 마지막 말에 웃음을 터뜨렸다.

"뭐, 옷이야 할 수 없죠. 사실, 진짜 고민은 따로 있어요."

"진짜 고민?"

민진서의 표정이 사뭇 진지해지자 강윤도 자세를 바로 했다.

"SBB 방송 시상식에서 요청이 하나 들어왔어요. 휴식 시간에 노래 해보지 않겠느냐면서요."

"그래서 어떻게 했어?"

"그래서 회장님한테 여쭤 봤는데……."

"봤는데?"

"선생님께 물어보랬어요."

"……."

강윤은 말문이 턱 막혀 버렸다. 분명히 원진문 회장이 일부러 보낸 게 분명했다.

"하긴 해야 할 것 같은데, 그 연기대상 PD님이 영향력이 상당하대요. 거절하기도 힘들 것 같아요."

"어려운 문제구나. 누구랑 하기로 했어?"

"아직 못 정했어요. 그쪽에서는 그냥 제가 나오기만 해도 좋을 거라 했는데……."

시상식도 고민이었는데 휴식 시간 무대라니, 고민이 될 만도 했다. 그런데 그때, 강윤은 좋은 생각이 떠올랐다.

"혼자보단 아무래도 여러 명이 낫겠지?"

"그렇죠. 부담도 되고. 저 선생님이랑 천사의 집 갔을 때 빼고는 무대 경험도 없어요. 게다가 이번엔 배우 앞에서……. 으, 여러 명이면 훨씬 좋죠."

"그러면 에디오스랑 같이 해볼까?"

"네?"

민진서의 눈이 화등잔만 해졌다.

"이번에 에디오스도 초대를 받았거든. 이렇게 된 이상, 에디오스 무대에 함께 해 보는 건 어떨까? 오히려 화제가 될 것 같은데."

"전 좋아요!"

민진서는 무조건 OK였다. 같은 또래 7명이 한 무대에 함께 올라간다. 그것도 같은 회사에서 동고동락했던 동료들이다. 부담이 확 줄어드니 당연히 좋았다.

"알았어. 그러면 나도 승낙을 해야겠군. 대신 너도 에디오스랑 맞춰봐야 하니까 스케줄을 조율해 보자."

"네, 걱정 마세요. 역시, 선생님이 제 해결사세요. 감사합니다."

"해결사는 무슨."

항상 마지막은 이랬다. 민진서는 자신을 보며 눈을 빛냈고 강윤은 멋쩍어졌다. 동경하는 소녀의 눈빛은 기뻤지만, 부담도 언제나 함께하는 법이었다.

"그럼 선생님, 저 가볼게요."

"나중에 봐."

민진서가 간 이후, 강윤은 일정 조율을 위해 매니저들에게 전화를 돌렸다.

"민진서와 에디오스의 콜라보 무대라. 좋네요."

이현지 사장은 강윤의 보고서를 자세히 읽지도 않았다. 그녀는 앞부분만 간략히 휙 읽더니 바로 결재란에 사인했다.

"안 읽어 보십니까?"

"잘했겠죠."

"……."

"장난입니다, 장난. 회장님과 이야기해 봐야죠."

이젠 하이패스 급이 되어가는 결재에 좋아해야 할지, 뭐라해야 할지 강윤은 난감했다. 물론, 이현지 사장은 원진문 회장과 함께 면밀히 검토하고 있었다.

용건이 끝난 강윤이 나가려 할 때, 이현지 사장이 그를 불렀다.

"오늘 저녁에 시간 괜찮나요?"

"회식입니까?"

"아직 이걸로 샴페인을 터뜨릴 땐 아니죠. 찬양 선배와 저녁 약속이 있는데 시간 괜찮나요?"

"네. 알겠습니다."

강윤은 바로 승낙했다. 일이 바빠지는 바람에 수업에 많이 참석하진 못했지만 그래도 그에게 배운 음악 이론들을 꾸준히 익혀가는 중이었다. 최찬양 교수는 강윤의 은인이었다.

"7시까지 앞에서 보죠."

강윤은 바로 사무실로 향했다.

해야 할 일들은 많았지만 빠르게 하나하나 처리했다. 그렇게 시간을 보내니 어느덧 약속 시각이 되었다. 강윤은 서둘러 로비로 향했다.

"가요."

이현지 사장과 함께 간 곳은 강남의 한 레스토랑이었다. 은은한 음악이 흐르며 조용히 이야기를 나누기 좋은 그런 곳이었다.

직원의 안내를 받아 안으로 들어가니 최찬양 교수가 먼저 그들을 기다리고 있었다.

"선배."

"현지야. 아, 강윤 씨."

서로 간단히 인사를 하고 자리에 앉아 간단한 근황 이야기를 시작했다. 이현지 사장은 그녀답지 않게 조금 풀어져 있었다. 평소의 딱딱한 모습은 많이 사라져 있었고 최찬양 교수도 특유의 부드러운 목소리로 대화를 나누었다.

'애인인가?'

지켜보는 강윤이 착각할 정도였다.

메인디시인 스테이크가 나오고 어느 정도 배를 채워 갈 무렵, 최찬양 교수가 강윤을 보며 말했다.

"우리 애들이 강윤 씨를 보고 싶어 해요. 요새 많이 바쁘시지요?"

"네. 시간 내기가 만만치 않네요. 아, 리커버리는 어떻게 됐습니까? 그때 이후로 주목도 많이 받았을 텐데……."

"다들 잘 지내고 있어요. 한가해지면 애들한테도 시간 내 주세요. 찬민이가 술 한잔하고 싶어 하네요."

최찬양 교수는 와인잔을 들자 세 사람은 잔을 부딪치곤 와인을 음미했다. 입안에 은은히 와인향이 돌자 그는 차분히 답했다.

"가수가 되는 것도 좋지만, 대부분 작곡가가 되길 원했어요. 머리를 모았고, 결국 거절했지요. 현아는 생각이 달랐던 것 같지만요."

"아아. 그래서 홍대로 나갔군요."

"알고 계셨군요."

"연락이 왔습니다. 홍대로 직접 팀원을 구하러 다니더군요. 지금 어찌 되었는지 모르겠습니다."

"지금 드럼과 베이스까지 구했고 지금은 기타 섭외 중이래요. 거리에서 엄청난 실력자를 봤나 봐요. 며칠째 따라다니는 중이라네요."

"현아도 행동력이 엄청나네요."

강윤은 혀를 내둘렀다. 선배들에게 곡 하나 못 내밀던 그때와는 많이 달랐다. 한편으론 대견하기도 했다. 홀로 서기를 결정한 이상, 당연히 변해야 하니 그럴 만도 했다.

이현지 사장은 자신이 모르는 이야기에 흥미가 생겼다. 대학가요제 동상, 리커버리에 대한 이야기는 어느 정도 알고 있었다. 그런데 그 팀원이 어떻게 되었다는 이야기는 잘 모르는 이야기였다. 거기에 강윤이 무슨 일을 했다니, 흥미가 절로 일었다.

"그 현아라는 사람이 리커버리의 보컬 맞죠?"

"맞아."

"몇 살이에요?"

이현지 사장이 묻자 최찬양 교수가 잠시 생각하더니 말했다.

"스물하나. 내년에 스물둘이야. 스카우트하게?"

"뭐, 강윤 팀장이 하겠다면?"

슬쩍, 그녀는 강윤을 떠봤다. 그러나 강윤은 말도 안 된다며 고개를 저었다.

"회사가 지향하는 연예인과 맞지 않습니다."

"그래요? 그렇다면 강윤 씨가 지향하는 연예인이라면 어때요?"

"그렇다면 잘 모르겠네요."

강윤은 부드럽게 화제를 넘겼다. MG엔터테인먼트가 아니라 '강윤'엔터테인먼트라면 생각해 보겠다는 이야기였다. 그러나 강윤은 더 이야기하지 않고 잠시 화장실 다녀오겠다며 자리에서 일어났다.

세 명이 있을 때 한 사람이 자리를 비우면 다른 사람 이야기가 나오는 법이다.

"선배, 강윤 씨 학교에선 어땠나요?"

"성실했지. 시험도 잘 보고, 과제도 잘 해오고. 안타깝게도 수업 듣는 학생들하곤 친해지지 못한 것 같지만."

"강윤 씨야 아쉬울 게 없는 사람이니까요. 내년에도 부탁해도 될까요?"

"난 좋지. 배울 게 많은 사람인걸?"

"고마워요, 선배."

이현지 사장은 와인잔을 들며 건배를 제의했다. 최찬양 교수가 조용히 잔을 들며 맞부딪치니 잔 부딪치는 소리가 가볍게 퍼져 나갔다.

"그런데 현지야."

"네, 선배."

"애인은 만들었니?"

"……."

좋은 분위기에 뜬 뜬금포 한 방에 그녀의 얼굴이 순식간에 악귀로 변했다.

일요일.

모처럼 쉬는 날, 강윤은 늦잠을 잤다. 오전 늦게야 일어난 강윤은 최찬양 교수에게 향했다. 그동안 배우지 못한 음악 이론들을 배우기 위해서였다.

"현아야."

그런데 최찬양 교수의 사무실에 도착해 보니 최찬양 교수와 이현아가 악보를 놓고 대화를 나누고 있었다. 두 사람은 강윤을 반갑게 맞아주었다.

"여기선 반음을 내리는 게 낫지 않겠어?"

"그런가요? 다시 해볼게요."

최찬양 교수의 조언을 받아 이현아는 기타로 멜로디를 연주했다. 그러나 뭔가 신통치 않은지 고개를 갸웃하며 음표를 썼다가 지우고, 썼다 지우는 과정을 반복했다. 강윤은 그들을 흥미롭게 지켜보았다.

'처음에는 확실히 검은색이구나.'

이현아가 그린 악보를 연주하니 음표에서 진한 검은빛이 돌았다. 그러나 강윤은 티를 내지 않았다. 작곡이 완성되면 혹 자연스러운 하얀빛이 나오지 않을까 하는 생각에서였다.

"강윤 씨, 여기선 어떻게 해야 할까요?"

"네? 제가 작곡은 잘 모르는데……."

최찬양 교수의 물음에 강윤은 난색을 보였다. 그때, 이현아가 괜찮다며 강윤의 옆으로 다가왔다.

"괜찮아요. 오빠 스케일 알죠?"

"그건 알지."

"지금 곡이 B 플랫 마이너 스케일이잖아요. 그럼 플랫이 몇 개가 붙나요?"

"5개. B, D, E, G, A 이렇게 5개가 붙잖아."

"이야, 맞아요. 다 외우신 거예요? 오빠 바쁘다고 들었는데 공부 많이 하셨네요?"

칭찬에 강윤은 멋쩍어졌다. 최찬양 교수도 그녀의 말에 동의했다.

"어려운 스케일인데 벌써 아시네요. 멜로디도 만들 수 있겠어요."

"만들 수 있단 말씀입니까?"

강윤은 무슨 말인지 잘 몰랐다. 최찬양 교수는 쉽게 풀어서 설명했다.

"원래 이론으로 들어가면 굉장히 복잡해지지만 간단하게 말해 드릴게요. 쉽게 말해서 스케일에 맞는 음만 넣으면 돼요. C, D, E, F, G, A, B 중에 플랫이 붙는 게 B, D, E, G, A 5개잖아요. 이걸 고려해서 멜로디를 만들면 돼요. 현아랑 한번 해보실래요?"

강윤은 당황했다. 그러나 작곡이라니 호기심이 확 일었다. 이현아는 바로 그의 옆에 앉아 악보를 보여주었다. 빨리 같이 해보자는 신호였다. 강윤은 바로 펜을 들고 작업을 시작했다.

이현아가 기타를 치고 강윤은 음계를 이야기하며 멜로디

를 만들었다. 멜로디에 합당한 코드를 붙이는 건 다른 이론을 적용해야 했지만 거기까지 나아가진 않았다. 이현아는 강윤을 가르치는 게 재미있었는지 세세하게 설명해 주었다.

"……오오. 이 느낌 좋아요. 3도잖아요. 여기서……."

강윤도 자신이 만든 음이 연주될 때마다 짙은 검은색이 천천히 옅어지는 게 매우 신기했다. 물론 그 과정은 매우 길었다. 그러나 작곡이라는 과정은 말 그대로 신세계였다. 새로운 것을 창조한다는 재미는 말로 표현하기 힘들었다.

환했던 창밖이 어느새 어둠으로 물들었다. 강윤의 테이블에는 커피와 디저트, 저녁거리 등이 쌓여갔다. 그러나 강윤은 집중력을 놓지 않으려 자리에서 일어나지 않았다. 그 분위기에 휩쓸렸는지 이현아도 작업에 집중했다.

'기획하는 사람들은 다 이렇게 집중력 괴물들인가?'

최찬양 교수만이 그런 강윤에게 놀라 눈을 껌뻑일 뿐이었다.

결국, 카페의 영업시간이 끝나서야 세 사람은 카페를 나섰다.

"이건 오빠랑 공동 작업한 거로 할게요."

"에이. 그래도 대부분 네가 만들었잖아."

강윤의 말에 이현아는 고개를 저었다.

"아니에요. 오빠가 만든 멜로디가 상당했어요. 저는 코드만 붙이고 중요한 멜로디는 오빠가 만들었잖아요. 이런 느낌 있는 멜로디는 오랜만인데요? 오빠, 우리 같이 밴드 할

래요?"

"그건 아닌 것 같다."

강윤은 농담에는 농담으로 받아쳤다. 이현아는 기분이 좋았는지 웃으며 기타를 고쳐맸다.

최찬양 교수도 두 사람이 보기 좋았다. 열심히 하는 제자들은 대견한 법이다.

"작곡이 잘 됐다고 곡이 완성되는 건 아니에요. 이 멜로디를 완성하고 편곡을 해야 하니까요."

"편곡이라면, 멜로디에 맞춰 악기나 다른 소리를 넣는 과정 맞지요?"

"네."

강윤의 말에 최찬양 교수는 부연 설명해 주었다.

"시간이 나시면 편곡도 한번 해보시는 걸 권할게요. 강윤 씨 회사에는 프로듀서 분들도 많을 테니 잘 배울 수 있을 거예요. 작곡가에게 도움을 받을 수 있으면 더 좋고요."

"알겠습니다. 오늘 많이 배워 가네요."

"저도 좋은 걸 봐서 좋네요."

최찬양 교수는 여느 때처럼 버스를 타고 집으로 돌아갔다. 강윤과 이현아는 역으로 향했다. 언제나처럼 사람 없는 지하철에 몸을 실은 두 사람은 여러 가지 이야기를 나누었다. 특히 곡 이야기가 많이 나왔다.

"가사 붙여서 제대로 나오면 제일 먼저 들려드릴게요."

"그래. 그래 주면 고맙지. 내가 손댄 곡이 나온다니 신기할 것 같아."

"꼭 들려드릴게요."

이현아는 꼭 그렇게 하리라고 강윤과 손가락까지 걸었다.

두 사람이 탄 지하철은 그렇게 집으로 향했다.

"희윤아. 뭘 그렇게 봐?"

희윤의 짝인 진성희는 희윤이 열심히 뭔가를 그리는 모습에 궁금해져 물었다. 그러나 완전히 집중한 희윤은 그녀의 말을 듣지 못했다. 진성희는 잠시 뚱하다가 희윤을 살짝 흔들었다.

"이희윤."

"아, 성희야. 왜?"

그제야 이희윤은 책에서 눈을 돌렸다. 진성희는 희윤의 책상 위에 있는 책으로 시선을 돌렸다.

"이게 뭐야? 화성학? 음악책이야?"

"응."

"희윤이 음대 가려고?"

고3에게 가장 중요한 것이 바로 진로다. 그런데 희윤은 자기가 뭘 할지 말한 적이 없었다. 그런데 음악책을 보고 있다니, 그녀는 궁금했다.

"음대?"

"아니었어?"

"아직은 잘 모르겠어. 그냥 보는 거야."

"그래? 하긴. 우리 오빠가 3년째 음대만 준비하는데 웬수가 따로 없어. 하지 마, 그런 거."

진성희는 학을 뗐는지 얼굴을 가득 구겼다. 3년째 재수하는 오빠라니. 동생 입장에선 말 그대로 왕재수였다.

"네 오빠도 많이 힘들겠다."

"아, 몰라몰라. 집에서 오빠밖에 몰라. 나도 고3인데 안중에도 없다고. 그러니까 넌 음대는 꿈도 꾸지 마. 알았지?"

희윤은 대답하지 않았다. 그러나 친구의 기세에 밀려 어찌어찌 얼버무리곤 다시 책으로 눈을 돌렸다.

'음대? 대학? 내가 갈 수 있을까?'

투석을 하고도 체력이 조금씩 돌기 시작하는 요즘이다. 이대로 가면 대학도 노력하면 다닐 수 있을지도 모른다는 생각이 들었다.

친구의 의도와 다르게 역효과로 다가온 순간이었다.

에디오스나 민진서나 서로 스케줄 맞추는 일은 하늘의 별따기였다. 민진서는 드라마 촬영과 CF, 잡지 촬영 등 말할 수 없이 바빴고 에디오스는 막 활동을 시작했지만, 초반 마케팅을 잘해 놓아 여기저기서 많이 불러주고 있었다.

결국, 이들이 모두 모일 수 있는 연습 시간은 새벽이었다.

"안녕하세요."

민진서가 밤 촬영이 끝나고 연습실로 오니 에디오스의 멤버들이 모여 있었다.

"안녕, 진서야!"

한주연을 위시한 6명의 소녀가 그녀를 맞아주었다. 그들 중에는 강윤도 함께하고 있었다.

"어? 선생님."

민진서는 소녀들과 반갑게 손을 잡다가 한쪽 구석에서 서류들과 전쟁하고 있는 강윤에게 다가갔다. 이미 새벽, 퇴근하고 없을 줄 알았던 그를 보니 매우 반가웠다.

"아, 진서 왔구나."

"아직 퇴근 안 하셨어요?"

"연습 보고 가려고. 곧 민아도 올 거야."

"아, 네. 저 준비할게요."

민진서는 들고 온 트레이닝복으로 갈아입겠다며 탈의실로 향했다. 곧 옷을 갈아입고 나온 그녀와 함께 에디오스는 본격적인 연습을 시작했다.

한참을 연습하고 있는데, 문이 열리며 긴 머리를 휘날리는 소녀가 들어왔다. 정민아였다.

"안녀엉!"

잡지에 나갈 인터뷰 촬영을 하고 온 정민아는 활기찼다. 잠시 음악이 끊기고 모두가 오늘 처음 보는 그녀에게 다가가 반가움을 표했다.

"아저씨!"

조금은 들떴는지 정민아는 강윤에게도 달려갔다. 그러나 날아온 건 꿀밤이었다.

"아얏!"

"여기가 어디야? 어?"

"윽. 알았어요, 팀장님."

이만하면 일부러 그러는 게 분명했다. 강윤은 가볍게 인상을 쓰고는 손짓으로 연습에 들어가라고 신호했다. 그녀는 선선히 고개를 끄덕이곤 탈의실로 향했다.

'뭐야? 저 언니는?'

강윤과 친밀한 정민아를 보는 민진서의 시선에선 불길이 솟았다.

정민아까지 합류하고 제대로 대열을 갖춰 본격적인 연습이 시작되었다. 트레이너가 짜준 안무대로 민진서가 혼자 춤을 추다가 에디오스가 합류하는 방식이었다. 그 후 에디오스의 단독무대는 또 따로 있었다.

강윤은 춤에서 나오는 빛을 차분히 관찰했다.

'확실히 민진서에 맞춰야겠네.'

아무리 연습생이었지만, 민진서와 에디오스와의 갭은 컸다. 심지어 에일리 정과도 갭이 있었다. 박자 차이는 물론이요 동작의 각도에서도 차이를 보였다.

한 바퀴가 끝나고 정민아가 나섰다.

"진서한테 맞춰서 한번 해보자. 한유야. 거기서……."

정민아는 민진서와 가장 가까이 있는 서한유에게 그녀와 맞출 동작들을 설명했다. 언니의 말에 역시 동감한 서한유는 바로 수긍했다.

"진서야. 여기서……."

"……알았어."

그런데 민진서의 반응이 뚱했다.

'잘 못해서 그런가?'

민진서와 동갑인 서한유는 민진서의 성격을 어느 정도 알았다. 민진서는 프라이드가 무척 강했다. 특히 연습에서는 말이다. 그래서 딱히 더 뭐라 말을 하지 않았다.

다시 연습이 시작되고 서한유는 민진서의 동작에 맞춰갔다. 그 보람이 있었는지 모두의 동작이 차근차근 맞아갔다.

쉬는 시간.

강윤은 모두가 편히 쉴 수 있도록 연습실을 나섰다. 연습은 그만하면 충분히 봤다는 판단도 섰다. 이미 호흡도 잘 맞아가고 있어 굳이 있을 필요를 느끼지 못했다.

강윤이 조용히 퇴근하려 하는데, 뒤에서 누군가가 쿡쿡 찔렀다. 돌아보니 민진서였다.

"진서야."

"선생님."

항상 부드러웠던 그녀의 표정이 불퉁했다. 강윤은 의아
했다.

"왜 그러니? 무슨 일 있어?"

"저 뭐 하나 물어도 될까요?"

강윤이 승낙하자 그녀는 돌직구를 날렸다.

"민아 언니랑 많이 친하세요?"

돌직구는 좋았지만, 문제는 방향이었다.

무슨 귀신 씨나락 까먹는 소리인지…….

"무슨 말이니? 내가 차별한다는 말이니?"

"그, 그게 아니라요, 둘이 묘하게 가까워 보여서…….'

"뭐?"

강윤은 어이가 없었다. 이 꼬마가 무슨 말을 하는 건지…….

"푸하하. 에라이. 내가 민아랑 친한 건 당연한 거 아냐?
진서 나랑도 가깝고, 저기 한유랑도 가깝고."

"……그러니까, 특별한 뭐는 아니다 이거죠?"

어이없는 추궁에 어이가 없던 강윤은 결국 손가락으로 민
진서의 이마를 밀어버렸다.

"가서 연습이나 해. 기운이 남아도는구먼?"

강윤은 그대로 계단을 내려갔다. 생각할수록 어이가 없는

지 내려가면서도 계속 킥킥대며 웃었다. 그러나 그런 그를 보며 민진서는 생각이 다른 듯했다.

'특별한 건 아니라 이거지?'

강윤이 있는 그대로를 말한다는 건 잘 알았다. 그렇다면 정민아도 자기와 똑같다는 뜻.

크게 걱정할 게 없었다.

'좋아.'

확언을 받은 그녀는 씨익 웃으며 연습실로 돌아갔다.

♪ ♩ ♪ ♪ ♪ ♩ ♪ ♪ ♪

강윤은 회사 인트라넷을 열어 업무들을 처리하는 중이었다.

그런데 사내메신저로 섭외팀 직원에게 메일로 파일을 잘못 보냈다는 말을 듣게 되었다.

개인 메일로 사내 파일이나 문서를 보내는 건 보안상 큰일이었다.

강윤은 다음부터는 그런 일이 없도록 하라며 직원을 다독이곤 개인 메일을 열었다.

'여기 있다.'

사내에서 개인 계정은 차단되어 있었지만, 그는 예외였다. 지위와 업무에 따른 특혜였다. 강윤은 직원이 보낸 메일을 열어 파일을 받았다. 그리고 인터넷 창을 닫으려는데 한 낯선 메일이 눈에 들어왔다.

'신장 이식 건?'

메일을 보자마자 강윤의 눈이 확 뜨였다. 한국에서의 신장 이식만을 기다릴 수 없어 해외에서 이식을 받을 수 없나 여러모로 알아보고 있었다. 덕분에 지금까지 번 돈의 상당한 양을 소모했지만, 희윤을 생각하면 당연한 대가라고 생각하고 있었다.

'희윤이와 조건이 맞는 케이스가 흔하진 않구나. 그래도 바로 다다음이라니 희망이 있어.'

강윤을 한국어로 친절하게 적힌 메일을 읽으며 강윤은 희망에 부풀어 올랐다. 상당한 돈을 들이는 보람이 있었다. 희윤이 건강해지면 이것도 해주고, 저것도 해주겠다는 꿈에 젖어 마음이 즐거워졌다.

오늘은 에디오스와 민진서의 콜라보 무대가 있는 날이었다. 중요한 무대였기에 강윤은 직접 가기로 했다. 스케줄을 수행 중인 에디오스는 방송국에서 합류하기로 했고 수상 후보에 올라있는 민진서와는 오늘 같이 가기로 약속했다.

강윤은 로비에서 민진서와 만나 함께 시상식이 열리는 SBB 방송국으로 향했다.

방송국 근처에 도착하니 로비 안에 포토존과 함께 레드카펫이 깔려 있었고 그 주위에 수많은 팬과 기자들이 장사진을 이루고 있었다.

"우와……."

민진서는 입을 쩌억 벌렸다. 스타 한 사람이 포토존에 올라설 때마다 저들은 모두 한목소리를 내며 조금이라도 가까이 보겠다며 아우성이었다. 어떤 이는 손을 내밀기도, 심하면 만지기도 했다. 이 모든 광경이 그녀는 신기하기만 했다.

"나갈 준비해야지?"

강윤의 말에 민진서는 화사하게 답했다.

"그럼 다녀올게요!"

"나중에 보자."

민진서는 차 문을 열고 레드카펫을 천천히 걸어나갔다. 그러자 일제히 기자들과 팬들이 몰려들었다. 레드카펫의 중심에 선 민진서는 사람들의 시선에 화사한 미소로 답하며 손을 흔들어 주었다.

"잘하네."

벌써 높은 무대에 올라 어엿한 스타가 된 그녀를 보며 강윤은 흐뭇한 미소를 지었다.

"오늘은 아마 바쁘지 않을까, 내일은 또 안 될까 할까 그래~"

홍대의 한 작은 연습실에서 이현아는 4명의 남녀와 함께 노래하고 있었다. 그녀의 파워풀한 보컬에 맞춰 드럼과 베이스, 일렉트릭 기타와 신디사이저가 조화를 이루며 연습실에 노래가 울려 퍼지고 있었다.

"난 시계를– 더 보채고 싶지만~"

일렉트릭 기타의 클린톤이 돋보이며 신디사이저가 효과음으로 바탕을 깔아 주었다. 거기에 드럼과 베이스가 밑을 든든히 받혀주니 이현아의 노래가 한층 돋보였다.

그렇게 한 번의 연습이 끝나고 모두가 주변에 모였다.

"이거, 완전 좋다. 진짜 현아 네가 만든 거야?"

드럼을 맡은 김진대가 흥분된 목소리로 물었다. 베이스 기타를 치는 이차희도 그와 별반 다르지 않은 마음이었다.

"현아야. 완전…… 이거 괜찮다."

그녀는 노래에 완전히 꽂힌 듯했다. 다른 멤버들도 그들과 똑같은 심정이었다. 빠르지도 느리지도 않은 박자였지만 리듬감 있는 그루브 하며 이현아의 힘이 실리면서 나긋한 목소리가 어우러지니 굉장히 좋은 노래가 나왔다. 모두가 찬탄을 아끼지 않았다.

그러나 이현아는 부족한 듯 고개를 저었다.

"고마워. 그런데 이거 나 혼자 만든 게 아니야."

"그러면?"

김진대가 묻자 이현아는 차분히 답했다.

"있어. 내 수호신이랄까? 우리 공연할 때 보여줄게. 멋진 분이야."

"이열, 애인이야?! 역시 현아 같은 애가 솔로일 리가 없지!"

일렉트릭 기타를 들고 정찬규가 그녀를 놀려댔다. 그러나 이현아가 단호하게 받아쳤다.

"안타깝게도 허들이 너무 높아. 워낙…… 에이, 몰라몰라. 연습이나 하자."

이현아의 반응에 밴드 멤버 모두가 궁금했는지 이현아를 캐봤지만, 더 알아내지 못했다. 오히려 이현아가 악다구니를 쓰며 역풍을 불어 재끼니 모두가 휘휘 손을 젓고 말았다.

SBB 방송국의 대기실 안.

6명의 소녀와 코디네이터에 매니저까지 몰려 있는 그곳은 완전한 아수라장이었다.

"야야! 그것만 해, 그것만!"

그 아수라장의 한가운데에는 정민아가 있었다. 그녀는 눈 화장에 여념이 없는 한주연을 타박하며 다른 한 손으로는 이삼순의 머리를 고대기로 펴주고 있었다.

"나 눈 완전 깨지?"

"그 정도면 됐어. 더 하면 판다 된다?"

"알았다, 알았어."

한주연은 투덜거렸지만, 정민아의 말에 곧 수긍했다. 화장에 있어서 정민아의 말은 정확했다. 정민아는 보는 눈이 있었다.

정신없는 시장통에 또 한 사람이 추가되었다. 민진서를 내려주고 온 강윤이었다.

"안녕하세요?"

오늘 처음 보는 강윤에게 모두가 인사를 했다. 강윤이 직접 올 줄은 몰랐던 그녀들이지만 크게 당황하지 않았다.

"아싸."

아니, 몇몇은 아주 좋다고 했다. 한주연과 크리스티 안이 특히 그러했다. 물론 매니저들은 그의 무게감에 조심스러워졌지만.

강윤은 모두의 상태를 점검했다. HMC 방송국에서 연 가요대제전에서 바로 와서 의상은 걱정할 게 없었다. 다만, 걱정되는 게 컨디션. 강윤은 모두에게 묻고, 또 물었다.

"괜찮아요. 우리 지금 최곱니다."

강윤의 걱정을 알았는지 정민아가 알아서 대표로 대답했다. 강윤이 항상 무엇부터 묻는지 잘 알고 있는 센스였다.

"아무래도 진서가 너희보다 실력에서 모자랄 게 당연하니까, 잘 맞춰줘. 알았지?"

"네."

"다른 건 없어. 오늘 2008년 마지막 날이네. 잘 마무리하자."

강윤은 몇 마디 당부를 끝으로 대기실을 나섰다. 닫힌 문 뒤로 에디오스의 파이팅 소리가 들려왔다. 팀워크도 잘 맞는 듯하고, 자리도 잘 잡아가는 느낌이었다.

"거기 강윤이?!"

시상식을 보기 위해 관객석으로 향하고 있는데 누군가가 강윤을 크게 불렀다. 그가 돌아보니 여전히 큰 덩치를 자랑하고 있는 송태진 작가였다.

"누님이셨군요."

"뭐야, 그 루즈한 반응은."

송태진 작가는 강윤의 등짝을 팡팡 두드렸다. 그 소리가 어찌나 큰지 지나가는 사람들이 한 번씩 쳐다보고 갈 정도였다.

"아픕니다. 그리고 여긴 방송국이라고요."

"뭐 어때. 설마 내가 창피한 거냐?"

"그럴 리가요. 그런데 여긴 무슨 일이십니까?"

강윤의 물음에 그녀는 자신의 복장을 가리켰다. 말끔한 여성용 정장이었다.

"시상식이군요."

"이번에 작가상 준다고 해서. 작품상도 있고. 하도 받아서 귀찮다, 이제."

"누님답네요."

강윤은 그녀에게 인사를 하고 돌아서려 했다. 그러나 여기서 그를 그냥 보내면 송태진이 아니었다.

"뭐야? 시상식 보러 온 거 아냐?"

"맞아요."

"그런데 왜 그리로 가?"

강윤이 가는 방향은 일반 관객들이 보는 곳이었다. 출연진이나 시상식 후보들을 제외하면 모두가 앞의 원탁이 아닌 뒤편의 관객석에 앉는다. 강윤은 의아했다.

"제 자리니까요. 그럼……."

"잠깐. 오호라, 자리가 그쪽이라 이거지? 그럼 나랑 가자."

"네?"

강윤은 당혹스러웠지만 결국 그녀의 손에 이끌려 출연진들이 앉는 원탁에 앉게 되었다. 그는 처음에는 당황스러웠지만 이내 적응했다. 주변을 보니 PD부터 카메라 감독, 음향 감독 등 스태프들의 대장들이라 할 수 있는 이들이 함께하고 있었다.

강윤은 이들과 안면을 트며 인사를 건넸다.

그들은 강윤이 친숙하게 다가오니 처음에 약간의 거부감을 느끼는 듯했지만 금방 적응했는지 곧 많은 말을 했다.

시상식은 생방송이었다. 시상식장 내부에 알리는 간단한

안내 방송이 나간 후 곧 생방송을 알리는 붉은 불이 켜졌다. 그리고 오프닝 무대, 연예인밴드의 노래로 막이 열렸다.

−오늘 하루− 난−

2008년 한창 주가를 올리고 있는 남자배우, 이경훈의 보컬을 매개로 5명이 모인 연예인밴드 '스케치북'은 좋은 공연을 보여주었다. 원탁에 앉은 사람들은 박수를 치며 즐겁게 호응해 주었고 팬들도 환호로 답해주었다.

그러나 강윤에겐 다른 게 보였다.

'회색이네.'

음표들이 만들어내는 조합이 영 아니었다. 들려오는 악기들의 부조화와 평범한 보컬의 조화는 썩 듣기 좋은 편은 아니었다. 게다가 방송상태도 영 상태가 아닌지 마이크도 무지막지하게 울렸다.

'팬심이 무섭긴 무섭구나.'

재미있는 건 회색빛이 팬심을 이기지 못했다. 어색하게 웃으면서 박수를 치는 모습이 강윤에겐 재미있는 모습이었다.

저들의 무대가 끝나고, 전문 MC 1명과 여배우 2명이 단상으로 올라왔다. 간단한 멘트와 함께 자기소개를 한 후 시작한다는 선언과 함께 본격적인 연기대상 시상식이 시작되었다.

배우들이 가장 받기를 원한다는 신인상 시상이 이어졌다.

신인상을 받은 배우들은 눈물을 흘리며 가슴이 벅차 적어온 이름을 모두 부르는 기염을 토하기도 했다. 물론, 시간상 사회자가 자르기도 했지만, 신인상의 기쁨은 그만큼 컸다.

신인상 시상이 끝나고 다음 순서가 이어졌다.

"다음은 청소년 연기상 시상식입니다."

사회자의 말을 듣고 강윤은 자세를 바로 했다. 사회자들이 각자의 멘트를 하며 시상을 준비했고 이어 전년도 수상자들이 나와 시상을 준비했다.

청소년 연기상 남자 부분 시상식이 끝나고 이어 여자 부분 시상식이 이어졌다.

"2008 SBB 연기대상 여자 부분 보겠습니다."

SBB 드라마에 청소년 시상식을 수여하는 4명의 여자 아역 연기자들이 주욱 나열되었다.

'저깄네.'

강윤은 3번째로 소개되는 민진서를 볼 수 있었다. 데뷔작인 '별들의 속삭임'은 물론 그 이후에 이어지는 드라마의 연기까지 한 영상에 축약되어 있었다. 4명의 후보 중 민진서의 연기는 발군이었다.

"저건 무조건 민진서야."

"다른 애들도 연기 잘하는데요?"

"쭉정이야."

송태진 작가의 평가는 단호했다. 강윤은 고개를 흔들며 넘길 따름이었다.

"SBB 연기대상 청소년 연기상 여자 부분! 별들의 속삭임의 민진서 양! 축하합니다!"

팡파르가 터졌다. 웅장한 음악이 터져 나오며 이름이 불린 민진서는 사실이 믿기 어려운지 주변을 두리번거렸다. 잠시 후, 같이 앉은 아역배우들과 축하를 나누며 어리바리한 모습으로 시상대로 걸어 나왔다.

전년도 시상자들에게 트로피를 건네받은 그녀는 마이크를 잡았다.

"감사합니다. 제 첫 드라마가 별들의 속삭임이었는데요. 처음 연기임에도 예쁘게 봐주신 오연중 감독님 정말 감사합니다. 제가 처음으로 데뷔한 SBB에서 이 상을 받게 되어 더 기쁜 것 같습니다. 촬영장에서 처음으로 진서 씨라고 불러주셨던 유미연 감독님, 그냥 예뻐라 하던 조명감독님, 특영팀, 카메라 팀, 장근수 선생님까지…… 모두 감사드립니다. 못된 딸, 참고 고생을 함께했던 우리 엄마…… 아빠, 동생 민지…… 모두 정말 고맙습니다. 끝으로 응원해 주시는 분들과 학교 선생님들, 친구들. 절 사랑하는 팬분들…… 모두 고맙습니다. 마지막으로…….

기나긴 소감을 이야기하며 민진서는 심호흡하며 글썽이는 눈물을 닦아냈다. 그리고 몸을 강윤 쪽으로 돌렸다.

"저를 처음으로 알아봐 주시고 이 자리에 있게 해준 이강윤 선생님께 진심으로 감사드립니다. 새해 복 많이 받으세요. 감사합니다."

민진서가 곱게 인사를 하고 안으로 들어가자 큰 박수갈채가 이어졌다.

강윤의 옆에서 송태진 작가가 그의 옆구리를 쿡 찔러왔다.

"올, 강윤이. 좀 대단해 보이는데?"

"하하하."

시선이 자신에게 집중되자 강윤은 멋쩍게 웃었다. 시상식에서 자신의 이름이 불리다니, 즐거우면서 감사했다. 스타를 키우는 보람이 이런 곳에서 나오나 싶었다.

이후, 강윤은 송태진 작가와 이어지는 시상식을 관람했다. 사실, 드라마 볼 시간도 없던 강윤이라 민진서와 관련된 드라마들을 제외하면 무엇이 있는지 잘 몰랐다. 그래서 크게 공감이 가진 않았다. 옆에서 송태진 작가가 어이없다며 손을 내저었지만, 강윤은 그러려니 해버렸다.

그렇게 1부가 끝나고, 쉬는 시간이 되었다.

강윤은 무대 뒤편의 대기실로 향했다. 그곳에는 에디오스와 민진서가 조용히 나갈 때를 기다리고 있었다.

"진서야, 축하해."

"고마워요."

청소년 연기상 수상에 대한 축하는 무대 뒤에서도 이어졌다. 민진서는 잠시 흥분을 가라앉혔지만, 언니들의 축하에 마음이 가볍게 들떠왔다. 그럴 때, 강윤이 나타났다.

"선생……."

"아저씨!"

그런데 정민아가 좀 더 빨랐다. 그녀는 빠르게 강윤 앞에 섰다.

"……일하는 중이잖아."

"아, 실수. 죄송해요."

실수인지, 일부러 그런 건지. 강윤은 한숨을 쉬었다. 그는 '나중에 크게 한마디 해야겠다' 생각하곤 일에 관해 이야기 했다.

"동선은 다 살폈지?"

"네."

"아까 마이크 이상했던 거 다 고쳐놨대. 이어 마이크 체크 도 다 했고. 더 요청할 거 있어?"

"역시!"

정민아는 강윤의 든든함에 만세를 불렀다. 다른 소녀들도 마찬가지였다. 직접 매니저에게 요청하거나 무대에 올라가 야 할 걸 강윤이 알아서 해주니 그녀들은 너무 편안했다.

그런데 민진서가 강윤과 정민아 사이에 끼어들었다.

"저기 선생님, 저…… 바닥이 미끄러워서 걱정돼요."

"바닥? 신발 좀 볼까?"

강윤은 바닥에 앉아 민진서의 신발을 살폈다. 운동화였는데 무대에 미끄러질 재질이었다. 강윤은 민진서가 벗어주는 신발을 들어 뒤에 있던 코디네이터에게로 갔다.

"진영 씨, 진서 신발."

"이 정도면 괜찮을 텐데……."

"바꿔주세요. 혹시 모르니까."

"네. 금방 바꿔드릴게요."

그녀는 바로 뛰어가 같은 색의 다른 신발을 가져왔다.

'이것 봐라?'

정민아는 민진서의 이런 모습에 입꼬리를 올렸다. 사실, 많이 미끄러운 신발은 아니었다. 민진서도 지지 않았다. 서로의 눈에 불꽃이 튀려는 찰나, 코디네이터가 민진서의 신발을 들고 왔다.

"사이즈 맞아?"

"네, 언니. 번거롭게 해서 죄송해요."

잠깐의 트러블이 있고 난 후, 곧 무대에 오를 시간이 다가왔다. 강윤은 모두를 보내며 가볍게 말했다.

"잘하고 와."

"네!"

강윤을 뒤로하고 7명의 소녀는 힘차게 무대로 향했다.

3화
음악으로 디자인하다

"현지야. 이거 믿어도 되는 거야?"

"에이. 오빠, 나 믿고 해봐. 확실히 효과 있어."

이현지 사장은 강남의 한 술집에서 영업에 여념이 없었다. 상대는 친한 대학 선배, 구영수였다. 그는 강남에서 큰 신발 가게를 운영하는 사장이었다.

"허, 참. 노래 바꾼다고 사람이 올까?"

"요즘엔 시대가 변하고 있어. 우리 회사에 정말 노래 하나 는 기가 막히게 보는 사람이 있다니까? 주아 알지?"

"알지. 나 완전 팬이잖아. 네가 준 사인 잘 받았다."

구영수 사장은 큰 얼굴에 살짝 홍조를 띠었다.

"그 주아를 일본에 보낸 사람이 노래를 기가 막히게 봐. 오빠 요즘 매출 떨어져서 걱정이라며. 한번 속는 셈 치고 해

봐. 요새 주변 가게들 때문에 매출도 떨어졌다며. 이럴 때 변화를 줘야지."

"허, 참. 음악 좀 바꾼다고 사람이 올까?"

"나만 믿고 해보라니까?"

구영수 사장은 미심쩍어했지만 계속되는 이현지 사장의 설득에 결국 넘어가고 말았다.

'뭐, 얼마나 효과가 있겠어?'

승낙하면서도 그는 반신반의였다.

♪ ♩♪♩ ♪♫♩ ♪

"드라마 별들의 속삭임의 히로인이죠. 민진서 양과 에디오스의 콜라보로 2부의 화려한 막을 열겠습니다!"

사회자의 흥분된 목소리와 함께 2부의 막이 열렸다. 내려갔던 무대의 막이 올라가며 카메라들에 일제히 빨간불이 들어왔다.

송태진 작가도 기대되는지 평소의 양반다리 자세에서 똑바로 된 자세를 취했다. 그녀의 태도에 주변 동료들이 놀랄 정도였다.

무대가 시작되며 민진서를 센터로 에디오스 소녀들이 안무를 시작했다. 에디오스의 타이틀곡 '함께하자'였다. 그러나 편곡을 해서 좀 더 신나고 안무에도 힘이 있었다.

에디오스 모두가 민진서에게 동작을 맞춰주었다. 덕분에 센터의 민진서가 동작이 쳐져 보인다는 등의 일은 전혀 없었다.

강윤이 자리로 돌아오니 송태진 작가가 그를 맞아주었다.

"이야, 강윤이. 진서가 저렇게 춤을 잘 췄어?"

"원래는 가수 연습생이었어요."

"아아. 하긴. MG가 그런 곳이지."

송태진 작가는 춤도 잘 추는 민진서를 보며 놀라움을 표했다. 그녀의 춤은 춤 좀 춘다는 아마추어들은 저리 가라 할 정도였다.

"진서 다음 작품 뭐 있지?"

"글쎄요. 지금 뭐 하나 하고 있다던데."

"그거 끝나면 바로 하나 해야겠어. 저거 보니까 좋은 게 떠올랐거든."

강윤에게 묻던 송태진 작가는 곧 종이와 펜을 들더니 뭔가를 적어나가기 시작했다. 작가들이 흔히 하는 '아이디어' 필기였다. 이미 그녀에겐 콜라보 무대가 중요한 게 아니었다. 머릿속에 아이디어가 떠오르니 신들린 것처럼 그녀의 펜이 춤을 추고 있었다.

무대는 점점 고조되고 있었다. 서한유와 민진서가 나란히 서서 몸을 꺾어가며 분위기를 고조시켜 갔다. 점잖은 연기자들조차 그 모습에 조금씩 목소리를 냈고 젊은 배우들이나 팬들은 좀 더 크게 환호했다.

"에디오스!"

"진서야아!"

……뒤의 관객석이 그들의 바람을 대신 이루어 주었다.

'나쁘지 않네.'

강윤의 생각대로 무대는 무난히 절정으로 오르고 있었다. 원래 무게감 있는 시상식이지만 에디오스와 민진서의 무대는 잠깐이나마 이들에게 밝고 가벼운 분위기를 선사해 주었다.

민진서의 손가락 브이와 에디오스의 원형 대열로 무대가 끝이 났다. 사람들의 환호와 함께 그녀들이 뒤로 퇴장할 때, 강윤도 자리에서 일어나 무대 뒤편으로 향했다.

"수고했어."

"수고하셨습니다!"

강윤의 말에 모두가 일제히 소리를 맞췄다. 민진서는 처음 보는 광경에 살짝 놀랐다.

"빨리 옷 입고, 집에 가자. 진서는 시상식 끝나고 오는 거지?"

"……네."

"진서는 윤 매니저가 챙기고 에디오스는 나랑 같이 귀가. 자세한 이야기는 숙소에 가면서 하도록 하자. 질문."

"없어요!"

강윤은 민진서의 시무룩한 반응이 마음에 걸렸다. 그러나 먼저 퇴근하는 소녀들의 모습이 부러워서 그럴 거라며 매니저에게 뒷일을 넘겼다.

강윤은 소녀들과 함께 썰물과 같이 빠져나갔다. 그는 순식간에 그녀들을 이끌어 주차장으로 향했고 아직도 밖에서 진치고 있는 팬들을 피해 방송국을 나섰다.

밴 안에서, 정민아가 투덜거렸다.

"다른 무대들하고 다르게 반응이 조용하네요."

그 말에 강윤은 다르게 이야기했다.

"저 점잖은 곳에서 꺅꺅 소리치는 것도 이상하지. 안 그래?"

"그건 그렇지만……."

그들이라고 무대를 즐기고 싶지 않았을까. 그들 주변을 둘러싸고 있는 시선과 카메라는 무서웠다.

강윤은 뒤돌아서며 이야기했다.

"잘했어. 자자. 내일은 휴일인 거 알지?"

"네!"

휴일은 달콤한 법.

강윤의 말에 모두가 기운차게 외쳤다.

"내일이면 2009년이다."

"팀장님, 지금이 2009년이에유."

이삼순의 말에 소녀들이 킥킥거렸다. 이미 자정을 훌쩍 넘겨 새벽 1시가 다 되어 가는 시간이었다. 강윤은 조금 무안해졌다.

"흠흠. 암튼! 이제 2009년이야. 맞잖아?"

"네네."

이젠 그녀들 모두가 강윤과 농담 따먹기도 할 만큼 가까워졌다. 그는 분위기를 환기하며 진중하게 말했다.

"기반을 조금 확보했지만 아직은 갈 길이 멀어. 그래도 잘할 거라 믿어. 내일 푹 쉬고 앞으로 잘해줘. 알겠지?"

"네!"

숙소로 향하는 밴 안은 소녀들의 힘찬 목소리로 가득 찼다.

♪ ♩ ♪♪ ♫♫ ♩ ♪

"진서야. 얼굴이 안 좋은 것 같아. 어디 아파?"

윤희선 매니저는 민진서가 있는 원탁에 다가와 걱정스레 물었다. 그러나 민진서는 고개를 저었다.

"아니에요. 조금 피곤해서 그래요."

"그래? 약이라도 사다 줄까?"

"밤인데 약이 어디 있겠어요. 조금 쉬면 괜찮아질 거예요."

민진서는 사양했다. 윤희선 매니저는 걱정하며 그녀의 곁에서 조금 멀어졌다.

'쳇…….'

민진서의 머릿속에는 강윤이 에디오스 먼저 챙기는 모습이 계속 아른거렸다. 당연한 사실이지만 싫은 건 싫은 거였다.

2009년 새해가 밝았다.

그동안 수고했다는 의미로 휴가비와 3일간의 휴가를 받은 강윤은 며칠을 푹 쉴 수 있었다. 강윤에게만 주어진 회사 측의 배려였다. 덕분에 강윤은 희윤과 전국을 돌며 휴가를 즐길 수 있었다.

일요일까지 쉬고 4일 뒤.

강윤은 회사에 출근해 바로 사장실로 향했다.

"어서 와요, 이 팀장."

"안녕하십니까."

"우리 일주일 못 봤나요? 오랜만에 보는 것 같군요."

그녀는 차를 내오게 하곤 강윤을 소파로 안내했다. 소파에는 이미 무언가가 잔뜩 준비되어 있었다. 강윤은 맨 위에 있는 걸 들어 살펴보았다.

"트라이앵글? 이건 영화 대본 아닙니까?"

"맞아요."

"영화라니, 진서 영화입니까?"

강윤의 말에 그녀는 고개를 저었다. 그쪽이 아니라는 신호를 보내며 그녀는 '종합 뮤직 컨설팅'이라는 이름의 서류를 강윤에게 내밀었다. 그가 고개를 갸웃하며 서류를 살피니 곧 그의 눈이 의문으로 물들었다. 한 장 한 장 차분히 넘기며 강윤은 침을 꿀꺽 삼켰다. 내용이 심상치 않았다.

찬찬히 서류를 모두 읽은 강윤은 차분히 생각을 이야기했다.

"음악에 관련된 종합적인 일이라…… 단순히 공연 하나에 얽매이지 않고 음악에 관련된 여러 가지 일들을 한다니, 취지는 좋다고 생각합니다."

"공연팀에 집중하는 것도 좋지만 다양한 업무에 뛰어드는 것도 나쁘지 않다는 생각이 드는군요. 우린 많은 자금이 있고 이 자금을 여러모로 활용할 수 있다는 장점이 있죠. 전문팀을 만들어 여러 가지 업무를 수행해 보는 게 어떨까 해요."

"이런 일은 컨트롤 타워가 매우 중요하다 여겨집니다. 그런데 저희는 그런 컨트롤 타워가……."

"이 팀장이 맡아줘야죠."

이현지 사장이 너무도 당연히 이야기하자 강윤이 눈을 껌뻑였다. 강윤은 '왜 내가 적임자입니까?'라는 의문 어린 표정을 떠올렸다. 이현지 사장은 거기에 따른 답을 해주었다.

"이 팀장에겐 곡을 보는 센스가 있어요. 시장을 보는 센스도 발군이지만 무엇보다 곡을 보고 판단하는 능력은 지금까지 봐온 누구보다도 낫다고 생각합니다. 지금까지 기획해낸 가수들을 살펴보면 곡을 바꾸거나 편곡한 일들이 많았죠. 곡을 보는 눈이 없었으면 그게 가능했을까요."

"사장님, 그건……."

강윤은 순간 찔끔했다. 이현지 사장이 간접적으로 강윤의 빛을 보는 능력을 언급한 것이다. 물론 그녀가 강윤의 능력을 알 턱이 없었지만 놀라기엔 충분했다. 사장은 아무나 하는 게 아니었다.

"확신할 수 있어요. 강윤 팀장이 있으면 단순히 공연에 얽매이지 않아도 여러 가지를 할 수 있을 거라고. 지금까지 강윤 팀장이 기획한 공연들은 엄청난 이슈가 되었지만, 회사의 이익에는 많은 기여를 하지 못했죠. 전적으로 영업 미스를 낸 내 탓이지만…… 이젠 다를 겁니다. 같이 해봐요, 우리."

이현지 사장의 말에 일리가 있었다. 그러나 강윤은 심사숙고했다. 기획은 자신이 원해 싶어 철저히 준비하고 뛰어들었지만, 대중음악이 아닌 타 영역은 다른 문제였다.

"잠시 생각할 시간을 주시겠습니까?"

"하루 정도 드리면 될까요?"

"아닙니다. 잠깐이면 됩니다."

강윤은 잠시 생각에 빠졌다.

'음악에 관련된 전반적인 업무라……. 끌리긴 한다. 하지만 준비한 게 너무 없어.'

사실 끌렸다. 공연 외에 다른 음악을 할 수 있다는 매력이 있었다. 그러나 문제는 역시 기본 베이스의 부족이었다. 그 걱정을 알았는지 이현지 사장이 말했다.

"선배에게 말해뒀어요. 방학 때도 시간이 되면 수업을 듣도록 해요. 비용이야 내가 다 알아서 할 테니까."

"감사합니다."

"회사에서 하는 투자예요."

이현지 사장은 한마디로 일축했다. 가능성 있는 직원에게 이 정도 투자는 아무것도 아니었다.

잠시 생각하던 강윤은 생각을 이야기했다.

"해보겠습니다."

"잘 생각했어요. 기본 일 방식은 공연팀과 같아요. 나는 산하 영업팀을 구성해서 오더를 따올 거고 이 팀장은 업무에 집중하면 됩니다. 공연팀에서 시행착오가 있었지만, 이번에는 잘 해봐요."

"알겠습니다. 그럼 어떤 일부터 시작하는 겁니까?"

결정한 이상 일은 일사천리로 진행되었다. 이현지 사장은 한 서류를 내밀었다. 서류에는 'DRO 마트 매장 음악 코디네이트'라고 쓰여 있었다. 강윤이 의문을 표했다.

"이건 음악 코디네이터들이 하는 일 아닙니까?"

"맞아요. 매장을 분석해 어떤 배경음악이 적합할지를 선곡해야 하니까요. 아직 우리나라에는 잘 알려지지 않은 분야지만 미국 같은 곳은 이미 시장이 활성화되어 있죠. 쇼핑에는 음악이 중요하니까요."

"흠……."

강윤은 신중했다. 단순하게 매장에 흐르는 음악을 선곡한다는 개념이 아니었다. 가요만 주르륵 재생하는 게 아니라 매장의 특성과 매출, 트렌드 등 종합적인 요소들을 고려해 곡을 선곡하고 테스트도 거쳐야 했다. 게다가 매장의 규모가 큰 경우 저작권 협의도 해야 하는 종합적인 업무였다. 만만한 일이 아니었다.

"이 팀장이 실력을 발휘하기에 좋은 무대라 생각하는데, 어떤가요?"

"생소한 분야긴 하지만, 재미있을 것 같습니다."

"굿. 그럼 좋은 결과를 기대해 봐도 될까요?"

"최선을 다하겠습니다."

강윤의 승낙과 함께 이현지 사장은 미소로 화답했다.

한려예술대학 작곡과 실기시험은 어렵다고 정평이 나 있었다. 타 대학이 300:1의 경쟁률을 보일 때 한려예술대학은 500:1은 기본으로 가지고 들어간다.

이런 어려운 시험에 박소영이 도전장을 내밀었다.

"괜찮아? 노래 제목이 좋네요. 한번 연주해 보겠어요?"

최찬양 교수는 악보를 낸 작은 키의 여학생에게 신호를 보냈다. 여학생, 박소영은 자신만 한 기타를 들고 노래를 시작했다.

"알아주지 않으셔도- 찾아오지 않으셔도- 나는 괜찮아요~"

포크송같이 울려 퍼지는 노래에 최찬양 교수를 비롯한 교수진 모두가 작은 탄성을 냈다. 노래 수준이 제법 되었다. 아니, 노래와 박소영의 목소리가 잘 매치되고 있었다. 특히 최찬양 교수는 마음에 쏙 들었는지 1절만 하고 끊던 걸 2절까지 기어이 들었다.

"감사합니다."

"수고했어요."

박소영의 순서가 끝나고 밖으로 나가자 그는 교수들과 이야기를 시작했다.

"저는 저 애로 하겠어요."

"저도 마음에 드는군요."

최찬양 교수의 주도하에 박소영의 서류에 '합격'이라는 도장이 꽝하고 찍혔다.

강윤과 그가 선발한 MG엔터테인먼트의 직원들은 강남에

있는 'DRO 마트'로 향했다.

"크네요."

연수진 대리가 큰 신발가게를 보며 중얼거렸다. 2층이나 되는 매장 규모에 강남이라는 위치로 항상 많은 사람이 들락거렸다. 그녀뿐 아니라 모두가 큰 매장 규모와 유동 인구에 혀를 내둘렀다.

"안녕하십니까?"

"어서 오세요."

안으로 들어가니 구영수 사장이 그들을 기다리고 있었다.

강윤 일행은 구영수 사장에게서 매출과 하루 고객 수, 유동 인구, 선곡하는 음악 등 필요한 것들을 전달받고 본격적으로 매장을 돌기 시작했다.

스피커로 나오는 음악만으로 판단하기는 쉽지 않았다. 각양각색의 음표들은 보였지만 연주되는 곡이 아닌 완성된 곡의 재생은 음표와 빛이 보이지 않았다. TV 등의 매체를 탄후 빛과 음표가 보이지 않는 것과 같은 이치였다.

가장 큰 무기를 활용할 수 없으니 처음에 강윤은 당황스러웠다. 그러나 언제까지 그럴 수만은 없었다. 그는 신발을 보는 고객들 사이사이를 누비며 매장을 전체적으로 둘러보았다.

"과장님, 손님들이 오래 있지는 않은 것 같아요."

한세영 과장이 조심스럽게 말했다. 유근태 과장도 거기에 동의했다.

"내가 봐도. 원래 신발가게가 다 그런가?"

"이 정도는 아니에요. 그래도 5분은 있어야 하지 않나?"

한세영 과장은 한 고객을 유심히 살폈다. 그러나 2분도 채되지 않아서 휙 나가 버리는 모습을 볼 수 있었다. 혹시나 해서 다른 고객을 봤더니 혹시나 했더니 역시나 그랬다. 모든고객이 그렇지는 않았지만 많은 고객들이 휙휙 나가 버리곤했다.

"팀장님."

한세영 과장이 강윤에게 말해줄 목적으로 그를 불렀다.

"머무르는 시간이 짧군요. 직원들 서비스에 문제가 있어보이지는 않는데…….'

"직원분들은 다들 친절합니다."

한세영 과장이 강윤의 말을 받았다. 그들이 서비스 평가원이 아니라 정확하게 알 수는 없었지만, 직원들도 대체로 사람들의 말을 웃으며 잘 받아주는 편이었다.

강윤 일행은 매장 전체를 돌며 여러 가지를 살폈다. 피크타임 내내 매장을 살피니 얻을 수 있는 게 많았다. 강윤은 모두의 결과를 취합하기 위해 한쪽 구석에 모였다.

"간단하게 말하면 음악이 문제가 있긴 한 것 같군요. 다른곳에서는 문제를 찾아볼 수가 없으니…….'

"제 생각도 그렇습니다, 팀장님."

한세영 과장이 강윤의 말에 덧댔다.

"우리는 음악적으로 접근해서 이 문제를 해결해야겠군요. 고객들이 빨리 나가고 분위기가 전체적으로 가라앉아 있다……. 지금 현재 나오는 음악은 평범한 대중가요군요. 일단 의뢰인의 성향과 매장 주변의 특징, 트렌드 등을 종합해서 리스트를 뽑아보죠."

"네, 팀장님."

"복귀합시다."

강윤의 말과 함께 모두가 사무실로의 복귀를 서둘렀다. 빛을 볼 수 없다는 게 마음에 걸렸지만 강윤은 투지에 불타올랐다.

'내 센스를 한번 믿어보자. 할 수 있어.'

회사 차를 타고 대교를 건너며 강윤은 마음을 굳혔다. 쉽지 않은 일이지만 더 발전할 가능성을 생각하니 즐겁기도 했다.

2009년 첫 업무는 그렇게 시작되었다.

사무실에 복귀한 후, 강윤은 DRO 마트에서 수집한 자료들을 한데 모았다. 그리고 하나하나 정리하며 선곡에 필요한 요소들을 생각해봤다. 눈으로 보고 판단할 수 없어 강윤은 객관적 자료들에 평소보다 더 많은 신경을 썼다.

'여러 브랜드의 신발들을 한데 모아 판매한다. 백화점과 같은 특징이 있다 할 수 있어. 위치는 강남거리에서 가장 눈에 띄는 곳 중 하나. 하지만 옆에 신발가게들이 2개가 더 있다. 항상 유동 인구가 많은 탓에 사람들이 수시로 드나들지만 머무르는 시간은 적다. 아이쇼핑은······.'

매장이라 하지만 가수를 기획할 때 하는 시장 분석과 비슷했다. 분야의 차이가 컸지만 일하는 방식에 있어 통하는 구석이 있었다. 덕분에 강윤은 생각보다 수월하게 일을 진행할 수 있었다.

하지만 복병이 있었다. 신발을 보러 오는 사람들에 대한 공통된 기호였다.

'DRO 마트에는 다양한 사람들이 온다. 이들의 공통된 기호를 찾기가 쉽지 않아. 연령층도 다양하고 성별, 계층도 특정할 수 없다. 그렇다고 백화점에 비유하기엔 매장이 작고. 선곡을 어떻게 해야 할까?'

이래저래 고민이 되었다. 대충 하자면 한없이 쉬웠지만 어렵다면 한없이 어려운 작업이었다. 매장 분위기에 방점을 찍는 선곡이니 매출로 연결될 수 있어 더 어려웠다.

하지만 강윤은 DRO 마트를 분석하며 어디에 강점이 있고 어떤 약점이 있는지를 계속 탐색했다. 가수를 분석해온 짬이 있어 용어의 어려움만 제외하면 해볼 만했다.

한참을 일하던 강윤은 잠시 머리를 식히고자 휴게실로 향했다.

"어? 오빠."

그런데 휴게실에는 선객이 있었다. 디에스의 김진경이었다.

"진경아."

"오랜만이에요. 잘 지내셨어요?"

김진경은 강윤을 보며 반가웠는지 만면에 화색을 띠었다. 강윤과 일한 이후 하는 일마다 잘되고 있었으니 그럴 만했다. 두 사람은 간단하게 인사한 후에 자리에 앉았다.

"회사에서 얼굴 보기 정말 힘드네요."

"그러니까. 놀러 오지."

"짬이 안 나요. 가봐야지, 가봐야지 하는데 스케줄 끝나면 새벽이거든요."

김진경은 바쁜 일상들을 이야기하며 즐거워했다. 인생이 뒤바뀐 느낌이라며 방송국의 일상도 이야기하며 자랑도 했다. 강윤도 그녀의 일이 잘돼 가는 것 같아 기뻤다. 그도 요즘에 처음 맡은 일 이야기를 하며 근황 이야기를 했다. 김진경은 전혀 생소한 음악코디네이터 업무에 신기해했다.

"우와. 노래가 매출에 영향을 줘요? 신기하다."

"그치? 노래가 분위기를 만드니까. 난 무대랑 똑같다고 봐."

"아아. 맞네요. 하긴, 백화점에서도 낮과 밤에 틀어주는 노래가 다르다면서요. 저도 백화점에서 쇼핑할 때는 종일 있어도 지치질 않아요."

"에라이. 난 백화점 잠깐만 가도 힘들더라."

"그건 오빠가 체력이 약한 거고요."

"뭐라?"

느닷없는 태클에 강윤이 발끈하자 김진경은 깔깔대며 웃었다. 강윤도 그녀의 말을 받고 이내 다른 이야기로 화제를 돌렸다.

"백화점같이 선곡해 볼까 했는데 작은 매장이라 안 먹힐 것 같아서 접었어. 백화점은 휴식 공간이 있지만 지금 매장은 쉴 만한 곳이 없거든. 아! 어렵다."

"이거저거 생각하면 어렵겠어요. 오빠 말 들어보면 단순하게 곡만 골라 주는 게 아니네요. 하긴, 그렇게 생각하면 우리 때도 대충 곡 골라서 줬을까나? 그렇게 했으면 망했겠죠?"

"큭큭. 그랬으려나?"

김진경은 강윤에게 스트레스를 조금이라도 풀라며 초콜릿을 사주고는 자리에서 일어났다. 강윤도 그녀를 배웅하고는 옥상으로 향했다. 담배라도 진하게 한 대 태우고 다시 일을 시작해야 할 것 같았다.

옥상에서 강윤은 담배에 불을 붙였다. 희뿌연 연기를 흩뿌리니 긴장이 조금이나마 풀리는 기분이었다.

'후우. 진경이도 완전히 자리를 잡았구나.'

조금 전에 만난 김진경의 얼굴이 아직도 아른거렸다. 그녀의 표정은 매우 밝았다. 이전의 불안해하던 모습은 이젠 조금도 없었다. 디에스라는 그룹을 그렇게 만든 게 강윤, 자신이라는 자부심에 마음이 들떴다.

'그러고 보니 디에스도 이전과 완전히 다른 콘셉트로 나가 성공했지. 잠깐.'

그런데 강윤의 머리에 스치는 생각이 있었다. 디에스는 재즈라는 이전과 다른 무기를 밀어붙였다. 말하자면 신무기였다. 단순한 선곡을 넘어 그 매장에만 있는 차별화된 음악이 있다면⋯⋯.

'그래, 그거다!'

강윤은 태우다 만 담배를 비벼 끄고 바로 사무실로 직행했다.

2009년 첫 이사회의의 가장 큰 화두는 에디오스였다.

강윤이 기존 공연팀을 넘어 종합음악팀이라는 프로젝트를 진행하게 되면서 에디오스가 누구의 책임하에 들어갈 것인지가 이사들 사이에서는 화젯거리였다.

"강 이사는 이번에 신입들 양성하느라 바쁘지 않습니까? 에디오스 업무만 해도 상당할 텐데 병행하는 건 쉽지 않을 거로 생각합니다."

"윤 이사야말로 여자 아이돌을 담당했던 경력이 거의 없지 않습니까?"

이사들은 저마다 날을 세우고 있었다. 그들이 보기에 에디오스는 황금알을 낳는 거위였다. 디에스 이래, 가장 큰 캐시카우가 되지 않을까 모두가 판단하고 있었다. 에디오스에서 나오는 실적을 바탕으로 회사에서의 입지를 높이겠다는 판단이 모두에게 있었다.

그런 그들의 생각을 원진문 회장이 모를 리가 없었다.

'하여간, 욕심들은⋯⋯.'

원진문 회장은 고개를 흔들었다. 주아나 민진서를 저들에게 내놓지 못하는 이유이기도 했다. 적당한 욕심은 좋았으나 과하면 무리수를 두게 마련이다. 그렇다고 이현지 사장은 안 됐다. 그녀도 강윤과 함께 종합팀을 담당해야 했기 때문이었다. 그렇다고 에디오스까지 그가 담당하기엔 저들의 시선이 부담되었다. 아무리 정점에 있다 해도 여론은 신경 써야 했다.

그때, 그의 눈에 누군가가 들어왔다. 오랜만에 이사회의에 참석한 이한서 이사였다.

"이 이사. 요즘 디에스 다음 앨범 준비하고 있지 않나?"

"네. 이번에는 미니앨범으로 제대로 준비 중입니다."

"바쁜데 참석했군. 귀한 얼굴이 납셨어. 어떤가? 에디오스가 탐나진 않는가?"

원진문 회장의 말에 모든 이사의 시선이 일제히 쏠렸다.

"이강윤 팀장이 심혈을 기울인 작품입니다. 저한테 오다
니, 부담스럽습니다. 사양하고 싶네요."

이한서 이사의 말에 다른 이사들은 한숨을 내쉬었다. 그는
크게 욕심이 없는 존재감이 없는 사람이었다. 예의로 하는
사양이 아니라는 걸 모두가 알았다. 그러나 원진문 회장은
그런 그에게 폭탄을 내밀었다.

"좋아. 자네가 맡는 거로 하지."

"네?"

다른 이사들의 시선도 일제히 쏠렸다.

"이 팀장의 부담을 알고 있지 않나. 무리수를 던지지 않고
잘 유지할 수 있겠지."

"하지만 회장님, 이 이사는 디에스를 책임지고 있습니다.
에디오스의 업무까지 주시면…….""

원진문 회장의 선언과 함께 다른 이사들이 항의를 시작했
지만, 모조리 기각되었다. 이한서 이사는 몇 번을 사양하다
원진문 회장의 뜻이 워낙 완강해 결국 받아들였다. 회사 일
에 크게 참여하지 않고 유유자적하던 그였지만 디에스에 에
디오스까지 담당하게 되면서 본격적인 일의 세계로 뛰어들
게 되었다.

'허! 일이라니.'

다른 이사들의 경계 어린 빛을 받으면서 그는 차 마실 시간이 줄어든다는 사실이 싫어 한숨을 내쉴 따름이었다.

매장에 나갈 음악을 선곡하는 일.

강윤의 팀원들 모두가 처음 하는 일이라 시행착오도 당연히 존재했다. 대중의 취향을 파악하고 트렌드를 찾아내는 것은 최고의 노하우를 보여주었지만 '상품판매'라는 요소가 들어가니 쉽지 않았다.

강윤은 직원들에게 DRO 매장의 선곡 리스트들을 가져오게 하는 것부터 시작했다. 선곡 리스트들을 뽑은 후 분석을 하니 시간대별로 재생하는 곡들에 따라 매출에 차이가 있다는 것을 발견했다. 그 이후 강윤은 데이터들을 바탕으로 현재 트렌드와 매출에 도움이 될 만한 노래들을 시범적으로 선곡했다. 그리고 팀원들과 회의하고, 다시 고르는 과정의 연속이었다.

그렇게 시간이 지나 클라이언트인 구영수 사장에게 중간 보고를 하는 날이 되었다. 강윤은 이현지 사장과 함께 강남의 DRO 마트로 향했다. 마침 점심시간이 지나 커피가 생각날 시간이었다. 강윤 일행은 구영수 사장과 함께 근처 카페로 향했다.

"호오."

구영수 사장은 강윤이 준 서류들을 보며 작게 탄성을 냈다. 과거에 스트리밍 사이트에서 무작위로 최신 곡들을 재생했던 리스트와는 확실히 달랐다.

"최근 노래도 있고, 1년 전 노래에…… 이건 좀 된 노래 아닌가요?"

3년 전 노래까지 선곡 리스트에 있었다. 최신 노래에 뒤처진 선곡이 아닐까 걱정한 구영수 사장은 바로 지적에 들어가자 강윤이 답해 주었다.

"시간이 지난 노래이긴 하지만 분위기를 전환하기에 이만한 노래는 없다 판단했습니다. 지금 선곡한 노래들은 저녁 피크 타임에 주로 오는 직장인들을 타깃으로 해봤습니다. 조금이라도 편안하게 물건들을 볼 수 있도록 배려했습니다."

"편안…… 그렇다면 좀 더 느린 곡이 나을 것 같은데……."

댄스곡도 있었고 무난한 템포의 록도 있었다. 그러나 이상하게 발라드 같은 느린 곡은 없으니 구영수 사장은 의문을 표했다. 강윤은 그래프를 보여주며 답했다.

"여기를 보시면 퇴근시간대에 가장 많은 손님이 몰립니다. 하지만 대부분 3분 안에 나가는 분들이 많습니다. 이때 재생되는 노래들을 분석해 봤습니다. 첫날은 '소나기', 두 번째 날에 '노을이 번져가' 세 번째 날이 '반지', 네 번째 날은 '그래, 여기서'였습니다. 앞의 두 날은 템포가 느린 곡, 세 번째 날을 비롯해 네 번째 날은 빠른 템포의 곡입니다."

"느린 곡이 나올 때 고객이 더 빨리 퇴장한다는 말인가요? 다른 요인도 있을 텐데요. 허, 이거 참……."

강윤의 그래프에는 느린 곡이 재생될 때의 매출과 고객들의 수가 더 내려가고 있었다. 조금은 들쑥날쑥했지만, 꽤 준수한 수치였다. 이런 데이터를 볼 줄은 상상도 못 한 구영수 사장은 당혹스러움을 감추지 못했다. 음악이 이런 힘이 있을 줄은 상상도 못 했다.

강윤은 여기에 추가 설명해 주었다.

"이 수치는 많이 단순화시킨 것입니다. 여기에는 서비스, 내부의 불특정 요인들은 동일하다 가정하고 계산했습니다. 저희는 음악에 대해 언급만 할 수 있다는 걸 양해 부탁드립니다."

"그건 그렇지요."

"저희는 이제 이 리스트에 보강해서 3일 정도 시험을 할 생각입니다. 그리고 서비스를 추가하시면 매장에 재생되는 곡을 편곡하여 제공할 생각입니다."

"편곡? 그건 어떤 겁니까?"

"기존의 노래를 듣기 좋도록 편집할 생각입니다. 물론 원곡 제작자와 합의하는 과정들은 저희가 다 알아서 할 겁니다. 같은 곡이지만 이 매장에서만 들을 수 있도록 편곡을 해 드리는 서비스입니다."

"호오."

말하자면 특화 서비스 제공이었다. 구영수 사장은 돈 문제가 나오자 이현지 사장을 돌아봤다.

"현지야. 비용이 얼마나 돼?"

"오빠는 첫 손님이니까 30% 할인해 줄 용의가 있어."

"오올. 괜찮네. 바로 한다. 낮, 저녁피크, 주말 피크까지 3곡."

구영수 사장은 더 생각하지 않고 서비스를 신청하곤 계약서에 사인했다.

이후 강윤과 이현지 사장은 추가로 필요한 이야기들을 더하고는 카페를 나섰다. 구영수 사장이 바로 테스트를 시작해도 상관없다 해서 일정을 훨씬 앞당길 수 있었다. 강윤은 다음 날부터 시험하기로 확정을 짓고 미팅을 파했다.

다음 날.

구영수 사장은 MG엔터테인먼트에서 보내온 곡들을 재생했다.

"사장님? 이거 음질이 좋네요?"

평소의 스트리밍 서비스보다 훨씬 좋은 음질의 곡들에 남자 직원 하나가 감탄했다.

"비싼 서비스야. 이 정도야 당연한 거지."

"이거 무손실 음원인가요? 음질 진짜 좋네."

평소 비싼 스피커가 제값을 못 하는 것 같아 안타까웠던 남자 직원은 이제야 스피커가 제값을 한다며 호들갑이었다. 그 말에 구영수 사장은 MG엔터테인먼트의 서비스에 만족했다.

'비싼 값을 하네.'

작은 곳 하나에도 세세히 신경을 써주는 것 같아 마음이 흐뭇해졌다.

오픈 시간이 지나고 곡들이 재생되었다. 최신 음악들로 시작했지만 이어 과거의 노래도 나오며 분위기를 이어갔다. 이전에는 신나는 음악들이 주를 이루었다면 지금은 차분하면서도 마음을 즐겁게 해주는 신선한 노래들이 많았다.

"이 노래 좋다. 뭐야?"

"이거 옛날 노래 뭐더라……. 아, 기억 안 나네. 나 이거 완전 좋아 했는데."

근처를 지나다 들르는 손님들도 하나둘씩 반응을 보였다. 아이쇼핑 고객들도 있었지만, 매장에 머무르는 시간이 조금이지만 느낄 수 있었다.

첫날, 변화된 노래의 효과에 구영수 사장은 만족했다.

두 번째 날과 세 번째 날은 시간이 좀 더 늘었다. 직원 한 사람이 담당하는 고객 수가 증가하고 있는 게 그 증거였다. 또한, 계산대로 향하는 손님의 수가 증가하고 있었다.

'허! 이게 음악 하나 바뀌었다고 되나?'

구영수 사장은 결과를 보면서도 어이가 없었다. 그렇다고 무작정 좋아하긴 일렀다. 이제 겨우 3일이 지났을 뿐이었다.

네 번째 날. 구영수 사장은 확실히 매장의 분위기가 변한 걸 느낄 수 있었다. 이젠 직원들의 행동이 변하고 있었다.

"어서 오십시오. 무엇을 도와드릴까요?"

"구두 보러 왔는데요."

"여기에……."

구영수 사장은 직원들도 친절해졌다는 걸 느꼈다. 이전에 무표정했던 직원도 분위기를 탔는지 만면에 미소를 띠고 사람을 상대하고 있었다. 게다가 진상이라 표현하는 힘든 고객도 며칠 사이 많이 줄어들어 있었다.

"나갈까?"

"아니. 조금만 있다 가자."

1시간째 나가지 않는 여성 구매자들의 이야기를 들으며 구영수 사장은 확실히 알 수 있었다. 요 며칠 사이 자연스러워진 풍경이었다. 사람이 사람을 부르는지 사람들은 계속 유입되고 있었다.

네 번째 날을 마감하니 마지막 실험일인 다섯 번째 날이 되었다.

구영수 사장이 직원들과 조회를 하고 오픈을 위해 음악을 틀려는데 그의 휴대전화가 진동했다. 보니 강윤의 전화였다. 간단하게 인사를 하고 용건을 물으니 이쪽으로 오겠다는 이야기를 들었다.

"저녁에 오시는 건가요?"

―네. 결과를 봐야 하니까요. 오늘 갈 때 그때 이야기한 곡을 들고 가겠습니다."

"아, 그 매장만의 곡? 그거 말씀이십니까?"

―네. 들어보시면 만족하실 겁니다. 그럼 저녁에 뵙겠습니다.

구영수 사장은 기대하며 저녁이 오기를 기다렸다.

점심시간이 지나 4시 30분 정도가 되니 강윤이 DRO 마트에 도착했다. 강윤은 바로 USB를 구영수 사장에게 주고는 매장을 살폈다.

"사람이 많네요."

"음악이 바뀐 효과가 나타나고 있습니다. 사람들이 머무르는 시간이 확실히 늘었어요."

"다행입니다. 다음 주 정도면 편곡까지 완료해서 완성된 편곡 리스트를 드리겠습니다."

전체적으로 사람이 늘고 화사해진 매장 분위기에 구영수 사장은 크게 만족했다. 강윤도 일주일 사이 뭔가 변한 이 매장에 놀라고 있었다. 이전에는 주변 매장들보다 손님도 적고 빠져나가는 손님도 상당했는데 지금은 그런 모습은 찾아보기 힘들었다.

강윤이 매장을 살피다 보니 어느새 시간이 6시를 향해 가고 있었다. 매장에 사람이 더더욱 늘어나기 시작했다. 피크

타임의 시작이었다.

"시작해 볼까요."

시간이 되었다. 강윤은 USB에 담아온 매장 특화 노래를 재생시켰다.

─너 없이 하루도 못 살 것 같았던 나, 하루가 다르게~

클럽 풍의 노래를 자주 부르는 남자 아이돌 '트웨인'의 노래가 매장에 흘러나오기 시작했다. 그러나 그들 특유의 일렉트릭 비트와는 달랐다. 어쿠스틱 기타 소리와 함께 드럼, 베이스 소리가 풍부하게 흘러나오며 보컬의 목소리를 강조하고 있었다.

"우와. 이거 '장마' 아냐? 이런 버전도 있었나?"

"노래 완전 짱이야."

여성들이 가장 먼저 반응했다. 원래 인기가 많은 트웨인이었지만 이런 노래는 처음이었다. 보통 쇼핑하면서 나오는 노래는 흘려보내게 마련이었지만 이런 특색 있는 노래에는 자연히 귀가 가게 마련이었다.

남자들의 반응도 나쁘지 않았다.

"노래 괜찮네. 얘네 맨날 방방 뛰기만 하던 애들인데."

"그치그치?"

커플들의 반응도 좋았다. 물론 남자 측에서 살짝 질투하는 모습을 보이는 경우도 있었다. 매장 안 고객들은 노래에 귀 기울이며 신발도 즐겁게 골라갔다. 들어오는 사람들도 입구부터 들려오는 음악에 귀를 기울이며 눈을 감을 정도였다.

"사람들 반응이 상당하네요."

구영수 사장이 고객들의 반응에 즐거워하자 강윤은 좋은 반응이라며 맞장구를 쳤다. 그러나 속으로는 안도의 한숨을 내쉬고 있었다. 음표와 빛을 볼 수 없어 애를 먹었다. 그러나 정확한 자료와 트렌드 분석 등으로 선곡 등으로 좋은 결과를 이끌어냈다. 고생한 보람이 있었다.

선곡이 한 바퀴 돌고 다시, 트웨인의 노래가 흘러나왔다.

"어? 또 나왔다."

"어머어머."

아까부터 신발을 고르고 있던 고객들이 다시 반응을 보였다. 쇼핑을 오래 하던 고객들은 바로 노래를 알아봤다. 이전에 나가지 않던 고객들과 들어오는 고객들로 매장 안은 손님들이 점점 들어차기 시작했다. 며칠간 손님들이 늘었다 했지만, 지금과는 비교도 할 수 없었다.

"저기요."

"네! 잠시만 기다려 주세요."

덕분에 직원들이 고생이었다. 계산한 손님들도 바로 나가지 않고 다시 물건들을 보며 쇼핑을 즐기는 모습도 상당수 눈에 띄었다. 추운 겨울에 땀까지 흘리며 일하는 직원들은 힘들었지만, 끝까지 좋은 서비스를 제공하려 노력했다.

구영수 사장은 이 모든 과정을 눈에 담으며 놀라움을 금치 못했다.

"오픈 이래, 평일에 이 정도 손님은 처음 봅니다……."

미어터지는 매장을 보며 강윤은 그저 웃을 따름이었다.

마감 시간이 되어도 나가지 않는 손님들이 상당수 있었다. 결국, 직원들이 양해를 구하고 나서야 손님들이 아쉬운 눈치를 보이며 밖으로 나갔다.

"먹고 정리하자."

"감사합니다!"

오늘 고생한 직원들에게 구영수 사장은 피자를 돌렸다. 매출이 엄청났다. 작은 회식 덕분인지 고생한 직원들도 오늘의 고생도 주욱 내려가는 기분을 느꼈다.

"드세요."

"감사합니다."

강윤도 피자를 들었다. 종일 매장을 보느라 저녁도 제대로 먹지 못했다. 배에서 그를 원망하는 소리가 자자했다.

구영수 사장은 피자와 콜라를 들고 만면에 미소를 지었다.

"최고의 하루네요. 매일 이 정도 매출만 나와준다면 좋겠습니다."

"앞으로 더 잘되실 겁니다."

"암요, 암요."

구영수 사장은 기분파였다. 콜라로 건배도 제의하며 직원들의 사기를 끌어올렸다. 분위기를 탄 직원들에게 회식비까지 주며 환호를 받았다.

강윤은 매장의 매출을 보며 생각에 잠겼다.

'이젠 홍보할 차례네. 여기서만 들을 수 있는 곡이라고.'

매출에 웃는 구영수 사장을 보며 강윤의 머리는 여러 가지 계산으로 복잡하게 돌아가고 있었다.

♪ ♪♩♩ ♫♫♪ ♪

—이 사람 도대체 뭐야 사랑하지 않고 못 견디겠어~

최찬양 교수는 휴대전화로 재생되는 밴드의 영상을 자세히 보고 있었다. 그는 이어폰을 끼고 들려오는 멜로디 하나하나에 귀를 기울였다.

영상이 끝나고, 최찬양 교수는 이현아에게 휴대전화를 돌려주었다.

"곡 잘 나왔네. 좋아."

"감사합니다, 교수님."

"이만하면 바로 녹음해도 되겠어. 느낌이 좋아. 여유 있으면서 늘어지지도 않아."

이현아는 최찬양 교수의 좋은 말에 기분이 좋아졌다. 언제나 부드러운 최찬양 교수였지만 할 말은 반드시 하는 사람이었다.

"이제 녹음을 해볼까 해요. 우승 상금도 남아 있고, 멤버들도 이 곡이면 될 것 같다고 하네요."

"프로듀싱 해줄 사람은 있고?"

"그게 아직……. 교수님은 힘드실까요?"

"알았어. 제자가 도와달라는데. 대신 공짜는 안 된다?"

"감사합니다."

이현아는 만세를 불렀다. 스튜디오 대여료도 문제였지만 엔지니어 몸값도 무시 못 했다. 최찬양 교수의 도움은 컸다.

"녹음할 때 강윤 씨도 초대해."

"네. 안 그래도 그러려고 했어요. 첫 작품이 나오는데 당연히 함께해야죠."

"좋아하겠다."

이현아의 악보를 보며 최찬양 교수는 흐뭇한 미소를 지었다.

강윤과 로인 작곡가, 그리고 또 다른 전속 작곡가 원희진 작곡가가 막바지 작업에 구슬땀을 흘리고 있었다.

"느낌이 안 사는데……."

로인 작곡가는 원희진 작곡가의 편곡에 거리감을 느꼈는지 타박을 했다. 원희진 작곡가는 원래 넣었던 231번 소리를 빼고 430번 소리를 추가해 믹싱을 했으나 역시 반응은 똑같았다.

"안 살아. 희진아. 있잖아, 좀 더 화려한 소리 안될까?"

"풍성하게요?"

"그 뭐냐. 곡이 처지잖아. 이거 트는 시간이 주말 절정에서도 한낮이야. 낮에 나들이 나온 사람들한테 늘어진 박자 들려주면 되겠어? 좀 더 올려보자."

"알겠어요."

원희진 작곡가는 계속 소리를 찾았다. 그러나 로인 작곡가에게 계속 타박당하는 신세를 면치 못했다.

강윤은 그녀들의 작업을 조용히 지켜보고 있었다. 처음에 멀쩡했던 곡을 원하는 느낌대로 편곡하는 과정은 쉽지 않았다. 편곡하지 않았을 땐 멀쩡한 하얀빛이었던 곡이 지금은 회색으로 우중충해지고 있었다.

"이건 네가 들어도 아니지?"

"네……."

이미 수 시간째. 작업은 계속되고 있었다. 그러나 원하는 곡이 나오지 않아 다들 머리를 쥐어짜고 있었다.

"이건 어때요?"

기어이 500번째 소리를 넣은 원희진 작곡가가 지친 기색으로 묻자 로인 작곡가는 이 정도면 됐다며 고개를 끄덕였다. 그러나 다음 보스가 대기하고 있었다.

"다른 소리 없을까요? 쓸데없이 웅장한 느낌이네요."

"……."

원희진 작곡가는 울 것 같았다. 하지만 강윤에게도 이유가 있었다.

'약한 회색이야.'

강윤은 적어도 강렬한 하얀빛은 내뿜어줘야 가져갈 품질이 된다고 생각했다. 이런 곡을 들고 가면 난리가 날 게 뻔했다.

원희진 작곡가는 길어지는 시간에 몸이 점점 처지는 것을 느꼈다. 강윤의 팀이 지독하다는 건 익히 들어 알고 있었다. 그런데 이렇게까지 사람을 잡고 늘어질 줄은 몰랐다.

"쉬었다 할까요?"

그래도, 적당할 때에 강윤이 휴식을 선언했다. 딱 물 한 잔이 생각나는 그때였다. 강윤이 옥상으로 올라가고 스튜디오에는 로인 작곡가와 그녀, 두 사람만이 남았다.

"소문으로 듣긴 했는데, 이 팀장님하고 일하는 건 체력적으로 힘드네요."

로인 작곡가는 냉커피를 단번에 마시며 한숨지었다. 로인 작곡가는 후배의 말에 고개를 저었다.

"힘들긴 하지. 그래도 여기가 MG 최고의 노다지야."

"알지만…… 일이 너무 힘들어요."

"쉬운 일이 어디 있겠어. 그래도 힘든 건 통장에 찍히는 돈 보면 확 풀려."

곧 다가올 월급을 생각하며 원희진 작곡가는 힘을 내기로 마음먹었다.

강윤이 옥상에서 내려오고 작업이 재개되었다. 다시 소리를 찾는 여정이 시작되었다. 후배를 교육한다고 가만히 지켜보기만 했던 로인 작곡가도 작업에 참여했다.

"이건 어떤가요?"

로인 작곡가와 원희진 작곡가가 찾은 오르간 같은 소리에 강윤은 고개를 흔들었다. 만족스럽지 않았다. 이어 그녀들은 계속 소리를 탐색했고 기어이 적합한 소리를 찾아냈다. 얼핏 들으면 일반 피아노 소리와 다를 바 없었지만 편곡된 음과 조합하니 빼어난 음악이 연출되었다.

"이걸로 가죠."

드디어 강윤의 승인이 떨어졌다. 귀가 시간도 한참이 넘었을 무렵이었다. 두 작곡가는 선후배 구분 없이 서로를 부둥켜안고 만세를 불렀다.

작업이 끝나고 음원을 만든 후에야 오늘의 지루한 일정이 끝이 났다.

"수고하셨습니다."

강윤은 먼저 스튜디오를 나섰다. 오늘 완성된 음악으로 로인 작곡가가 후배를 더 가르쳐야 한다며 스튜디오에 남았다. 원희진 작곡가가 살려달라며 강윤을 붙잡았지만 로인 작곡가에게 곧 찔끔하며 고개를 숙이고 말았다.

밖으로 나오니 늦은 밤이었다. 강윤이 서둘러 역으로 향하는데 문자가 한 통 왔다. 이현아의 문자였다.

―곡 완성됐어요. *^.^* 메일주소 보내주세요.

곡을 메일로 보내주겠다는 내용이었다. 강윤은 곧 메일 주소를 보내주었다.

집으로 돌아온 강윤은 곧 컴퓨터를 켜고 메일을 열어보았다. 그의 옆에는 희윤이 함께했다.

"동영상이네?"

희윤이 강윤의 옆에 바짝 붙으며 강한 호기심을 드러냈다. 곧 영상을 재생시키자 이현아와 밴드들의 노래가 시작되었다. 화질은 좋지 않지만, 노래를 들을 정도는 되었다. 희윤이 여자 보컬이 두드러지는 영상에 호기심을 드러냈다.

"이 곡 좋다. 무슨 노래야?"

"'시간 있나요'라는 곡이야. 저 노래 부르는 애가 만들었어."

"저 언니가? 어? 어디서 많이 본 언닌데? 그 대학가요제에 나왔던 언니 맞지?"

"맞아. 직접 만든 거 보내 준 거야. 내가 도와줬거든."

"진짜? 오빠가 저 노래 만드는 거 도와줬어?"

희윤의 눈빛이 강해졌다. 작곡에 대한 강한 호기심에 강윤은 놀랐지만 바로 답해 주었다.

"응. 왜?"

"아냐. 오빠 벌써 작곡도 하는 거야? 대단하다."

"그냥 조언만 몇 마디 했어. 실질적인 작업은 저 애가 다 했지. 노래 괜찮아?"

"완전 괜찮지. 저거 앨범 만드는 거야?"

"음반으로 내려면 기획사에 보내거나 하겠지. 저 곡으로 언더에서 활동하지 않을까? 홍대 같은 곳에서 말이야."

"아아."

희윤은 동영상에 강하게 자극을 받았는지 본 걸 또 보고, 또 재생했다. 강윤이 자리에서 일어나자 아예 그의 자리까지 차지해 영상에 집중했다.

'희윤이가 이런 데 관심이 있었나?'

희윤의 집중하는 모습에 놀란 강윤은 얼떨떨했다. 그러나 최근 들어 동생이 음악에 관심을 보이고 있다는 걸 어렴풋이 알고는 있었다. 그런데 이렇게까지 관심을 보이니 동생이 음악을 하는 것에 대해 진지하게 생각을 해봐야 하지 않을까, 생각하게 되었다.

남매의 밤은 그렇게 흘러가고 있었다.

드디어 그날이 왔다.

강윤은 최종적으로 선곡한 리스트들을 가지고 DRO 마트로 향했다. 오늘은 이현지 사장도 함께했다. 도착하니 구영수 사장이 커피까지 내주며 반갑게 맞아주었다. 처음 선곡한 것을 테스트할 때와는 완전히 다른 모습이었다.

매장 안에 마련된 작은 사무실에서, 세 사람은 간략하게 대화를 나누었다.

"오늘부터 진짜 시작입니다."

지난주는 테스트였다. 지금부터 진짜라는 강윤의 말에 구영수 사장은 기대 어린 눈빛을 보냈다.

"그때 우리 매장에만 틀었던 곡, 다 포함된 거죠?"

"네. 단, 주의하실 사항이 있습니다. 꼭 이 순서대로 재생해 주세요. 노래 순서가 꼬이거나 프로그램을 건드는 일이 없도록 직원들 교육을 확실히 해주십시오."

"알겠습니다."

강윤은 그 외 몇 가지 주의사항을 더 전달했다. 1주일 단위로 매출을 보내달라는 이야기와 더 요구할 게 있으면 하라는 말이었다. 구영수 사장은 돌아오는 금요일부터 세일기간이라 사람들이 더 몰려올게 걱정이라 말했고 강윤은 거기에 맞춰 선곡했다며 안심시켰다.

"……이상입니다."

"좋네요, 좋아. 이 정도면 충분합니다."

"그럼 전 매장을 돌아보고 오겠습니다."

강윤이 먼저 사무실을 나서자 이현지 사장과 구영수 사장

둘만 남았다.

"현지야. 저 사람 일하는 게 장난 아닌데? 똑 부러지는 게 마음에 들어."

"우리 업계에선 떠오르는 샛별이야. 아니지. 이젠 샛별이라 하긴 그러네. 아무튼, 마음에 들지?"

"젊은 사람이 참 대단해. 신뢰가 가. 저 사람 꼭 잡아라, 현지야."

"당연히 잡아야지."

"오올. 올해 국수 가는 거야?"

"뭐라는 거야. 죽는다."

일부러 그런 건지 모르고 그런 건지. 잘못된 해석에 이현지 사장이 주먹을 쥐자 구영수 사장은 생명의 위협을 느끼며 뒤로 물러났다.

강윤은 본격적으로 음악이 재생되는 매장을 돌며 여러 가지를 파악했다.

선곡에 대한 반응은 무척 좋았다. 특히 지난주부터 가게만의 노래가 나온다는 것이 몇몇 블로거들에게 게시되어 방문자들이 늘어나고 있었다. 주변 매장에서 직원들 옷을 갈아입혀 탐색을 보내는 등, 경계의 시선도 강했다.

오늘은 특별히 제작된 곡 3곡을 모두 재생하는 날이었다. 토요일, 2시를 넘어 피크타임이 시작되자 첫 번째 곡이 재생되었다.

"어? 이거 그 노래 아냐?"

"조금 바뀐 것 같다. 그런데 완전 좋은데?"

매장에 흘러나오는 노래는 3년 전 노래, '우린 사랑하고 있어'라는 노래였다. 3인조 여가수, 세레니의 노래로 매우 유명한 곡이었다. 그런데 편곡을 해서 이전의 발랄한 느낌에 약간은 여유를 살렸다.

"세레니 노래 잘하는데? 그런데 얘들 앨범 냈어?"

"무슨 소리야? 걔들 해체했잖아."

사람들은 뜬금없이 세레니 이야기도 했다. 매장 안에 들어서는 사람마다 세레니 이야기를 한마디씩 했다. 선곡된 곡들이 한 바퀴 돌고 나면 어김없이 특별히 넣은 이 노래가 흘러나왔다. 그리고 몇 명씩은 반드시 반응을 보였다. 노래를 듣기 위해 매장 안에 머무르는 사람도 있었다.

"호오."

이현지 사장과 구영수 사장이 나란히 밖으로 나왔다. 그들은 피크시간에 꽉 들어찬 손님들을 보며 즐거워했다. 특히 줄을 서며 계산하는 고객들을 보니 더할 나위 없이 기뻤다.

"오늘 돈 좀 나오겠네."

"한잔 사는 거지?"

"고럼."

구영수 사장이 기쁘게 엄지손가락을 올렸다.

피크타임에 손님들이 한꺼번에 몰려 직원들이 고생을 많

이 했다. 구영수 사장은 자양강장제까지 돌리며 이들을 격려했다. 그렇게 두 번째 피크타임이 되었다.

"아무래도 오빠도 가야겠는데?"

"……."

이현지 사장은 장난스럽게 구영수 사장의 등을 떠밀었다. 매장은 손님들로 발 디딜 틈도 없었다. 혹시 몰라 쉬는 직원들까지 출근시켰지만 커버를 못 할 지경에 이르니 구영수 사장도 뛰어 내려가야 했다.

이현지 사장은 매장 카운터에 있는 강윤에게 향했다.

"어떤가요?"

"매출은 괜찮은 것 같습니다. 곡 선곡도 나쁘지 않은 느낌입니다."

강윤은 지난주 매출과 현재 실시간 매출을 비교하며 말했다. 강윤이 보여주는 그래프에는 오늘 실시간 그래프가 지난주 같은 시간의 매출보다 높게 나타나고 있었다. 이현지 사장은 만족하며 화제를 전환했다.

"여기서만 나오는 노래 때문일까요. 사람들이 나가질 않는군요."

이현지 사장은 두 번째 노래, '하나만 바라봐'라는 노래에 빠져든 사람들을 지켜보았다. 이 노래는 반년 전 나온 노래로 남자 힙합 듀오의 노래였다. 그런데 느긋한 노래를 빠른 비트로 바꾸고 몇 가지 소리를 가미하니 리듬감이 살아 있는 신나는 노래로 탈바꿈했다.

그래도 시간은 간다고, 손님들이 정신없이 여기저기서 불러대도 시간은 잘 흘러갔다. 그렇게 전쟁 같은 하루가 흘러 어느새 마감 시간이 되었다.

"으어어어어어……."

매장 문을 잠가 버리고, 구영수 사장을 비롯한 모든 직원이 바닥에 추욱 늘어져 버렸다.

"야! 다 가라. 청소 까짓것 내일 하자……."

"네에……."

역대 최다 방문객을 찍어버린 오늘, 청소까지 하는 건 무리였다. 구영수 사장은 포스 계산기만 마감하라 말하곤 모든 직원을 퇴근시켰다. 그리고 매출관리표를 뽑아 오늘의 매출을 살폈다.

"헉!"

구영수 사장의 입이 쩍 벌어졌다. 강윤과 이현지 사장이 다가가자 그는 두 사람을 끌어안고 외쳤다.

"최, 최고야……. 역대 최고 매출이야!"

남자의 품이 좋진 않았지만, 지금 이 순간은 괜찮았다. 힘들게 일한 보람이 있어 강윤은 흐뭇한 미소를 지었다.

4화

그의 첫 곡은 허리케인?

쉬는 날.

강윤은 최찬양 교수를 만나 화성학을 배우고 있었다.

방학에도 곡을 가르쳐 주겠다는 최찬양 교수의 배려 덕분이었다.

"이젠 많이 느셨네요. 메이저, 마이너에 디미니쉬……. 스케일은 걱정이 없겠어요."

"감사합니다."

카페에서 커피 한잔을 마시며 듣는 강의는 즐거웠다. 최찬양 교수는 부드럽게 강윤을 잘 이끌어 주었다. 덕분에 강윤은 스펀지가 물을 흡수하듯 음악 지식을 마음껏 배울 수 있었다.

"잠시 쉬었다 할까요?"

최찬양 교수의 말에 강윤이 고개를 들어보니 벌써 해가 뉘엿뉘엿 지고 있었다. 집중하니 시간은 순식간에 지나갔다. 쉬는 시간을 이용해 최찬양 교수는 근황 이야기를 시작했다.

"강윤 씨는 여전한 것 같네요. 바쁘고, 또 바쁘고……."

"제가 하는 일이 그렇습니다. 이쪽 일이 워낙 손이 많이 가잖습니까."

"하긴, 그러네요. 특히 강윤 씨 정도 되는 책임자라면 더 그러겠네요."

강윤은 고개를 끄덕였다.

두 사람은 서로 많이 친해져 여러 가지 이야기를 나누는 사이가 되었다. 최찬양 교수는 취미로 만화를 즐겨 본다 했다. 젠틀한 신사 같은 겉모습과는 전혀 다른 취미에 강윤은 신세계를 본 듯했다.

잠시 대화를 나누고 다시 공부를 시작하려 할 때, 최찬양 교수의 휴대전화가 울렸다. 그는 잠시 전화를 받겠다며 밖으로 나갔다.

강윤이 책을 보고 있을 때, 최찬양 교수가 들어왔다.

"현아가 오고 싶다는데 어떻게 할까요?"

"전 괜찮습니다."

최근에 여러 번 보는 감이 있었지만, 강윤은 아무래도 괜찮았다. 최찬양 교수는 전화로 전달하곤 통화를 마쳤다.

두 사람이 공부를 다시 시작하고 얼마 지나지 않아 이현아가 왔다. 그녀의 등에는 커다란 기타가 들려 있었다. 서로 인사를 나누고 간단하게 이야기를 나눈 후, 이현아는 악보를 꺼내 들었다.

"지난번 보여드렸던 그 악보예요."

"아, 그거. 노래 괜찮더라."

강윤은 솔직하게 이야기했다. 듣기에 노래가 나쁘지 않았다. 최찬양 교수도 같은 생각이었는지 동의했다.

"녹음한다고 하지 않았어?"

"네. 이번 주 수요일이에요. 저녁 7시입니다."

"알았어."

최찬양 교수는 수첩을 들어 시간을 기록했다. 강윤도 전에 한 약속을 기억하고 휴대전화에 시간을 적었다.

"꼭 와주세요."

두 사람의 승낙을 얻은 이현아는 기타를 꺼내 들었다. 작곡한 노래를 들려주겠다며 그녀는 가볍게 기타를 튕겼다. 낭랑한 기타 소리와 함께 그녀의 소리가 카페에 조용히 퍼지기 시작했다.

"우~ 사랑에 빠지지 않곤 못 견디겠어, 온종일 난 너만~"

기타의 음표와 이현아의 음표가 합쳐져 하얀빛을 만들어 냈다. 빛은 매우 밝았다. 강윤은 가볍게 박수를 치며 그녀에게 호응했다. 거기에 신이 났는지 그녀의 기타를 튕기는 손에 힘이 들어갔다.

"내 마음 저 시곗바늘- 위에-"

카페의 몇 없는 손님들도 강윤 일행을 바라보고 있었다. 때 아닌 라이브 무대에 모두가 진한 호기심을 보이고 있었다. 최찬양 교수는 가볍게 발을 구르며 박자를 맞추고 있었고 강윤은 박수로 충실한 관객이 되어 주었다. 그들의 테이블은 작은 무대와 같았다.

노래가 끝나고, 이현아는 수줍게 고개를 숙였다.

"어땠어요?"

"좋다."

강윤은 한마디로 축약했다. 멋진 곡이었다. 그녀의 목소리에 딱 맞는 좋은 곡이라고 생각했다.

"오빠 덕에 만들 수 있던 곡이에요."

"내가 한 게 뭐 있다고."

"오빠가 여기, 여기 멜로디 만들어주셨잖아요."

이현아는 악보를 가리켰다. 세 번째, 네 번째 멜로디 라인과 베이스 라인을 가리키자 강윤은 멋쩍게 웃었다.

"도와줬으니까 가능했지. 내가 뭘 안다고……."

"멜로디 만드는 게 얼마나 어려운데요. 오빠 덕에 좋은 노래를 만들 수 있었어요. 제 노래에 공동 작곡가로 오빠 이름을 올릴까 해요. 괜찮을까요?"

이건 정식 요청이었다. 강윤이 심각하게 고민하자 옆의 최찬양 교수가 말했다.

"강윤 씨, 회사 때문에 그런가요?"

"그런 건 아닙니다. 이런 개인적인 문제에 회사가 관여할 일은 없으니까요."

"그렇다면 괜찮지 않을까요? 자신의 곡을 만든다는 건 아무나 할 수 있는 일이 아니에요."

그 말에 강윤은 잠시 고민에 빠졌다. '자신의 곡'이라는 말이 그를 자극했다.

"……그래. 올려줘."

"알았어요. 절대 오빠 이름에 부끄럽지 않게 좋은 노래가 되게 할게요."

그녀는 무언가 단단히 결심했는지 결의에 차 있었다. 강윤이 부담된다며 손사래를 쳤지만, 그녀는 태도를 바꾸지 않았다.

DRO 매장의 일을 성공적으로 마무리한 강윤은 이후 업무를 전담팀에게로 인계했다. 중대한 결정은 자신이 하기로 했지만, 분석 등의 일은 이제 전담 부서가 하게 된다. 이번 일의 성공으로 인해 회사 내에 새로운 부서가 탄생했고 새로운 이익을 창출하게 되었다.

강윤은 DRO 매장 건에 대한 보고를 위해 회장실로 향했다.

"역시, 이 팀장은 새로운 일도 잘하는군. 생소한 업무라 걱정했는데 괜찮았나?"

"배우면서 한다는 생각으로 했습니다. 잘 풀려서 다행입니다."

원진문 회장은 김이 올라오는 커피를 천천히 마셨다. 따스한 커피가 넘어가니 몸이 편안해지는 기분이었다. 그는 편안해지는 몸만큼이나 여유 있는 미소를 지으며 강윤에게 물었다.

"그래, 다음 일은 어떻게 되나?"

"아직 영업 중이라 들었습니다."

"흠. 이 사장 이거이거. 영업 능력이 꽝일세."

"일은 많아도 적합한 일을 찾는 게 어렵다 들었습니다. 이익이 되는 일을 해야 하니까요."

강윤은 이현지 사장을 변호했다. 그러자 원진문 회장은 알겠다는 듯 수긍하며 넘어갔다.

"뭐, 다음 보고 때는 알 수 있겠지. 그럼 당분간은 쉬겠군."

"코디네이터 일이 계속 들어오고 있으니 그 일을 하고 있을 겁니다."

"알겠네."

원진문 회장과의 독대를 마친 강윤은 회장실을 나섰다.

'다음 일은 어떻게 되려나?'

강윤도 사실 궁금하긴 했다. 이현지 사장은 좋은 일을 구해오겠다며 외근 중이라 연락하기가 그랬다.

사무실로 가기 전, 잠시 쉬어갈까는 생각에 강윤은 휴게실로 향했다. 그런데 휴게실에 선객이 있었다. 정민아였다.

"민아야."

"어? 아저씨."

"너 진짜."

"……팀장님."

강윤이 화내는 기색이 역력하자 정민아는 꼬리를 내렸다. 그러나 곧 기가 살아 그녀는 강윤에게로 다가왔다. 이래저래 미워하기 힘든 소녀였다.

강윤은 그녀에게 주전부리를 사주고는 함께 자리에 앉았다.

"요새 어때?"

"아, 힘들어요. 일은 많고 쉬는 날은 없고…… 정민아 로봇이 하나 있었으면 좋겠어요."

"행복한 줄 알아. 스케줄 없는 연예인은 죽고 싶어 한다고."

"하여간 위로는 안 해주고……."

정민아는 구시렁거렸다. 강윤이 친절하게 주먹을 들어주니 곧 회피기동을 선보이는 기염을 토했다.

"팀장님은 요새 뭐 하세요? 이제 우리 담당 안 하시니까 좋죠?"

"응."

"아, 진짜?!"

강윤이 농담으로 던진 말에 정민아의 표정이 확 변했다. 강윤이 웃으며 농담이라 하니 그래도 서운하다며 난리였다. 정민아는 이래저래 손 많이 가는 소녀였다. 그래도 에디오스 중 가장 정이 들어 애틋했다.

"윤슬에서 다이아틴이라는 애들이 데뷔했어요. 그런데 그 애들 우리만 보면 막 경계하는 것 같아요."

"라이벌 회사잖아. 그 애들도 라이벌 의식 느끼는 거 아닐까?"

"요즘에 라이벌 같은 게 어디 있어요. 다 같은 가수들이지. 아무튼, 마음에 안 드는 애들이에요. 앨범 돌리러 인사도 안 오고. 그런데 팬들은 꽤 있더라고요. 처음엔 웬 듣보잡인가 했는데……."

"듣보잡이 뭐야?"

줄임말을 몰라 강윤은 고개를 갸웃했다. 정민아는 말이 안 통한다며 '듣도 보도 못한 잡것'이라며 뜻을 설명해 주었다. 그는 그런 말 절대 방송에서 쓰지 말라며 엄포를 놓았고 정민아는 그런 말을 방송에서 쓰겠냐며 맞섰다. 이래저래 두 사람은 궁합이 척척 맞았다.

"……아무튼, 그 애들 요즘 거슬려요. 우리 방송하는 데는 꼭 그 애들이 있어요."

"방송에서만 그런 거지?"

"네. 설마 행사까지 따라오겠어요? 그러면 스토커지……."

정민아는 생각만 하면 소름이 돋는다며 몸을 부르르 떨었다.

수다를 떨다 보니 시간이 되었다며 정민아는 자리에서 일어났다.

"그럼 전 스케줄 때문에 가볼게요."

"조심해서 가."

정민아를 보내고 강윤은 사무실로 향했다. 이전보다 일이 줄어 한가해졌지만 해야 하는 일들이 있었다.

이현아의 음반 녹음일이 되었다.

강윤은 일을 마무리하고 이현아가 녹음한다는 홍대 근처의 한 녹음실로 향했다. 주소만 적어놔서 찾는 데 시간이 걸렸다.

"안녕하세요?"

강윤이 허름한 지하실에 들어서니 이현아를 위시한 모두가 강윤에게 인사를 건넸다. 척 봐도 음악인이라는 걸 알 수 있는 청년들이었다. 강윤도 마주 인사하며 들고 온 저녁거리를 꺼냈다. 모두의 환호 속에 강윤은 '간식 삼촌'이라는 강렬한 첫인상을 남겼다.

간단한 식사 이후, 녹음이 시작되었다. 최찬양 교수는 모두의 악기에서 나오는 소리를 맞춰나갔고 이현아의 마이크 소리도 맞춰나갔다. 상당한 시간이 소모되었지만, 그는 꼼꼼하게 일을 진행했다.

"녹음실 대여료 비싼데……."

"괜찮아. 다 투자야, 투자."

"그건 그렇지만……."

드럼에 앉은 김진대가 걱정스럽게 말했지만, 이현아가 시원하게 넘겨 버렸다. 그녀는 좋은 곡을 위한 투자는 반드시 필요하다며 모두에게 말했고 수긍을 얻어냈다.

"시작할게."

최찬양 교수의 말과 함께 부스 안의 이현아를 비롯한 모두가 신호를 보냈다. 드럼이 드럼 스틱을 4번 두드리는 것을 신호로 본격적인 녹음이 시작되었다.

"오늘은 아마 바쁘지 않을까, 내일은 또 안 될까 할까 그래~"

연주가 시작되자 강윤에게도 음표들의 향연이 펼쳐지기 시작했다.

'무난하네.'

드럼과 베이스의 음표가 섞인 곳에 일렉트릭 기타와 신디

사이저의 음표들이 얹혔다. 거기에 이현아의 음표가 가미되니 하얀빛이 났다. 무난한 빛이었다. 강윤은 이현아가 어쿠스틱 기타로 연주하던 모습이 오버랩 되었다.

'그때하고 느낌이 비슷하군.'

노래는 확실히 좋았지만 임펙트가 약한 기분이었다. 노래가 점점 진행되며 발단, 전개, 위기까지 오고 절정으로 오르지 않는 듯한 느낌이 들었다. 끝으로 치달아야 하는데, 올라가기도 전에 밑으로 떨어지는 것 같아 강윤은 고개를 휘휘 저었다.

"어떤가요?"

최찬양 교수의 물음에 강윤은 가볍게 고개를 흔드는 것으로 대답을 대신했다. 최찬양 교수도 공감하는지 별말이 없었다. 최찬양 교수가 강윤에게 눈짓했다. 강윤은 바로 자신의 의견을 피력했다.

"임펙트가 없다는 느낌이 들어. 연주하는 느낌은 좋은데 전체적으로 굴곡이 없달까."

―아, 그래요? 주말까지 부분에서 소리를 키워볼까요?

"기타 소리를 다른 톤으로 가보는 게 어떨까? 지금 클린톤이잖아. 클린톤을 다른 소리로 가보자."

대표로 이현아가 묻자 강윤은 필요한 것들을 이야기했다. 강윤의 주문에 일렉트릭 기타를 든 정찬규가 이펙터를 조작해 소리를 바꿨다.

"여기 한번 앉아보겠어요?"

최찬양 교수는 강윤에게 믹서 중앙을 양보했다. 강윤이 이건 아니라며 손을 내저었지만, 그는 사양하지 말라며 강윤을 이끌었다.

"제가 가르쳐 드릴게요. 한번 해보세요. 기본은 하신다고 들었어요."

"그래도 녹음할 땐 만져 본 적이 없는데."

"기본 센스가 있어서 잘할 거예요."

강윤은 결국 최찬양 교수 대신 믹서에 앉았다. 48채널이나 되는 믹서에 영어로 된 컴퓨터까지 만만한 건 없었다. 그러나 최찬양 교수가 하나하나 설명을 해주며 강윤을 독려했다.

부스 안에서 준비되었다는 신호를 보내자 강윤이 시작하라는 사인을 보냈다.

─오늘은 아마 바쁘지 않을까─ 내일은 또 안 될까 할까 그래~

모두에게서 나오는 음표들을 보며 기계를 만지기 시작했다. 처음에 신경 쓴 것은 드럼이었다. 드럼의 쿵쾅거리는 소리를 따로 헤드셋으로 추출해 보니 약간 날이 날카로웠다. 강윤은 심벌즈를 마이킹 한두 개의 마이크에서 하이톤을 조금씩 줄여나갔다.

"강윤 씨, 너무 줄였어요."

"아……."

그러나 바로 이어진 건 최찬양 교수의 지적이었다. 기계가 민감해 조금만 조작해도 소리가 확 변화했다. 강윤은 아주 미세하게 소리를 조작했다.

"여기, 이펙터 보이시죠?"

"네. 에코하고 딜레이네요. 이건 뭔가요?"

강윤은 소리를 들으며, 최찬양 교수의 교육도 받으며 믹서를 조작해 갔다.

그렇게 두 번째 녹음이 끝이 났다.

─이번엔 어땠어요?

이현아가 괜찮냐고 묻자 강윤은 아직은 아니라며 고개를 저었다.

"내가 믹서는 처음이라서 말이야. 미안."

─오빠라면 뭐…… 다시 해볼게요.

이현아는 강윤을 믿는지 더 말을 하지 않았다. 다른 팀원들도 이현아가 별말이 없자 군말 없이 악기를 들었다. 강윤은 이번부터는 한 소절, 한 소절씩 녹음을 시작했다.

─오늘은 아마 바쁘지 않을까─

강윤은 바빴다. 음표도 봐야 하고 기계도 만져야 했다. 그러나 이젠 지시할 필요 없이 직접 원하는 걸 할 수 있게 되어 편하기도 했다. 이현아의 음표가 모두의 음표와 섞이며 조금 빛이 다운되는 듯하자 강윤은 노래를 중단시켰다.

"다시 해보자. 소리가 너무 약했어."

─네.

재시도에서 강렬한 빛이 뿜어져 나왔다. 혹시 몰라 다시 시도했더니 결과는 같았다. 강윤은 만족하며 다음으로 넘어갔다.

"여기에 살짝 메아리치는 소리를 넣어주고 싶은데 어떻게 해야 하나요?"

"그건요."

최찬양 교수는 강윤에게 조언을 아끼지 않았다.

그렇게 이현아와 강윤의 노래가 천천히 완성되어 갔다.

녹음이 끝나고, 스튜디오를 나서니 자정이 훌쩍 넘은 시간이었다. 늦은 시간에 차가 없어 모두가 택시를 잡았다.

"수고하셨습니다."

멤버들은 각기 택시를 잡았다. 오늘 녹음이 잘되어 모두가 싱글벙글했다.

"잘 가."

"요시. 연습 때 봐."

이현아는 멤버들을 먼저 보냈다. 리더는 나중에 가는 거라며 허풍 아닌 허풍을 늘어놓으니 모두가 웃음을 터뜨렸다.

멤버들과 최찬양 교수도 택시를 타고 귀가하니 남은 건 강윤과 이현아뿐이었다.

"우리도 가야지."

"네."

강윤이 택시를 잡으려 도로로 나왔지만, 이상하게 택시가 잘 오지 않았다. 묘한 일이었다. 도로변에 선 강윤에게 이현아가 다가왔다.

"택시가 잘 안 오네요."

"금방 올 거야."

강윤의 말과는 다르게 택시는 잘 오지 않았다. 묘한 일이었다. 강윤이 택시가 오나 안 오나 살피고 있는데 이현아가 강윤 쪽으로 가까이 다가섰다.

"오빠."

"왜?"

"저…… 뭐 하나만 물어봐도 돼요?"

강윤은 별말 없이 고개를 끄덕였다. 이현아는 평소 활달한 모습과 달리 수줍게 쭈뼛거리며 조심스럽게 물었다.

"혹시…… 여자 친구 있으세요?"

뜬금없는 타이밍, 생각지도 못한 질문에 강윤은 순간 당황했다.

"아, 아니 별 뜻이 있는 건 아니고요……."

이현아도 자기도 모르게 던진 돌직구에 허둥댔다.

자정이 넘은 새벽. 한적한 도로변. 차들이 달리는 소리만이 두 사람을 스쳐 지나갔다. 수줍은 표정, 붉어진 얼굴. 강윤은 그녀의 말에 이상함을 느꼈다.

"난…… 아, 택시 온다."

강윤이 답을 주려 할 때, 때마침 택시가 다가와 섰다. 기가 막힌 타이밍이었다.

"저 먼저 가볼게요."

이현아는 누구에게 잡힐세라 얼른 택시에 올랐다. 기사에게 얼른 목적지를 말하고는 강윤에게 손을 흔들었다.

"조심해서 가. 앨범 나오면 꼭 보내주고."

"네. 그럼 가보겠습니다."

이현아의 아무렇지도 않으려 애를 쓰는 모습이 더 어색했다. 저러면서 발로 의자를 차면서 귀가할 테지……. 그런 이현아를 생각하니 강윤은 그녀가 귀엽게만 느껴졌다.

강윤도 뒤이어 온 택시를 타고 집으로 향했다.

'여자 친구라. 애인…… 아직은 잘 모르겠네.'

강윤은 잠시 그런 생각들을 하니 괜스레 웃음이 나오며 씁쓸해졌다. 이젠 생활에 여유가 생기기 시작했지만, 아직은 해야 할 일들이 산적해 있었다. 희윤의 일도 해결해야 했고 업무도 아직 안정되지 않았다 생각했다. 애인에 대한 문제는 그에겐 아직이었다.

'후…….'

밤을 흐르는 한강을 지나며 강윤이 탄 택시는 빠르게 집으로 향해 갔다.

"과장님, 여기 좀 봐주세요."

홍보팀에서 차출되어 강윤이 하는 프로젝트들을 전담하게 된 윤민서 대리는 같이 뽑혀 온 오채성 과장을 불렀다. 오채성 과장은 그녀의 부름에 의문에 찬 얼굴로 다가왔다.

"무슨 일인데?"

"저번 DRO 건 있잖아요. 그게 블로그에 올라갔어요."

"어디. 이거 파워 블로그 아냐? 하루 10만 명 왔다 갔다 한다는?"

"네. 음악이 좋은 신발매장으로 사이트에 게시됐어요."

블로그에는 특히 매장에서만 들을 수 있다는 노래들에 주목했다. 사장 구영수의 협찬을 받아 1분의 미리듣기까지 지원한다는 블로그는 이미 많은 방문자들이 추천을 누르고 있었다.

"이거 좋은데? 다른 데도 있어?"

"SNS도 소문을 타고 있는 것 같아요. 저희도 내볼까요?"

"아니. 우리가 나서면 상업성 띈다는 말 들을 수 있으니까 그냥 관망하자고. 대신 이상한 소문 안 나게 관찰 잘하고."

"네."

윤민서 대리는 지시를 받고 일들을 처리해 갔다.

팀원들이 한창 업무를 처리하고 있을 때, 강윤이 들어왔다. 그는 양손에 초밥을 잔뜩 싸들고 왔다.

"먹고 합시다."

시간은 5시. 이미 야근이 확정되었다는 걸 아는 모두는 작게 환호했다. 강윤이 사온 비싼 초밥을 회의실로 가져가 모두가 함께 먹었다.

식사를 하며 강윤이 오채성 과장에게 물었다.

"DRO 마트가 인터넷에 입소문이 나고 있다 들었습니다."

"그 매장에서만 들을 수 있다는 음악이 화제가 되고 있습니다. 유명 블로그에서는 1분 미리듣기를 시작할 정도라 합니다."

"좋네요. 일단 잘 관리해 주세요. 오늘은 늦어도 8시에는 집에 갑시다."

"네!"

간단한 식사가 끝나고, 모두가 자리에서 일어날 즈음, 강윤이 한마디 했다.

"이번 달에 특별 포상금이 나갈 겁니다. 두둑할 거예요."

"예에~!"

강윤이 내려준 축복에 모두가 만세를 불렀다.

직원들이 모두 퇴근하고 강윤은 사무실에 들렀다. 하루를 마무리하고 퇴근을 하려 하니 사장실에서 호출이 왔다.

'무슨 일이지?'

퇴근 시간에 부르는 게 기분이 좋지는 않았다. 그래도 무슨 일이 있을 거로 생각하며 가보니 이현지 사장이 웬 젊은 여성과 함께 앉아 있었다.

"늦은 시간에 미안해요. 소개해 줄 사람이 있어서 불렀어요. 효민 씨, 이쪽이 이강윤 씨."

이현지 사장은 강윤을 젊은 여성에게 소개했다. 캐주얼한 청바지와 티를 입은 20대 후반 여성이었다. 얼굴이 어두운 것을 빼면 크게 특별한 구석이 없어 보였다.

"다음 일이에요, 이 팀장. 계효민 씨의 피아노 독주회를 열 겁니다. 원래 독주회를 주관하던 단체가 있었는데 사정이 있어 일이 틀어졌어요. 그래서 저희가 일을 담당하게 됐습니다."

"아, 그렇습니까?"

강윤은 이현지 사장에게 자세한 이야기를 청취했다. 피아니스트 계효민의 독주회가 3월 말에 개최될 예정이었다. 원래 열기로 한 기획사가 있었으나 그 회사의 사장이 돈을 들고 잠적하는 바람에 독주회가 무산되어 버렸다. 결국, 그녀는 사재를 털어 MG엔터테인먼트의 종합음악팀에 의뢰했고 강윤에게까지 일이 전달되었다.

강윤은 그제야 계효민의 어두운 표정이 이해가 갔다. 아무리 공연이라지만 클래식에서 대중음악 회사에 의뢰하다니, 어지간한 용기가 아니면 그럴 수가 없었다.

"저희는 대중음악에 대한 노하우는 축적이 되어 있지만, 클래식은 전혀 다른 분야입니다. 물론 음향이나 관객 동원은 자신 있게 말씀드릴 수 있지만 다른 지원은 힘들 수 있습니다."

강윤은 솔직히 이야기했다. 탁 터놓고 이야기를 하니 계효민도 조용한 음성으로 말했다.

"······그런 건 아무래도 상관없어요. 독주회만 할 수 있게 해주세요."

그녀의 조건은 단순명료했다. 3월 말에 독주회를 무사히 열 수 있게 해달라는 것이었다. 강윤은 다른 조건이 있냐고 재차 물었지만, 고개를 흔듦으로 답을 대신했다.

이현지 사장은 이 정도면 됐다 판단하고 계약서를 꺼냈다. 계효민은 계약서에 사인을 했다. 이로써 계약이 성립되었다. 서로 계약서를 교환하고, 강윤은 손을 내밀었다. 그러나 그녀는 무덤덤했다. 그는 무안해져 손을 거두었다.

"······그냥 무대만 만들어주면 돼요."

"알겠습니다."

처음 사기를 당한 충격이 컸는지 바라보는 시선이 불신으로 차 있었다. 기분이 나쁠 만도 했지만, 강윤은 그려려니 하고 넘어갔다.

계약이 끝나자 계효민은 바로 집으로 갔다. 사장실에 둘만 남게 되자 강윤이 조심스레 말했다.

"저희를 믿지 않는군요."

"그러겠죠. 어지간히 데인 모양이니……. 매니지먼트사가 아닌 본인이 직접 사비로 계약했어요. 독이 단단히 올랐겠죠."

"흠. 신뢰 없이 일하기는 쉽지 않을 텐데 말입니다."

"그래도 계약을 한 거 보면 희망이 있지 않을까요? 저쪽도 절박해 보이고. 이 팀장인데 설마 못 할까요. 나머진 맡기죠. 필요한 거 있으면 말해요."

"알겠습니다."

강윤은 인사를 하고는 사장실을 나섰다.

♪ ♫ ♪

"소영아!"

희윤은 저 멀리서 달려온 박소영과 손을 맞잡았다. 오랜만에 보는 친구들은 반가움을 표시하며 호들갑을 떨었다. 서로 어떻게 지냈느냐며 이랬느니 저랬느니 서로 떨어질 줄을 몰랐다.

박소영은 희윤과 함께 과일 빙수를 시켰다. 추울 때 먹는 빙수의 맛은 일품이었다.

"오빠는 언제 온대?"

"금방 올 거야."

소녀들이 한참 이야기를 하고 있는데 카페 문이 열리며 강윤이 들어섰다.

"오빠!"

희윤이 손을 흔들었고 박소영이 자리에서 일어났다. 박소영에게 강윤이란 은인이었다.

"소영아, 오랜만이야. 잘 지냈어?"

"네. 오빠는 더 멋있어지셨어요?"

"고마워. 소영이도 예뻐졌네."

간단하게 서로 인사를 하고는 자리에 앉았다.

박소영은 시험을 위해 서울에 머무르고 있다 했다. 한려예술대학을 비롯해 서울 소재의 작곡과에 응시해서 친척 집에 머무르는 중이었다.

"붙을 것 같아?"

"잘 모르겠어. 최선을 다하긴 했는데…….."

희윤의 물음에 박소영은 고개를 저었다. 시험이란 잘 봐도 불안, 못 봐도 불안한 법이다. 강윤은 우중충한 이야기 대신 다른 화제를 꺼냈다.

"애들아. 토요일에 시간 있어?"

"토요일이요? 좋은 거 보여 주시려고요?"

박소영은 강한 호기심을 드러냈다. 희윤은 말할 것도 없었다. 강윤은 그녀들에게 표 2장을 건네주었다. '강적들'이라는 웃기는 이름에 희윤이 풋 하며 웃었다.

"오빠, 밴드 이름이 강적들이야?"

"응. 이름은 웃긴 데 노래가 괜찮아. 이번에 홍대에서 공연하거든. 한번 보러 가자."

"나야 당연히 콜이야. 소영아, 어때?"

박소영은 여러 말 하지 않았다.

"나도 OK. 오빠, 저도 신세 좀 져도 될까요?"

"물론이야. 이번 주니까 기억해둬."

"네."

이후 강윤은 자연스럽게 빙수값을 계산했다. 박소영이 자기가 낸다고 했지만, 강윤은 어른도 안 된 것들에게 돈을 내게 하는 건 아니라며 카드를 꺼냈다. 그 후 회사에 복귀해야 하는 강윤은 희윤에게 카드를 내주었다.

"오빠. 난 괜찮아."

"둘이 맛있는 거 사 먹어."

강윤은 부담스러워 하는 희윤을 뒤로하고 회사로 복귀했다. 그의 뒷모습을 보며 박소영이 눈을 빛내며 말했다.

"희윤아. 나…… 너네 오빠 갖고 싶어."

"절대 안 돼."

"농담인데, 완전 단호박이네."

카드의 위엄에 박소영은 희윤을 부럽게 바라봤다.

강윤은 회사로 복귀해 다음 일을 시작했다. 계효민의 독주회 관련 업무들이었다.

'일단 공연장 섭외가 가장 급해.'

3월 말에 독주회를 하길 원했다. 강윤은 고민이었다. 보고서를 보니 2월부터 3월까지 좋은 클래식 전문 공연장들은 예약이 꽉 들어차 있었다. 계효민의 독주회가 취소된 후, 누군가가 바로 그 자리를 차지해 버린 것도 컸다.

'지방으로 내려가야 하나.'

강윤은 잠시 생각했지만 이내 고개를 저었다. 서울에서 벗어나는 순간 관객 동원력이 뚝 떨어진다. 콘서트장의 시설도 중요하지만, 교통도 또 하나의 복병이었다.

몇몇 공연장을 알아봤지만, 강윤은 결국 적당한 장소를 찾지 못했다. 섭외팀도 강윤 못지않게 바쁘게 움직였지만, 퇴근 때까지 적당한 공연장을 찾지 못했다.

"내일은 회관들을 돌아봐야겠네……."

퇴근하며 결국 강윤은 내일 외근을 결정했다. 공연장 밑의 직원들과 대화를 해봐야 한계가 있었다. 직접 예술원장 등의 높은 사람들을 만나봐야 가능성이 있을 것 같았다.

다음 날.

회사 차를 끌고 간 강윤은 아침부터 예술회관을 비롯한 클래식 전문 공연장들을 돌기 시작했다. 사전에 이현지 사장의 힘을 빌려 여러 약속을 잡아놓았다. 아침부터 여러 회관의 장들을 만난 강윤이었지만 마땅한 장소를 찾기란 쉽지 않았다.

"죄송합니다. 사전에 계약되어 있어서요."

"알겠습니다. 만약에 취소된다면 연락 주십시오."

한 회관을 나오며 강윤은 명함과 함께 마지막 말을 꼭 남겼다. 좋은 인상을 남기기 위한 선물은 필수였다. 힘들었지만 클래식 전문 공연장들과는 인연이 없었지만, 이번을 계기로 안면을 튼다 생각하니 조금은 위안이 되었다.

그렇게 늦은 오후 무렵, 강윤은 강동구에 있는 세진 아트센터에 도착했다. 로비에서 사전에 약속이 되어 있다 말하니 바로 센터장에게 안내를 받을 수 있었다.

"안녕하십니까?"

강윤은 센터장실에 들어가 예의 있게 인사를 했다. 센터장 이라영은 안경을 고쳐 쓰며 강윤을 맞아주었다. 곧 고급스러운 잔과 함께 커피가 나오고 이야기가 오가기 시작했다.

"반갑습니다. 이현지 사장에게 말 많이 들었어요. 이강윤 팀장이라 했지요?"

"네. 센터장님."

"MG에서 클래식 공연도 맡다니, 사업 분야가 많이 넓어졌네요. 음악 색깔이 완전히 달라서 꺼려질 텐데 말이죠."

이라영 센터장은 커피를 우아하게 넘겼다. 그러나 안경 뒤에 가려진 눈으로 강윤을 매섭게 바라보고 있었다. 그녀의 음악 색깔이라는 말에는 대중음악에 전념하지 왜 이쪽에도 손을 대려 하냐는 숨겨진 비수가 있었다.

강윤은 그 비수를 파악하곤 차분하게 답했다.

"처음에는 걱정을 많이 했습니다. 그래도 저희와 같이 일을 하게 된 계효민 씨의 음악이 워낙 뛰어났습니다. 기획가로서 욕심이 났습니다."

"호오, 그래요? 욕심이라."

강윤이 보기에도 그녀가 대중음악에 호의를 가지고 있는 것 같진 않았다. 클래식하는 사람 일부는 대중음악을 낮게 보는 경향이 있다 들었는데, 그녀도 그런 사람이었다. 하지만 강윤은 정면으로 맞서지 않았다.

"기획자는 원래 욕심이 많은 존재입니다. 좋은 음악을 접하면 앞뒤 안 가리고 앞에 보이고 싶어 하는 사람들입니다. 저 또한 그렇습니다. 그러기 위해선 센터장님의 공연장이 필요합니다."

"그런가요? 명분은 듣기 좋네요."

그녀는 강윤에게서 서류를 받아 들었다. 까칠했지만 그녀가 서류를 살피는 손길은 섬세했다. 서류를 넘기는 그녀에게 강윤은 이야기를 이어 나갔다.

"세진 리사이트 홀은 3년 전 지어진 클래식 전문 공연장이라 들었습니다. 500명을 수용할 수 있고 전문 공연장이라 건축 구조가 클래식을 듣기에 적합하다고 알고 있습니다. 옆 천장의 수음 재질의 방음벽이 잡소리를 잡아주고 적당한 천장 높이는 소리가 멀리 뻗어 나갈 수 있게 해줍니다. 저희에 겐 가장 적합한 공연장으로 알고 있습니다."

"조사를 좀 해오셨네요."

서류를 보며 그녀는 미소 지었다. 공연장에 대해 세세히 적어놓고 이 공연장을 빌려야 하는 이유가 무엇인지, 명료하 게 적어놓았다. 마음이 끌리고 있었다.

하지만 그 감정을 겉으로 드러내지 않았다.

"하지만 이강윤 씨, 저희가 3월에 다른 팀이 잡혀 있어요."

"그 팀이 확정적이라면 제가 이 자리에 있을 수 없었겠 지요."

"……계속해 보세요."

더 해보라는 그녀에게 강윤은 설명을 이어갔다. 강윤은 여 기서부터가 갈림길이라는 걸 알고 자세를 바로 했다.

"센터장님이 고민하시는 이유는 공연하는 팀의 '이름값' 때문이 아닐까 합니다. 저희와 함께 고려하고 있는 첼리스트 김하영의 경우 젊은 첼리스트로 현재 많이 알려졌습니다. 하 지만 화제성이라면 저희 계효민 씨가 오히려 앞선다고 생각 합니다. 3년 만에 돌아온 신성의 복귀 무대. 그리고 그 신성 이 재등장한 홀. 공연장의 이름을 알리는 데도 더 적합하다 생각합니다. 그것 때문에 센터장님도 고민하시고 말입니다."

"3년 동안 소식이 없다 이제야 왔다면 위험이 있는 거 아 닌가요? 이 바닥은 하루만 연습을 안 해도 티가 확 납니다."

"그렇다면 저희가 덥석 공연하겠다고 했겠습니까. 3년 동안 활동을 하지 않았다고 연습을 쉬진 않았습니다."

"……."

강윤의 흔들림 없는 태도에 그녀는 침묵했다.

"……잠시 생각해 봐야겠네요."

강윤은 알겠다며 조용히 커피를 마셨다. 열변을 토하느라 식어버린 커피는 그의 타는 목을 식혀주었다.

이라영 센터장은 그녀대로 고민이었다. 확실히 강윤의 말이 맞았다. 공연장의 입장에선 어느 공연을 해야 더 이익일지 생각해야 했다. 한참을 고민하던 그녀는 생각을 정리하곤 결과를 이야기했다.

"……좋아요. 계약하죠."

"감사합니다, 센터장님."

"계효민 씨의 공연에 더 간절함이 있을 것 같군요. 3년 만의 복귀 무대에 이강윤 씨도 이쪽 분야에서 활동하는 건 처음일 테니 성공이 간절할 테죠. 그 간절함을 한번 믿어보죠. 이 바닥은 처음이라 힘들겠지만 잘해봐요."

이라영 센터장은 도도했다. 그러나 강윤은 그녀가 실익을 얼마나 따져 체크를 했는지 알 수 있었다. 철저한 준비의 승리였다.

그녀가 일어나 오른손을 내밀자 강윤은 그녀와 손을 맞잡았다. 그렇게 강윤은 세진 리사이트홀에서의 공연 계약을 이끌어냈다.

민진서는 회사에 들러 원진문 회장을 만났다. 곧 출연하게
될 영화에 대한 컨택을 위해서였다. 회장실에서 시나리오를
읽어본 그녀는 이내 고개를 저었다.

"내용이 너무 어려운 것 같아요. 주연이라는 게 아쉽긴 하
지만⋯⋯."

"거절인가?"

"네. 죄송합니다. 생각해서 골라 주셨는데."

"아니야. 배우가 못 하겠다는데 어쩔 수 있나."

원진문 회장은 민진서의 말을 바로 받아들였다. 영화 주연
이라는 메리트는 참 컸다. 그것도 첫 주연인데 포기할 줄 아
는 민진서는 신뢰할 수 있다고 판단했다.

"내일이면 다른 시나리오가 올 거야. 그때 더 보지."

"네."

첫 컨택을 마친 민진서는 회장실을 나섰다.

'들러봐?'

그녀는 잠시 고민하다 강윤의 사무실로 향했다. 문을 두드
리고 들어가니 컴퓨터 앞에서 비지땀을 흘리고 있는 강윤이
있었다.

"선생님."

"진서?"

강윤은 자리에서 일어나 그녀를 맞아주었다. 그는 바로 사무실 한편에 있는 기계에서 커피를 뽑아 민진서에게 주었다.

"감사합니다."

강윤의 사무실에서 마시는 커피는 참 맛이 좋았다. 아니, 다 똑같은 커피라도 기분이 그랬다. 강윤은 그녀가 앉은 자리에 마주 앉으며 티켓 하나를 내밀었다.

"선생님, 이게 뭔가요?"

"표야. 진서야, 오늘 스케줄 없지?"

"네. 무슨 일 있나요?"

강윤이 대학가요제에서 동상을 받았던 이현아라는 보컬이 결성한 밴드의 공연 티켓이라 하니 그녀는 묘한 표정이 되었다.

"시간 괜찮으면 같이 갈래? 저번에 네가 밴도 태워줬고. 답이라 하긴 그렇지만…… 이 애들 노래 실력도 괜찮아서 볼만할 거야."

"그래요? 오늘 시간이…… 괜찮네요. 가요."

"변장은 확실히 해야 한다."

강윤은 일이 끝나고 로비에서 만나자며 약속을 잡았다. 민진서는 알겠다며 사무실을 나섰다.

그리고 사무실 문가에서…….

'앗싸!'

뜻밖의 이득에 민진서는 만세를 불렀다.

강윤은 민진서와 함께 박소영과 희윤을 만나기로 한 홍대의 한 카페로 향했다. 물론 민진서는 사전에 알아보지 못하도록 변장을 철저히 했다.

홍대에 있는 한 카페에 들어서니 희윤이 먼저 그들을 기다리고 있었다.

"오빠. 여기야."

강윤을 발견한 희윤이 반갑게 손을 흔드는데, 강윤을 뒤따라 들어오는 민진서를 보며 표정이 묘해졌다. 그걸 아는지 모르는지 강윤은 희윤을 발견하곤 손을 흔들었다.

"오빠, 왔어?"

"오래 기다렸어?"

"아니. 뒤에 계신 분은 누구셔?"

희윤은 오빠가 데려온 여자를 보며 경계부터 했다. 오빠의 여자라니, 반가움보단 낯설다는 감정이 앞섰다. 희윤의 낯가림을 알았는지 강윤은 좀 더 살갑게 여인을 소개해 주었다.

"희윤아. 인사해. 오늘 같이 갈 민진서야. 진서야. 내 동생 이희윤이야. 이쪽은 친구 박소영."

"선생님 동생이요? 아, 안녕하세요. 민진서입니다."

민진서가 선글라스를 벗고 스카프를 풀자 희윤과 박소영

의 눈이 휘둥그레졌다. 10대의 우상, 워너비 등 각종 수식어를 달고 다니는 소녀가 눈앞에 나타나니 순간 아찔해졌다.

"미, 민진……."

반면 민진서는 강윤의 동생이란 말에 더 살갑게 다가갔다. 먼저 희윤의 손까지 잡으며 친근함을 표하니 희윤이 놀라 말을 떨었다. 강윤은 그저 어깨를 으쓱할 따름이었다.

간단히 서로를 소개하고 네 사람은 바로 공연장으로 향했다. 공연장은 카페에서 멀지 않은 곳에 있었다. 강윤의 동생이라는 것에 놀랐는지 민진서는 희윤과 계속 친해지기 위해 대화를 시도했다. 희윤도 자신에게 친근하게 다가오는 그녀에게 마음을 조금씩 열었다. 박소영도 여기에 가세하니 금세 여자들의 수다로 강윤의 뒤는 시끌시끌해졌다.

"여기야."

공연장의 지하 입구에 도착한 강윤은 표를 내밀며 모두를 안으로 이끌었다.

"우와……."

민진서를 비롯한 소녀들은 의자 하나 없는 스탠딩 방식의 관객석에 놀랐다. TV에서 가끔 보던 작지만, 역동적인 느낌의 공연장을 보니 작게 탄성이 나왔다.

"희윤아. 힘들면 꼭 말해."

"알았어."

강윤은 만약의 일에 대비해 희윤에게 신신당부했다. 몸이 좋아졌다지만 시끄러운 음악 소리와 탁 막힌 공간에 조금은 걱정이 되었다.

강윤 일행은 무대 앞에 자리를 잡을 수 있었다. 일찍 도착한 편이었다. 무대 위에는 악기들이 세팅되어 있었고 보랏빛 조명에 옅게 포그머신의 연기가 깔려 있었다. 포그머신 특유의 냄새가 강윤의 후각을 자극했다. 지하 공연장 특유의 조금은 칙칙한 향도 돌았다.

공연 시간이 다가오니 사람들이 하나둘씩 입장하기 시작했다. 연인들에 남자, 여자 대학생들까지 젊은 층이 주 관객들이었다. 사람들이 들어오며 한산하던 공연장이 사람들의 소리로 시끌시끌해지기 시작했다.

한창 소란스러울 때, 공연장에 어둠이 드리웠다. 그리고 스포트라이트가 무대 중앙을 비췄다. 그곳에는 한 여인이 홀로 서 있었다. 이현아였다.

"안녕하세요?"

"와아아아아아-!"

그녀의 등장에 지하 공연장에 사람들의 환호성이 넘쳐났다. 희윤이 놀라 주변을 두리번거리니 하나같이 앞을 보며 눈을 초롱초롱 뜨고 있었다.

"오늘 저희 '강적들'의 공연에 찾아와주신 모든 분을 환영합니다. 신나게 한번 놀아봅시다. Are you ready?!"

"예에~!"

"Are you ready?!"

"예에에에에에에에!"

지하를 울리는 힘찬 함성과 함께 이현아의 무대가 시작되었다.

박소영은 이미 관객들과 하나가 되어 신나게 뛰고 있었다. 민진서도 마찬가지였다. 그녀는 옆의 여자 관객과 어깨동무까지 하며 신명 나게 노래를 즐겼다. 희윤은 뛰지는 못해도 박수를 치며 무대를 즐겼다.

각자 무대를 즐기는 모습은 달라도 모두가 이현아의 무대에 환호하고 있었다.

'멋지네.'

강윤은 진심으로 감탄했다. 무대 위의 이현아는 빛이 나고 있었다. 밴드 강적들에게서 나오는 강렬한 하얀빛이 강윤의 눈을 강하게 자극했다. 강윤도 손을 들고 환호하며 한 명의 관객이 되어 있었다.

그렇게 한바탕 즐거운 뛰는 시간이 지나고, 잠시 템을 갖는 시간이 되었다. 이현아는 가볍게 숨을 헐떡이며 모두에게 말했다.

"이번에 부를 곡은 저희 메인 곡입니다."

"와아아아!"

관객들이 열렬히 환호했다. 지금까지는 유명한 곡들을 리메이크해 불렀었다. 그런데 이제 메인 노래가 나온다니 모두의 관심이 집중되었다.

"'시간 있나요?'라는 곡인데요. 먼저 들려드리고 계속 말씀드릴게요."

그녀는 더 말이 필요 없다는 듯, 드럼에 신호를 보냈다. 곧 드럼은 스틱으로 딱딱 네 박자를 쳤다. 베이스가 미끄럼을 타며 각 악기들이 소리를 얹기 시작했다.

"오늘은 아마 바쁘지 않을까— 내일은 또 안 될까 할까 그래—"

그녀의 노래가 리드미컬하게 무대를 울리기 시작하자, 관객들이 박수를 치며 박자를 맞춰나갔다. 여유 있으면서 리듬감 있는 노래에 관객들은 어깨춤을 췄다.

"그때 내게 더~ 가까이 다가와 줘요~ 우우—"

기타의 깔끔한 클린톤이 리듬을 탔다. 베이스도 기타에 맞춰 소리를 조금씩 끊어주며 다른 소리를 부각시켜 주었다. 거기에 보컬의 소리가 조화를 이루니 관객들이 더더욱 환호했다.

신나게 뛰다 체력적으로 지친 관객들에게 활력이 돋는 노래였다. 그러나 귓가에 도는 멜로디가 중독성이 짙었다. 관객들 모두가 잘 알지도 못하는 가사를 따라 부르며 손을 흔들었다.

"우우— 우리 이제 다시 만나요."

"우리 이제 다시 만나요."

관객이 크게 따라 하는 소리에 이현아의 가슴이 벅차올랐다. 적은 관객이라는 게 중요하지 않았다. 나를 따라오는 관객이라는 게 중요했다. 조금 전 함께 뛰놀던 무대와 또 다른 맛이 있었다.

벅찬 가슴으로 노래하니 어느새 절정에 치달았다. 그녀의 목소리가 올라가며 관객들의 소리도 함께 올라갔다. 이미 모두가 하나였다.

그렇게 하나의 노래가 끝이 났다. 박수 소리와 함께 함성 소리가 공연장을 가득 메웠다.

"감사합니다."

이현아는 아직도 박수를 쳐주는 관객들을 진정시키며 마이크를 고쳐 잡았다. 그녀가 말을 하겠다는 신호를 보내자 모두가 진정했다.

"이번 곡, 괜찮았나요?"

"네!"

"감사합니다."

"와아아아—"

다시 박수와 함성이 터져 나왔다. 처음으로 선보이는 자신의 곡이 인정을 받으니 마음이 벅차올랐다. 그러나 곧 그녀는 마음을 다스리며 말을 이어갔다.

"방금 부른 노래 괜찮았나요?"

"네에!"

모두의 답은 이구동성이었다. 그 답에 흡족했는지 이현아는 박수를 쳤고 관객들 모두가 환호하며 손을 흔들었다.

'매너 좋네.'

무대 위에서의 이현아를 보니 확실히 스타 기질이 있었다. 그의 옆에 있는 민진서뿐만 아니라 희윤이나 박소영까지 어느새 그녀에게 흠뻑 젖어들어 있었다. 무대 위의 이현아는 빛났다. 배운 것도 아닐 텐데 저 정도라면 충분히 성공할 가능성이 있다고, 강윤은 판단했다.

이현아는 흥분을 가라앉히고 차분히 다음 멘트를 이어갔다.

"방금 부른 노래는 사연이 있는 곡입니다. 제가 사실은 많이 소심하거든요."

"하하하!"

익살스런 행동과 함께 보여주는 행동이 소심과는 거리가 멀었기에 모두가 배를 잡고 웃었다. 심지어 뒤에 있는 밴드 멤버들도 함께 웃었다. 이현아는 조금 민망해졌는지 입술을 주욱 내밀었다. 그러자 웃음소리가 더 커졌다.

"진짠데……."

"큭큭큭."

"아무튼, 이 노래는 이 소심한 저에게 길을 열어주신 분과 함께 만든 노래입니다. 제가 만든 노래가 가능성이 있다며 처음으로 인정해 주시고 밀어주셨던 분이세요. 오늘 이 자리에 오셨는데요, 저기. 저기."

그녀는 손으로 강윤이 있는 세 번째 줄을 가리켰다. 사람들 모두의 시선이 자신에게 집중되자 강윤은 주변을 두리번거리며 자신을 가리켰다.

"이 곡을 주시고, 저를 이 자리에 세워주신 분이세요. 박수 한번 부탁합니다."

"우오오오오!"

이현아의 말과 함께 강윤에게 박수가 쏟아졌다. 강윤은 당황했지만, 곧 차분히 사람들에게 인사하며 받아들였다.

그런데…….

'곡을…… 만들어 줬다고?'

두꺼운 안경 너머 강윤을 바라보는 민진서의 얼굴이 심각하게 어두워졌다.

공연이 끝나고, 강윤은 이현아와 잠시 만남을 가졌다. 이제는 팬도 생긴 그녀와 오랜 시간 있을 수는 없었다. 그래도 꽃과 함께 간단한 인사를 건네고 공연장 밖으로 나갔다.

"완전완전!"

"언니 완전 짱!"

희윤과 박소영은 공연의 후유증이 남았는지 흥분에서 아

직도 벗어나지 못하고 있었다. 서로 이현아와 셀카도 찍었다며 깍깍 하는 게 딱 그 나이대의 소녀다웠다.

"……."

그러나 민진서는 말이 없었다. 강윤이 의문이 들어 물었다.

"진서야. 오늘 재미없었어?"

"아니요. 재미있었어요."

민진서의 표정은 전혀 그렇게 말하고 있지 않았다. 강윤은 자신이 불러놓고 괜히 미안해졌다.

"기분 안 좋은 일 있었어?"

"아니요."

"그런데 왜 그래? 표정이 안 좋아."

"……."

평소와는 전혀 다른 모습에 강윤이 계속 물었지만, 그녀는 뚱했다. 앞서가는 소녀들을 놔두고 강윤은 민진서 옆에 붙었다. 자신이 불렀기에 책임감이 느껴졌다.

"……하나만 물어봐도 될까요?"

"말해."

"……선생님이 아까 그 현아라는 분한테 노래 만들어 주신 거 맞나요?"

강윤은 움찔했다. 안경 너머로 그녀의 눈이 이글이글한 게 느껴졌다. 민진서에게서 이런 모습은 본 적이 없기에 강윤은 깜짝 놀랐다. 강윤은 대수롭지 않게 말했다.

"정확히는 노래를 만들어줬다기보다…… 내가 요즘 음악 수업을 받잖아. 그건 알고 있니?"

"네. 저번에 들었어요."

"현아는 거기서 알게 된 애야. 그런데 현아가 작곡하는 곡이 있다며 가져왔어. 날 지도해 주시는 교수님의 도움도 받고 그 애도 도와줘서 멜로디 라인을 조금 만들었어. 노래를 만들어주다니. 난 아직 그 정도 능력은 안 돼."

"……."

민진서는 걸음을 멈추고 불퉁한 눈으로 강윤과 마주했다. 강윤은 왜 이런 설명까지 해야 하는지 몰랐지만 그래도 그녀를 달래고자 이야기했다. 그녀는 물끄러미 강윤을 바라보다 다시 천천히 걷기 시작했다.

"그러니까, 곡을 만들어준 게 아니라 도움을 주신 거네요."

"말하자면 그렇지."

"뭐야. 난 또……."

그제야 민진서의 표정이 밝아졌다. 강윤은 민진서의 그런 모습이 이해가 가질 않았다. 아니, 그러다 잠시 무언가가 떠올랐다.

"진서야. 혹시 첫 곡 준다고 했던 것 때문에 그러니?"

"그건 이제 괜찮아요."

"……."

강윤은 순간 민망해졌다. 헛기침하며 땅을 보며 걷는데 그녀가 다시 말했다.

"선생님 곡 나오는 족족 내가 다 사버리면 되니까요."

"……."

강윤은 이 소녀를 어찌해야 하나 고민하며 머리를 부여잡았다.

인디 밴드 '강적들'의 첫 공연 이후, 디지털 싱글 '시간 있나요'가 음원 사이트에 등록되었다.

"야야. 댓글 달렸다."

김진대가 음원 사이트에 달린 댓글을 보며 흥분에 젖어들었다. 음원이 등록된 지 장장 12시간 만에 달린 첫 댓글이었다.

"노래 완전 좋아요. 앞으로 좋은 활동 기대할게요. 우와!"

추천이 많이 찍히지는 않았지만, 댓글 하나가 그를 즐겁게 만들었다.

"진대 오빠 또 흥분했다."

"내비 둬. 오늘은 봐준다."

베이스를 치는 이차희와 일렉트릭 기타를 치는 정찬규가 좋아서 날아가려 하는 그를 보며 고개를 저었다. 그러나 속으로는 사실 그들도 매우 즐거웠다.

악기 팀이 세팅하는 동안 이현아는 문자를 하고 있었다.

−세팅하느라 힘드러요. ㅠ.ㅠ 오빠~~ 뭐하세요오?

−일.

설렘 가득한 마음으로 문자를 보냈지만 날아온 답변은 단순했다. 일한다는데 더 문자를 보낼 수도 없고 서운함에 마음이 울적해졌다.

"현아야! 세팅 끝났어!"

문자를 보며 몸을 부르르 떠는 그녀에게 이차희가 소리를 쳤다. 몇 번을 불러도 답이 없으니 소리가 자연히 커진 것이다.

"미안."

"연애하냐?"

"그랬으면 좋겠다."

"오올. 썸?"

이차희의 물음에 이현아는 우울하게 고개를 저었다. 이차희가 그런 그녀의 등을 다독여 주었다.

"자자! 시작합시다!"

그러나 연습이란 말에 이내 회복한 이현아는 모두와 함께 힘차게 연습을 시작했다.

"······공연장 섭외는 끝났습니다. 세진 리사이트홀에서 3

월 27일, 28일에 공연을 할 예정입니다."

"좋네요."

강윤은 계효민에게 현재까지의 진행 상황들을 설명했다. 원래는 사장이나 매니저 등 관리자에게 이야기해야 할 내용이지만 계효민은 매니지먼트사가 없었다.

그녀는 강윤이 낸 결과에 만족했는지 그가 보여준 서류들을 내려놓았다.

"공연장, 날짜 모두 괜찮네요. 이제 다른 걱정 없이 공연에만 집중하면 되는 건가요?"

"네. 공연장이 무너지는 등의 천재지변이 없는 한 그날에 맞춰 준비해 주시면 됩니다."

"후. 믿음직하네요. MG엔터테인먼트가 괜히 큰 기업이 아니었어요."

이런 큰 회사가 사기를 칠 이유는 없었다. 게다가 강윤이 준 서류들에는 센터장의 직인도 함께 찍혀 있었다. 사기나 기타, 다른 것들에 전전긍긍하던 그녀는 이제야 안심했는지 기나긴 한숨을 쉬었다.

"휴……."

"컨디션은 어떠십니까?"

"나쁘진 않아요."

"매니지먼트사가 없으신데, 괜찮으십니까?"

"해봐야죠."

강윤은 그게 걱정이었다. 관리를 해주는 매니지먼트사의 차이는 생각보다 컸다. 스타가 한 가지에만 집중할 수 있느냐 없느냐가 결정되기 때문이었다.

"흠. 일단 제가 한번 봐도 되겠습니까? 공연이 어느 정도 준비되었는지 알아보기도 해야 하니까요."

"알았어요."

"그럼 3일 뒤, 한번 찾아뵙겠습니다."

강윤은 일정을 잡고 그 자리를 파했다.

3일 후.

강윤은 약도를 받은 집 앞에 도착했다. 계효민의 집은 으리으리한 저택이었다. 관리인의 안내를 받아 들어가니 화려한 피아노 소리가 조금씩 들려오기 시작했다.

'좋다.'

피아노의 화려함에 강윤은 잠시 넋을 놓았다. 경쾌하면서 빠르게 변하는 반주는 그를 매혹시켰다.

"여기입니다."

관리인의 안내를 받아 조심스럽게 안으로 들어갔다.

"아, 진짜!"

그런데 강윤이 들어서자마자 본 것은 계효민이 피아노 연주를 중단하고 신경질적으로 건반을 세게 누르는 모습이었다.

5화
벌써 3년

"아, 오셨어요?"

계효민은 강윤을 보자 피아노에서 일어났다.

"안녕하십니까?"

"후……. 몹쓸 것만 보여드렸네요."

연주가 꼬여서 그런 것일까? 강윤이 느끼기에 지금만 이런 모습인 건 아닌 듯했다. 그녀의 표정에는 피로가 가득 쌓여 있었다.

계효민은 관리인에게 차를 내오게 했다. 곧 따뜻한 차와 함께 간단한 다과가 준비되었다.

"다른 곡들은 잘 되는데 유독 한 곡이 꼬이는군요."

"이게 뱃노래인가요?"

"맞아요. 쇼팽의 곡이죠. 이게 빠른 곡은 아닌데 치는 법이 까다로워서 쉽지가 않아요. 저도 이번에 처음 도전하는 곡인데…… 만만치가 않네요."

그녀는 차를 마시며 고개를 절레절레 흔들었다. 강윤이 보니 3일 전 미팅 때보다 부쩍 수척해져 있었다.

'클래식 연주자들이 종일 연습에 몰입한다 하더니…….'

분명 저 한 곡을 완벽히 치기 위해 종일 연습에 매진했을 것이다. 그러나 템포가 느려졌다 갑자기 빨라지는 부분의 변주는 만만치 아니었다. 그렇게 연습해도 잘 안 된다니, 강윤은 새삼 클래식의 어려움에 혀를 내둘렀다.

"만약에 빼거나 하는……."

"절대 안 돼요."

강윤의 말이 끝나기도 전에 계효민은 단번에 일축해 버렸다. 그 단호함에 강윤은 한 발자국 물러났다.

"알겠습니다."

"혹시라도 그럴 일은 없을 거예요. 그런 말은 삼가해 줘요."

민감한 부분이었는지 순간적으로 계효민은 날이 섰다. 그 모습을 보며 강윤은 생각했다.

'괜찮을까? 일단 두 가지를 생각해 놔야겠다.'

고집대로 해서 잘 되는 경우도 있지만 안되는 경우도 많았다. 강윤은 두 가지 모두를 대비하기로 마음먹었다.

티타임 이후, 강윤은 연습을 봐도 되겠냐는 요청을 했다. 그녀는 흔쾌히 승낙했다. 매니저라도 되냐며 우스갯소리로 말했지만, 강윤은 이전에 매니저 일도 했다며 가볍게 넘겼다. 그 말에 어색한 분위기가 한결 가벼워졌다.

계효민이 다시 피아노에 앉았고 연습이 시작되었다. 그녀의 손은 화려했다. 음표들이 쉴 새 없이 흘러나왔고 빛을 만들었다. 적당한 강약조절과 부드러운 템포 조절은 누가 봐도 찬탄할 만했다.

그러나 음이 내려가고 다시 올라가는 부분에서 손이 한 번 꼬이더니 결국 그녀는 연주를 멈추고 말았다.

"아……."

또다시 같은 실수를 하니 그녀는 고개를 푹 숙이고 말았다.

"만만한 곡이 아니군요."

"연습하면 될 거예요."

"그럴 겁니다."

하지만 강윤은 아무렇지도 않은 듯, 격려부터 했다. 최대한 표정의 변화를 보이지 않으려 애썼다.

계효민은 다시 피아노로 눈을 돌리며 연주를 시작했다. 그러나 역시 같은 부분에서 손이 꼬이며 연주를 멈춰 버렸다.

"다시……."

마찬가지였다. 노이로제 걸린 사람처럼 시도하고 또 시도했지만 똑같은 함정에 계속 걸리는 동물처럼 그녀는 같은 실수를 반복했다. 음표와 빛은 말할 것도 없었다.

1시간가량 말없이 지켜보던 강윤은 결국 그녀의 손을 잡아챘다.

"잠시 쉬었다 하시죠."

"아직, 아직이에요!"

"거울을 봐요."

"아⋯⋯."

그제야 벽에 걸린 거울을 보니 땀에 절어 수척해진 자신의 모습이 눈에 들어왔다. 눈 밑을 장식하는 다크서클이 방점을 찍으니 더 할 말이 없었다.

'위험한데⋯⋯.'

강윤은 잠시 세수를 하고 오겠다며 나가는 계효민의 뒷모습을 심각하게 바라봤다. 이대로 혼자 내버려 두면 안 될 것 같았다. 이대로라면 공연에 문제가 생길 게 뻔했다.

그녀가 돌아오자 강윤이 말했다.

"관리자가 필요할 것 같습니다."

"⋯⋯구할 시간이 없어요."

"당분간은 제가 옆에서 효민 씨를 도와드리도록 하겠습니다. 말씀드렸지만 매니저에서 시작한 몸입니다. 걱정하지 않으셔도 됩니다."

"⋯⋯."

"서비스라고 생각하세요. 공연 때문이니까요."

저택 관리인도 남자였기에 남녀가 유별하다 등의 문제는 크게 걱정이 안 됐다. 회색빛의 연주와 지친 그녀의 모습이 자꾸 어른거리니 관여를 안 할 수가 없었다.

"……."

계효민은 말이 없었다. 그녀도 메니지먼트의 필요를 절절히 느끼고 있었다. 잠시 생각하던 그녀는 강윤의 제안을 승낙했다.

이후 강윤은 피아노 근처에 자리를 잡고 앉았다. 그는 들고 온 서류를 검토하며 그녀의 연습도 함께 체크했다. 계효민은 막히는 부분에서 여전히 막혔다. 그 부분을 이겨내기 위한 연습이 계속되었지만, 신경질을 내거나 무리를 한다 싶으면 강윤이 여지없이 강제로 쉬게 했다.

강윤도 회색빛의 연주를 견디는 게 쉽지 않았지만 참고 견디며 하루를 보냈다.

"오늘은 더 연습하지 마세요."

연습이 끝나고, 대문을 나서며 강윤은 계효민에게 신신당부했다. 혹여나 그가 가면 또 피아노에 앉을까 했던 말을 또 반복했다.

"알았다니까요."

"관리인에게 물어볼 겁니다."

"아, 진짜. 잔소리쟁이네."

"이렇게 말 안 하면 또 연습할 테니까요."

"……."

정답이었다. 정곡을 찔린 계효민은 딴청을 피웠다. 강윤은 그녀에게 일침을 놓았다.

"무작정 연습을 많이 한다고 잘 되는 건 아닙니다. 지금은 왜 안 되는지 메여 있는 것보다 쉬면서 왜 안 되는지 생각해 보는 게 더 낫다고 생각합니다."

"……알았어요. 오늘은 쉬면 되는 거죠?"

"네. 내일 뵙겠습니다."

"…….."

잔소리쟁이는 몇 번이나 같은 말을 하고선 그렇게 떠나갔다. 강윤이 돌아가자 그녀의 뒤에서 관리인이 물었다.

"아가씨, 연습실에 불 켜놓을까요?"

"괜찮아요. 오늘은 그냥 잘 거니까."

강윤의 잔소리가 준 효과인지 계효민은 그대로 침실로 향했다.

최근에 윤슬엔터테인먼트에서 핫한 아이돌이 등장했다.

다이아틴(DiaTeen).

다이아몬드같이 빛나는 소녀들이라는 의미로 등장한 5인조 걸그룹은 에디오스와 함께 비교되며 화제가 되어갔다. 귀여운 춤과 쉬운 노래로 승부하는 다이아틴과 좀 더 어렵지만, 실력과 다양함으로 승부하는 에디오스는 요즘 사람들에게 화제였다.

"추만지 사장이 머리를 잘 썼네."

인터넷 기사를 보며 이한서 이사는 고개를 절레절레 흔들었다. 그 기사는 에디오스의 리더 정민아와 다이아틴의 리더 강세경을 비교하고 있었다. 선발 주자와 후발 주자의 대결이라는 내용으로 기사를 마무리 짓고 있었다.

"홍보팀. 다이아틴과 에디오스 묶어서 기사 쓰지 말아 달라고 신문사들에 요청했나요?"

"네. 하지만 요즘 에디오스와 다이아틴 기사만 내도 조회수가 높다고 요청을 쉬이 들어주지 않습니다."

"골치네. 그래도 지속적으로 요청해요. 공중파에는 절대 못 나가게 하고. 다이아틴 출연하는 곳에는 우리 애들 절대 출연하지 못하게 하고."

"네."

각 팀장들에게 이한서 이사는 강한 지시를 내렸다. 이미 궤도에 오르기 시작한 에디오스를 다이아틴이 이용하는 건 용납할 수 없었다. 원진문 회장에게도 항의해 달라 부탁까지 했다. 하지만 그 능글능글한 추만지 사장이 들어줄지는 미지수였다.

"차 한 잔이 그립네……."

이한서 이사는 골치 아픈 전략 수립에 기나긴 한숨을 내쉬었다.

강윤은 며칠째 계효민의 집에서 연습을 함께하고 있었지만, 그녀의 연습은 진척이 없었다. 그래도 강윤이 그녀를 컨트롤한 보람이 있는지 이전처럼 성질을 내거나 식은땀을 흘리면서까지 무리를 하는 일은 없었다.

'음…….'

벌써 며칠째. 강윤도 회색에서 변하지 않는 연주에 진땀을 빼고 있었다. 이 상황을 타개하고자 피아노 관련 서적들과 동영상 등을 독파하며 조금이라도 도움이 될까, 전전긍긍하고 있었다.

"아! 왜 안 될까요."

1시간가량 연습에 힘을 쏟은 계효민이 강윤에게 하소연을 늘어놓았다. 이젠 정이 들었는지 강윤과 가벼운 말도 주고받을 수 있는 사이가 되었다.

"어렵네요. 같은 부분에서 계속 막히고 있으니……."

며칠 동안 같은 부분을 반복했지만, 진전은 없었다.

강윤은 며칠 동안 여러 가지 방법을 동원했다. 오늘은 그중 하나인 모니터를 하기로 했다. 모니터를 위해 회사에서 고급 카메라 3대를 가져왔다.

"카메라까지 동원하는 거예요?"

"의외로 연주자들은 자기 소리를 잘 못 듣는 경우가 많아요. 소리나 자세도 이 기회에 체크해 보는 거죠."

"부끄러운데……."

연주회 말고는 모니터를 해본 적이 없는 계효민이었기에 강윤의 방법이 낯설게 느껴졌다. 그러나 찬밥 더운밥 가릴 처지가 아니기에 그의 방법에 수긍했다.

카메라에 불이 들어오며 다시 연습이 시작되었다. 계효민은 자세를 바로 하고 주욱 연주를 이어갔다. 강윤의 눈에도 음표가 춤을 추기 시작했다. 물론 회색빛은 변함이 없었다.

"아……."

그러나 그녀의 손은 항상 멈칫하는 곳에서 꼬여 버리고 말았다. 4분을 넘어 곡이 고조되다가 고요해지는 그 부분이었다. 그녀가 고개를 푹 숙이며 고개를 흔들 때, 강윤이 말했다.

"다시 해보세요."

"네?"

"그 부분 틀려도 되니까 끝까지 해보세요. 초등학생들이 연습하듯이."

강윤의 말에 그녀는 천천히, 그녀는 건반 하나하나를 천천히 눌렀다. 당연히 박자는 엉망이었다. 그러나 그 눌러야 하는 건반을 틀리지는 않았다. 천천히 하니 웃기기는 해도 넘어갈 순 있었다.

그렇게 어려운 부분을 넘기고 다시 빨라지는 부분으로 돌아왔다. 이젠 자신 있는 부분이었다. 그녀의 손이 피아노 위에서 춤을 추었다. 강윤은 카메라로 그녀의 모습을 남김없이 담았다. 점점 소리가 커지며 그녀의 발이 패달을 밟으며 소리를 확장해 갔다. 그녀의 몸이 소리를 느끼는지 리듬을 탔다.

곡은 점점 절정으로 향했다. 실수가 잦은 4분을 넘어가니 이후에는 전혀 문제가 없었다. 아니, 회색의 빛이 오히려 점점 하얀빛으로 변해 갔다. 그러나 회색의 여파가 진해 완전한 하얀빛으로 되지는 못했다.

고요히 그녀의 손가락이 춤을 추며 소리가 천천히 잦아들었다. 그리고 다시 소리가 커지며 뱃노래가 끝을 맺었다.

"수고하셨습니다."

강윤은 박수로 그녀의 완주를 축하해 주었다.

"엉망이었는데. 박수 받을 만한 곡은 아니었어요."

"일단 모니터부터 해볼까요?"

강윤은 계효민과 함께 거실로 향했다. 그리고 커다란 벽걸이 TV에 카메라를 연결한 후, 재생했다. 그러자 그녀의 피아노 치는 모습이 재생되었다.

"아, 저기 손."

그녀는 자신의 영상을 유심히 바라보았다. 특히 손에 주목했다. 그런데 계효민이 이상한 부분을 발견했는지 표정이 미묘하게 틀어졌다.

"왜 자꾸 손이 내려갈까요?"

2분에서 3분으로 넘어가는 시점, 곡이 조용해지는 타이밍에 손목도 함께 내려가고 있었다.

"손은 건반과 수평이 돼야 하는 거 맞지요?"

"맞아요. 이상하네. 왜 자꾸 손이 내려가지."

그제야 뭔가를 알았는지 그녀는 손바닥을 쳤다. 손목이 내려가니 아치형을 그려야 할 손가락도 힘이 빠졌다. 항상 신경을 쓰고 있다 생각했는데 기본에 문제가 있었다. 그러나 확실히 머리에 담기 위해 영상을 재생하고 또 재생했다.

열 번을 같은 장면을 돌려본 두 사람은 그제야 영상을 껐다.

"다시 해보죠."

강윤의 말과 함께 피아노에 앉은 그녀는 길게 심호흡을 했다. 이번에는 손에 신경 쓰리라 다시 한 번 다짐하곤 연주를 시작했다.

'호오?'

시작된 연주에 강윤은 놀랐다. 일정하게 보이는 음표와 함께 하얀빛이 나오기 시작했다. 점차 회색으로 물들어갔던 이전과는 달리 이번에는 그런 모습은 전혀 보이지 않았다. 확실히 자세에 문제가 있어 조금씩 소리가 틀어졌던 것이다.

'클래식은 섬세한 음악이구나.'

자세가 바뀌었다고 소리까지 바뀔 줄은 몰랐다. 안타깝게도 귀로는 잘 구별하기 힘들었다. 하지만 빛을 보니 대번에 알 수 있었다. 계속 느껴왔던 칙칙한 회색을 보지 않아서 매우 좋았다. 그러나 아직 큰 산이 남아 있었다.

문제의 4분. 그녀의 손이 빨라지기 시작했다. 분위기가 고조되다가 다시 고요해지는 그 부분이었다.

'손, 손!'

계효민은 손에 특히 신경을 썼다. 이미 외운 악보는 볼 필요도 없었다. 다만 손, 손에 온 신경을 집중했다. 처음 피아노를 배울 때처럼 손가락을 아치형으로 만들고 손목 높이를 맞추는 데에 온 신경을 집중했다.

'됐다!'

강윤은 계효민이 부드럽게 문제의 부분을 넘어가는 것을 보며 쾌재를 불렀다. 거짓말처럼 그녀의 손이 부드럽게 건반을 미끄러져 갔다. 거짓말 같은 움직임이었다. 그녀도 믿기지 않는지 얼굴에 기쁨이 만연했다.

"일단 끝까지 해봅시다."

강윤의 말에 계효민은 연주를 멈추지 않았다. 완주가 우선이었다. 고비를 넘긴 그녀에게 장애물이란 없었다. 자유자재로 건반을 넘나들며 신들린 연주를 들려준 그녀는 8분이라는 긴 연주를 완벽하게 소화해 냈다.

"예에~!"

연주가 끝나자마자 그녀는 자리에서 일어나 강윤에게 달려왔다. 그녀는 손을 내밀어 강윤에게 하이파이브했다. 항상 손에 충격을 주지 않는 피아니스트였지만 가장 친밀한 사람에게만 가끔 하곤 했다. 그녀는 지금 너무도 기뻤다.

"해냈어요, 해냈어!"

"수고하셨습니다!"

강윤도 가슴이 벅찼다. 3일, 장장 3일이었다. 강윤 자신이 큰 산을 넘은 것처럼 기뻤다.

"고생하셨어요. 이제는 자신 있어요."

"다행입니다. 후유. 저도 이제 안심할 수 있겠네요."

"이젠 맡겨줘요!"

지금까지와는 다르게 계효민에게선 자신감이 보였다. 그 말마따나 이어지는 연주들에선 힘과 여유가 넘쳐흘렀다.

'좋아. 이 정도면 된다.'

그녀의 연주를 관찰하며 강윤은 그제야 이번 공연이 잘 될 거라는 확신이 들었다.

리드미컬한 음악이 흘러나오는 연습실에서 전신에 잔근육이 넘실대는 남자들이 격렬하게 춤을 추고 있었다. 한 손만으로 땅을 짚는 건 기본이요, 다리를 현란하게 돌리는 모습은 그야말로 예술이었다.

마무리로 모두가 손으로 땅을 짚으며 몸을 돌리는 수 번의 스와입스로 춤을 마무리했다.

"후아! 수고했어!"

대열의 한가운데, 긴 꽁지머리를 한 남자는 함께 연습한 팀원들과 인사를 나누었다. 모두가 격렬한 연습에 몸에서 김을 내고 있었다. 진지한 연습이 끝나고 모두는 서로 장난도 치며 땀도 닦아주는 등 쉬는 시간을 보냈다.

그때 문이 열리며 부리더 김도민이 들어왔다.

"형."

"도민이 왔어?"

"안녕하십니까?"

꽁지머리의 남자는 늦게 연습에 나온 김도민을 반갑게 맞아주었다. 곧 있을 공연 때문에 자신을 대신해 바쁘게 돌아다니고 있는 동생이었다. 꽃샘추위에 고생이 이만저만이 아니었다.

"어떻게 됐어?"

"다른데 다 알아봤는데, MG가 제일 나았어."

"MG? 에디오스 있는데? 거기 아이돌 회사 아니었어?"

꽁지머리의 남자는 의아했는지 고개를 흔들었다. 그러나 김도민은 전혀 그렇지 않다며 이야기를 이어갔다.

"요즘 MG에서 공연팀이 그렇게 유명하대. 거기 팀장이 보통내기가 아니라더라고."

"비싼 거 아냐?"

"우리 상금은 다 털어야 할 것 같아."

"야."

꽁지머리 남자는 이건 아니라며 선을 그었다.

"미쳤냐? 그게 어떤 돈인데 한 번에 다 써? 굶어 죽으라고?"

"이 돈으론 다른 곳은 무리야. 다른 곳은 공연장부터 장비 대여, 다 따로 구해야 한다고. 그나마 여기가 한 번에 자기들이 다 알아서 해준다 했다고."

"그렇다고 돈을 한 번에 다 쓰냐?"

꽁지머리 남자는 돈이 아까웠는지 타박 일색이었다. 그러나 김도민은 오히려 이게 아끼는 길이라며 맞섰다.

'야. 또 시작이다.'

'아, 저 짠돌이들…… 맨날 돈 문제로 싸우지.'

팀원들은 팝콘이라도 들며 둘의 싸움을 구경할 기세였다.

"그래서 계약서 쓰고 온 거야?"

"아직. 형이랑 말해 보고 온다고 했어."

"그래. 잘했다. 그런데 그게 싼 거냐?"

"지금 상금으로 공연 하나를 한다고 치면 싸게 먹히는 거야. 대신……."

"대신?"

"거기서 공연 수입의 일정 비율을 거둬가겠다더라."

그 말과 함께 둘의 싸움은 1시간이 넘도록 계속되었다.

그래도 결론은 MG엔터테인먼트에 의뢰하겠다는 결론이 났다.

'쉽게 가지…….'

둘의 싸움을 지켜본 팀원들은 한심하다는 듯 고개를 흔들었다.

둘의 싸움을 지켜본 팀원들은 한심하다는 듯 고개를 흔들었다.

3월 27일 금요일.

세진 아트센터.

품위 있게 정장을 갖춰 입은 남녀를 비롯해 깔끔한 옷차림의 사람들이 계단을 올랐다. 그들은 직원에게 표를 내밀며 배치받은 좌석으로 들어갔다.

"계효민 독주회라니. 몇 년 만인가요, 교수님?"

"3년 만인가요? 이렇게 연주회를 볼 수 있게 되다니. 참 좋습니다. 허허."

공연장 안에선 정장의 중년 남녀의 대화가 오갔다. 그들뿐 아니라 다른 이들도 계효민의 독주회에 기대하는 이들이 많았다. 3년 동안 아무 소식도 없다 갑자기 독주회라니…….

표를 끊고 자리에 착석하는 사람들 모두는 기대가 만발해 있었다.

─안내 말씀드리겠습니다. 잠시 후, 피아니스트 계효민 씨의 독주회가 시작될 예정입니다. 관객 여러분께서는…….

안내방송이 조금은 부산했던 객석이 조용해졌다. 관객석이 모두 꽉 들어찼다. 공연장이 고요해지자 조명이 어두워지며 무대의 막이 올랐다. 스포트라이트가 켜지며 계효민이 무대 끝에서 천천히 걸어 나왔다.

관객들은 모두가 박수로 계효민을 맞았다. 풍성한 드레스를 입은 그녀는 화사한 조명에 더더욱 빛났다. 공연장 전체를 채우는 큰 박수 소리가 그녀에 대한 기대를 드러내고 있었다.

피아노에 앉은 계효민은 간단하게 손을 풀고 첫 번째 곡 '쇼팽 소나타 2번'을 시작했다. 관객들은 눈을 감으며 시선을 모았다. 청량하게 울리는 그녀의 연주에 모두의 귀를 간질였다.

'아름답다.'

무대 뒤에서 강윤은 음표들이 만들어내는 빛에 감탄하고 있었다. 연습 때 그를 괴롭혀댔던 회색빛은 찾아볼 수도 없었다. 적절한 페달의 사용은 음을 깊이 울리게 해주었고 현란한 손의 움직임은 화려한 음을 만들어갔다. 점점 강렬해지는 빛만큼이나 관객들의 반응도 강해져 갔다.

한 곡, 두 곡, 세 곡.

곡들이 계속될수록 연주가 끝날 때 터져 나오는 관객들의 박수 소리는 커져갔다. 커져가는 박수 소리만큼 강윤에게 보이는 빛도 강렬해졌다.

'좋다.'

무대 전체를 울리는 피아노 소리도 문제없었고, 특별한 상황도 없었다. 무대가 진행될수록 관객들 모두가 그녀의 연주에 흠뻑 젖어들고 있었다.

그렇게 1부가 끝이 났다. 계효민은 큰 박수를 받으며 무대 뒤로 물러났다. 강윤은 조용히 무대 뒤편의 대기실로 향했다.

"수고했어요. 컨디션은 어때요?"

강윤의 물음에 그녀는 문제없다는 듯 씨익 웃었다.

"아주 좋아요. 최고예요."

"이대로 하면 끝까지 문제없을 겁니다. 마지막까지 잘해봅시다."

"네."

강윤은 그대로 대기실을 나섰다. 혹시나 자신 때문에 집중력이 흐트러질까 많은 말은 삼갔다. 섬세한 사람에게는 많은 말보다 뒤에서 지켜봐 주는 게 더 좋은 법이다.

쉬는 시간이 지나고 2부가 시작되었다.

'라 캄파넬라'로 시작한 2부는 1부보다 더 빠르게 사람들을 잠식해 갔다. 몸으로 리듬을 타며 정열적으로 연주하는 계효민의 연주는 사람들을 더 빠르게 젖어들게 했다. 사람들 모두가 깊이 있는 연주에 깊이깊이 빠져들었다.

그리고 드디어 마지막 곡, 단 하나만이 남았다.

쇼팽의 '뱃노래'. 몇 번이나 계효민을 좌절케 한 그 노래의 차례가 되었다.

'후유.'

그녀는 심호흡했다. 의자도 고쳐 앉으며 잘해 보자고 마음을 다졌다. 손도 다시 한 번 풀었다. 사람들 모두가 지금까지 보여주지 않던 행동에 숨을 죽였다. 공연장엔 적막한 숨소리마저 감돌았다.

강윤도 뒤에서 앞으로 자리를 이동했다. 가장 중요한 곡이었다. 혹시라도 무슨 일이 있을까 계효민을 가장 보기 쉬운 위치에 섰다.

계효민은 깊이 숨을 내쉬며 피아노에 손을 얹었다.

'손, 손.'

계효민은 몇 번이나 손을 풀었다. 강윤과 보았던 자신의 영상을 계속 떠올렸다. 가장 중요한 건 자세, 자세다! 자세가 흐트러지면 연주가 진행이 안 된다! 그녀는 수도 없이 머리에 새겨 넣은 말을 반복하며 마음을 다졌다.

♪♪♪ – ♫♫ – ♪ – ♪♪

계효민은 두 번의 심호흡을 한 이후, 연주를 시작했다.

'시작됐군.'

강윤도 긴장에 젖은 손으로 그녀를 지켜보았다. 시작은 괜찮았다. 하얀빛이 강하게 빛나며 사람들에게 스며들었다. 점점 녹아드는 사람들의 모습을 보며 강윤은 가슴을 졸였다. 그도 점점 긴장에 녹아들고 있었다.

1분, 2분, 3분.

지금까지는 좋았다. 관객들도 눈을 감으며 잘 따라오고 있

었다. 이제부터 문제였다. 계효민의 연주는 천천히 문제의
구간으로 다가가기 시작했다.

'이런!'

그런데 강윤은 그녀의 손이 피아노보다 밑으로 쳐지는 것
을 발견했다. 이대로 가면 분명 다음 연주를 진행하지 못할
게 분명했다. 그는 주변을 한번 둘러보곤 빠른 종종걸음으로
무대 앞으로 달려 나갔다. 최대한 고개를 숙이며 관객들에게
방해되지 않게 나가는 건 필수였다. 그리고 그녀와 마주 볼
수 있는 무대 밑에서, 자신의 오른손을 가리켰다.

'왜……?'

연주에 집중하던 그녀는 강윤의 이상한 행동에 의아했다.
온 신경을 집중해야 해야 하는데 짜증까지 났다. 그런데 그
의 손이 이상했다. 그는 자꾸 손을 가리키고 있었다.

'아!'

그제야 그녀는 손이 이상하다는 것을 깨달았다. 신경을 계
속 쓰고 있었지만, 또 실수하고 말았다. 그러나 아직 늦지 않
았다. 그녀는 바로 손의 위치를 바로 하고 손가락을 아치형
으로 그렸다. 그와 함께 문제의 구간으로 돌입했다.

♫♫♫♫♫- ♫♫♫- ♫♫-- ♪♪-♪~!

계효민의 손은 미끄러지듯, 문제의 구간을 순식간에 지나
쳤다. 순식간에 고음부터 저음으로 미끄러지듯 내려갔다.

"우와……."

관객들이 계효민의 화려한 기교와 수없이 변하는 템포에 놀라 탄성을 자아냈다. 관객들은 그녀의 손가락이 만들어내는 아름다운 소리에 영혼까지 놓을 지경이었다. 느려졌다가 빨라지고, 다시 느려지던 피아노 소리는 점차 작아지더니 사라져 갔다. 그러나 이내 점점 커지더니 순식간에 절정으로 치달았다.

"와."

다시 커져 피아노 소리는 저음부터 고음까지 주욱 미끄러져 올라갔다. 새로운 구간에 돌입한 것이다. 마지막 곡다운 위엄이었다. 관객들 모두가 정열적으로 연주하며 아름다운 소리를 만들어내는 계효민에게 저도 모르게 박수를 치려다 손을 내리고 있었다.

'좋아!'

계효민의 연주는 강렬한 하얀빛을 만들어냈다. 관객들 모두를 단단히 사로잡은 빛은 모두에게 스며들어 갔다. 무대 앞에서 조용히 옆으로 돌아간 강윤은 그제야 긴 한숨을 내쉬었다.

천천히 피아노 소리가 사그라들 때, 우레와 같은 박수 소리가 터져 나왔다. 3년 만에 돌아온 계효민에게 사람들은 아낌없는 찬사를 보내고 있었다.

그렇게 독주회는 끝을 향해 달려가고 있었다.

강윤은 계효민 독주회 일을 성공적으로 마무리한 후, 바로 원진문 회장에게 보고했다.

"클래식 하는 사람들은 까다로워서 골치깨나 아팠을 텐데……. 수고 많았네."

"아닙니다."

원진문 회장은 강윤의 어깨를 두드리며 그를 격려해 주었다. 당연히 특별 상여금 이야기는 빼놓지 않았다. 회사에 입사한 이후 상여금이 본래 월급보다 많으니 강윤은 입이 귀에 걸렸다. 성공에 성공을 거듭한 대가였다.

사무실에 잠시 들른 강윤은 다음 일을 위해 사장실로 향했다. 사장실에는 이현지 사장이 이번 일을 위해 직접 온 두 남자와 함께 있었다.

"안녕하십니까? 이강윤입니다."

강윤은 간단하게 자신을 소개했다. 이미 이현지 사장이 자신에 대해 말을 해놓았는지 크게 많은 말을 할 필요는 없었다. 꽁지머리를 한 키가 큰 남자는 자신을 리더 방산혁이라 소개했고 민머리에 약간은 작은 키를 가진 남자는 부리더 김도민이라 이야기했다.

간단하게 자기소개가 끝나고 방산혁이 먼저 말을 꺼냈다.

"저희의 조건은 간단합니다. 200명 정도의 무대에서 비보이 공연을 하는 겁니다."

"200명 말씀입니까?"

"네. 다른 부분은 알아서 해주십시오."

방산혁의 조건은 어렵지 않았다. 강윤은 간단하게 메모를 하며 계속 물었다.

"200명을 수용할 수 있는 소극장이라면 대학로에 있는 연극 무대 정도면 된다는 말씀이십니까?"

"그 정도보단 약간 컸으면 하네요."

"알겠습니다. 200명 정도의 관객 동원에 표 가격은 아무래도 괜찮고……."

"잠깐만요. 표 가격은 생각을 못 했는데……."

강윤과 김도민이 대화하고 있는데, 방산혁이 끼어들었다.

"표를 파는 겁니까?"

"네. 무슨 문제 있습니까?"

"잠깐잠깐. 그런 이야기는 처음 듣습니다만."

"저희는 수익이 창출되지 않는 공연은 하지 않습니다. 그게 아니라면 잘못 찾아오신 것 같습니다."

강윤은 단호했다. 오히려 그의 옆에 있는 이현지 사장이 놀랐지만, 강윤은 개의치 않았다.

"야, 일어나."

지금까지 원하는 사람이 있다면 어디라도 달려갔던 배틀몬스터였기에 강윤의 말은 거부감이 심했다. 더 말할 것도 없다며 방산혁이 김도민을 일으켜 세웠다. 그러나 김도민은 생각이 다른 듯했다.

"형, 기다려 봐. 언제까지 공짜 공연만 하려고 그래?"

"그래서 우리 힘들 때 응원해 주고 지원해 준 팬들 상대로 돈벌이를 하라고?"

"형. 내 말 좀……."

"됐어. 안 해. 저희가 잘못 찾아온 것 같네요. 실례했습니다."

방산혁은 더 볼 것도 없다며 자리에서 일어났다. 그 뒤를 안절부절못하며 김도민이 따라나섰다.

"아, 계약 파기네요."

이현지 사장은 기지개를 켜며 고개를 저었다. 비보이라면 뭔가 될 것 같았는데 아쉬운 모습이었다. 그러나 강윤은 오히려 웃고 있었다.

"돌아올 겁니다."

"무슨 말이죠?"

"저기 보시죠."

강윤이 가리킨 곳에는 김도민이 두고 간 가방이 있었다. 이현지 사장은 풋 하며 웃었다.

"일부러 두고 나갔다는 말인가요?"

"김도민이라는 사람이 방산혁이라는 사람을 설득해서 올 겁니다."

"어떻게 확신하죠?"

"오기 전에 조금 알아봤습니다. 배틀몬스터라는 팀은 국제대회에서도 1위를 할 정도로 실력 있는 팀입니다. 매니아들 사이에서는 전설적인 팀이죠. 하지만 상금으로만 먹고살수는 없는 노릇 아닙니까? 조금 전 돈벌이 이야기를 한 방산혁이라는 사람은 그런 면에선 현실감이 없는 것 같습니다. 듣기로 실질적인 팀 살림은 옆에 있던 부리더 김도민이 다 한다 들었습니다. 대신 방산혁은 내부 팀원들을 결속시키는 데 탁월하다고 합니다."

"그런데 지금 말을 들어보면 팀이 돈 되는 공연보단 팬들과의 관계를 더 중요하게 보는 것 같은데요."

"말은 그렇게 해도 속사정은 다를 겁니다. 그렇지 않다면 저희에게 의뢰할 이유가 없습니다."

"하긴. 상금을 통째로 가져와서 의뢰할 이유가 없겠죠? 기다려보죠."

강윤과 이현지 사장이 여유롭게 커피를 즐기고 있을 때.

강윤의 말대로 김도민이 방산혁을 데리고 사장실 안으로 들어섰다. 김도민은 민망하다는 듯 고개를 살며시 숙였지만 방산혁은 '내가 뭘?'이라는 얼굴로 표정을 구기고 있었다.

"죄송합니다. 이야기 계속해도 되겠습니까?"

"괜찮습니다."

김도민의 말에 강윤은 아무 일도 없었던 듯 이야기를 계속했다.

그렇게 비보이 배틀몬스터와 MG엔터테인먼트와의 일이 시작되었다.

"여기가 저희 사무실입니다."

강윤은 김도민의 안내를 받고 안으로 들어섰다. 강윤의 눈에 가장 먼저 들어온 건 찬장을 가득 메운 각종 트로피와 상장들이었다.

"트로피가 엄청 많군요."

각종 영어로 되어 있는 트로피와 상장들을 보며 강윤은 찬탄을 금치 못했다. 팀이 결성된 2000년 이래 지속적으로 국내외를 넘나들며 받아온 상장들의 위엄은 엄청났다. 근 8년간의 노력이 엿보여 강윤은 절로 박수가 나왔다.

김도민은 강윤이 진심으로 경탄하는 모습에 어깨가 절로 들렸다.

"저희의 자부심입니다. 팀장님이 인정해 주시니 기분이 좋네요."

"한 분야로 정점에 오른 것 아닙니까. 정말 고생 많이 하셨겠습니다."

"감사합니다."

세계대회에서 우승한 증거들도 빼곡했다. 팀원들이 태극기 앞에서 활짝 웃는 우승기념 사진을 보며 강윤은 그들의 자긍심을 엿볼 수 있었다.

트로피들을 모두 본 강윤은 자리에 앉았다. 이제 본격적으로 일할 차례였다.

"팀원 15명. 공연 시간 1시간. 장소와 콘셉트 등은 아직 미지수군요."

"200명 정도를 말씀하셨지만 제 생각은 500명은 돼야 수지타산이 맞을 것 같습니다."

"500명이요?"

강윤의 말에 김도민의 눈이 커졌다. 세계대회에서 더 많은 관객 앞에서도 무대를 가져 봤지만, 단독공연에 500명은 쉽지 않다 생각했다.

"일단 생각은 그렇습니다. 자금도 여의치 않고……. 그래도 시간은 적지 않은 편이니 여러 가지 방법을 고려해 볼 생각입니다."

"저희가 도와드려야 할 건 있습니까?"

"여러 가지 도움을 받아야 할 것 같습니다. 그래도 복잡한 일들은 저희가 알아서 할 테니 걱정 안 해도 됩니다."

강윤의 말에 김도민은 한숨을 쉬었다. 애초에 MG엔터테인먼트에 의뢰한 목적이 어긋나면 어쩌나 걱정했었는데 그럴 일은 없다니 다행이었다.

두 사람은 팀원들이 한창 구슬땀을 흘리고 있는 연습실로 나왔다. 잔근육으로 가득한 남자들이 방산혁의 인도에 맞춰 춤을 추고 있었다. 그러나 연습이라 그런지 칼같이 딱딱 맞아떨어지는 동작은 보여주지 못했다.

"흠……."

그러나 강윤은 고난도 동작들에 놀랐다. 머리를 대고 다리를 높이 들어 올리며 반달 형상을 만드는 동작이나 온몸의 관절이 자유자재로 움직이는 춤은 방송에서도 쉽게 보기 힘든 멋들어진 춤이었다.

'그래도 연습인지라…….'

하지만 약한 하얀빛을 보니 아직 완성은 아닌 모양이었다. 그러나 동작이 워낙 멋들어져 눈이 계속 갔다.

"정연이! 팔 조심하고! 그러다 꺾이면 팔 나간다!"

"죄송합니다."

"우중! 목목!"

"네!"

방산혁은 연습실이 떠나가라 소리치며 후배들을 단단히 가르쳤다. 김도민은 위험한 동작들이 많아 정신을 똑바로 차려야 하기에 소리가 자연히 커지는 것이라 했다. 강윤은 펜을 들어 필요한 것들을 적으며 그들의 연습을 관찰했다.

한참이 지나 휴식 시간이 되었다. 강윤은 방산혁에게 다가갔다.

"오셨습니까."

나시티를 입은 그는 온몸에서 땀을 흘리고 있었다. 강윤은 수건을 내밀었다. 그는 감사하다며 받아들고 물었다.

"팀장님, 혹시 비걸도 구해 주실 수 있습니까?"

"비걸? 여자 비보이 말씀입니까?"

"네."

강윤은 조금은 뜬금없는 요청에 이유를 물었다. 그러자 그는 땀을 닦으며 말을 이어갔다.

"저희가 보다시피 팀원이 남자밖에 없습니다. 이 바닥은 비걸이 매우 귀합니다. 지금 당장 모집을 하려고 해도 숙달된 사람을 구하기가 어려워서 말입니다. 부탁해도 되겠습니까?"

"비걸이라. 가수라도 상관없습니까?"

"상관은 없습니다만……. 솔직히 말씀드리면 저희 안무를 따라오기가 힘들 겁니다. 방송댄스와 저희 안무는 난이도에 차이가 있어서……."

방산혁의 말에는 자부심이 가득했다. 그러나 강윤은 인정했다. 비보잉 안무는 난이도가 무척 높았으니 말이다. 저들의 고난도 안무에 맞추기 위해선 일반적인 댄스가수로는 어림도 없을 게 분명했다.

"알겠습니다. 구해보죠."

"부탁드립니다."

방산혁은 할 말을 마치고 돌아섰다. 사실 부탁을 한 방산혁도 사실 강윤이 구해올 수 있을지 반신반의했다.

"자자! 연습하자!"

못 구하면 자신이 구하면 그만이라고 생각하며 방산혁은 팀원들과 함께 다시 연습을 시작했다.

6화
커져가는 무대에서!

계효민의 독주회 성공 기념으로 강윤과 이현지 사장은 조촐하게 회식을 열었다. 아니, 장소가 값비싼 술집이었기에 조촐하다는 표현은 어울리지 않았다. 2차 회식에서 따로 떨어져 나와 조용히 대화할 수 있는 곳으로 향했다. 그곳에는 이현지 사장이 부른 최찬양 교수도 합류했다.

은은한 음악이 흐르는 술집 룸에서 그들은 잔을 부딪치며 서로를 격려했다.

"축하해요, 강윤 팀장."

"축하드립니다, 사장님."

"허허, 좋네요."

호박색 양주는 쓰디썼다. 그러나 성공의 맛과 함께하니 달디 달았다. 성취와 함께 즐기는 술은 언제 즐겨도 신나는 법이었다.

한창 술자리가 무르익어 갈 때 최찬양 교수가 붉게 달아오른 얼굴로 말을 꺼냈다.

"강윤 씨, 강윤 씨는 꿈이 있나요?"

"꿈 말입니까?"

강윤도 술기운이 달아오른 모습으로 반문했다. 재미있는 답이 나올 것 같아 이현지 사장은 그윽한 얼굴로 그의 답을 기다렸다.

"꿈이라……. 그냥, 잘 먹고 잘사는 거?"

"에이. 강윤 씨 같은 사람이 겨우? 좀 더 써봐요."

이현지 사장이 강윤을 놀려댔다. 강윤의 능력에 겨우 그 정도 소박함이라니. 그녀의 생각엔 말도 안 된다고 생각했다.

"하하하. 정말입니다. 사람이 잘 먹고 잘사는 거 하나면 족하지요."

"뭐야, 재미없게."

그러나 김이 새버렸다. 그러자 최찬양 교수가 이현지 사장과 강윤 사이를 중재했다.

"아무래도 사장과 직원 사이니까 갭이 있나 본데?"

"그러게. 실망인데? 우리가 그 정도 말도 못하는 사이라니. 아무래도 나부터 꺼내야겠네."

강윤의 진짜 속을 알고 싶은 마음이 컸는지 그녀는 투덜대며 먼저 진짜 속에 있는 이야기를 꺼냈다. 장난스럽게 웃는 표정은 온데간데없고 진지해진 표정이 '이건 진짜다.'라는걸 말해 주고 있었다.

"MG엔터테인먼트 사장 이현지. 참 멋진 말이죠. 하지만 난 임명된 사람이고 그 때문에 한계가 명확해요. 게다가 내가 원하는 회사와 지금의 회사와는 많은 차이가 있죠."

"어떤 차이 말씀입니까?"

"난 종합 엔터테인먼트를 원해요. 지금 우리가 하는 종합 음악 업무와 같이 음악에 관련된 총체적인 업무. 그래서 강윤 팀장과 내가 서로 코드가 잘 맞는 거죠. 원 회장님도 그걸 알고 우리 둘을 붙여놓은 거고 말이죠."

"그럼 꿈을 이루신 거 아닙니까?"

강윤이 반문했다. 그러나 이현지 사장은 손가락을 흔들었다. 부정의 신호였다.

"후후. 그럴까요? 좀 더 들어봐요. 난 영업에는 자신 있어요. 스스로 영업맨이라 생각하고 있지요. 그래서 회장님이 날 좋아하죠. 적극적이고 오더도 잘 따오고 관리도 잘하니까. 하지만 난 지금의 회사는 크게 마음에 들지 않아요. MG 엔터테인먼트는 회사가 지향하는 색깔이 있죠. 회사의 색에 사람이 맞춰야 하는 모습들을 보면 가끔 안타까울 때가 있어요."

"그건 사장님이 바꾸면 되지 않습니까?"

"이건 회장님과 이사진, 두 진영이 이건 모두 동의하는 바에요. 왜냐하면, 그게 가장 안전하니까. 매뉴얼에 따라 연예인을 만들면 안전하다는 장점이 있죠. 하지만 롱런하는 연예인은 만들기 힘들어요. 난 이걸 바꾸고 싶어서 여러 차례 건의했지만……. 후. 혼자선 어림없네요. 요즘 생각하기로는 차라리 내가 나가서 따로 회사를 세우는 게 낫지 않을까 하는 생각마저 들어요."

"이건 매우 위험한 발언 같습니다만……."

강윤은 당황했다. 룸이었지만 혹시 몰라 주변을 두리번거릴 정도였다. 강윤의 그런 모습에 그녀는 씨익 웃었다.

"맞아요. 위험하죠. 내가 강윤 팀장을 믿지 않는다면 절대 말하지 않을 말이죠. 나도 생각만 했지 입밖에는 꺼내지 않을 말들이에요. 그냥 주어진 일만 열심히 하고 회장님 뜻대로 이사들 견제하면서 주어진 연예인들 열심히 감당하며 살 생각이었죠. 그런데……."

이현지 사장은 손가락으로 강윤을 가리켰다. 강윤은 들고 있던 술잔을 내려놓았다.

"당신이 나타나면서 생각이 변했어요. 이강윤 팀장."

"……."

"회사의 색깔에 연예인이 맞추는 건 안전하지만, 개인 고유의 개성이 없어요. 개인 고유의 개성이 없으면 롱런하는 연예인을 만들기 힘들죠. 지금 이대로 가면 MG엔터테인먼트는 위기가 올 겁니다. 하지만 당장 이익이 크니 롱런하는 연예인보다 대체하는 방향으로 갈 게 분명해요."

"제가 들어올 때 해체됐던 가수들 이야기군요."

"정확해요. 하지만 강윤 팀장이라면 다른 모델을 보여줄 거라 확신해요. 에디오스나 민진서, 주아까지. 사실 지금까지의 회사가 보여주던 모델들하고는 완전히 달랐죠. 에디오스라는 6인조 걸그룹은 단체뿐만 아니라 개인 개성까지 중시하며 새로운 모델을 제시했고 민진서는 지금까지 회사에서는 볼 수 없었던 배우로 육성해 냈죠. 주아는 우리 가수가 일본에서도 통한다는 걸 보여주며 새로운 시장을 열어줬어요. 회사의 틀에 맞췄다면 누가 이게 가능했을까요? 하지만 거기까지예요. 분명히 한계가 올 겁니다."

"……."

"회장님과 이사들은 궁극적으로 회사라는 틀이 매우 강해요. 난 회사도 중요하지만, 개인의 개성이 매우 중요하다 생각해요. 이건 타협의 여지가 없어요. 아마……. 후에 난 회사와 갈라서게 될 겁니다."

이현지 사장은 열변을 토하며 본심을 드러냈다. 지금까지 누구에게도 말한 적이 없는 진짜 속내였다. 강윤도, 옆에 있던 최찬양 교수도 진심으로 놀랐다. 상상도 하지 못한 말이었다.

이현지 사장은 목이 탔는지 술이 아닌 물을 단번에 마셨다. 꿀꺽꿀꺽 하는 소리가 룸 안을 울렸다. 소리가 무척 컸지만, 그녀는 개의치 않았다. 무거운 분위기는 민망함도 알지 못하게 했다.

강윤은 침묵했다. 예상치 못한 일격과 같았다. 이젠 가만히 있는 건 예의가 아니었다. 하지만 말이 쉽게 나오지 않았다. 그런 강윤의 심정을 알았는지 먼저 최찬양 교수가 먼저 운을 뗐다.

"10년도 넘게 현지를 알았지만 이런 모습은 처음이네요."

"그렇습니까."

"사실, 저도 애들을 가르치고 있지만……. 현장에서 직접 뛰고 싶은 마음이 있어요."

강윤의 시선이 최찬양 교수에게로 향했다. 이현지 사장도 귀를 기울였다.

"전 성격이 소심해서 현장은 두려워요. 하지만 마음은 항상 현장에 있네요. 언젠간 꼭 노래를 만들어 사람들을 웃고 울리고 싶네요. 트레이너로서 아이들도 가르치고요."

"보컬 트레이너도 하십니까?"

"음대 시절에 아르바이트로 했습니다."

"아아. 잠깐. 사장님과 선후배 사이 아니십니까?"

"고등학교 선후배 사이에요. 졸업 이후 현지는 유학을 가서 오랫동안 못 봤죠."

최찬양 교수의 이야기가 끝났다.

이젠 강윤의 차례였다. 그는 고민했다.

'꿈이라…….'

이미 두 사람은 속에 있는 말을 꺼냈다. 꿈. 가장 중요하면서 어려운 가치관. 생각하다 보니 목이 탔다. 강윤은 독한 양주를 단번에 들이마셨다.

"천천히 마셔요."

이현지 사장이 제지했지만, 강윤은 기어이 잔을 비웠다. 술 한 잔을 더 따라 다시 비워냈다. 목에 넘어가는 알싸한 기운이 안에 있는 것을 끄집어내는 기분이었다. 이현지 사장이 놀라 막으려 했지만, 강윤은 손을 저었다. 술기운이 확 올라오기 시작했다.

그제야 강윤은 진짜 속에 있는 것을 꺼내기 시작했다.

"……저는 제 손으로 셰무얼 존슨과 같은 이를 만드는 게 꿈입니다."

"셰무얼 존슨? 허……. 꿈이 크네요."

이현지 사장은 순간 눈을 껌뻑였다. 강윤의 남다른 스케일에 놀라며 웃었다. 셰무얼 존슨이라면 20세기가 낳은 세계 최고의 가수였다. 그가 공연하면 5만 명은 기본이요, 앨범은 백만 장은 팔려나간다. 기부천사로 이름 높은 인성은 말할 것도 없었다. 그런 가수를 만들어 보겠다니…….

"한국에서는 쉽지 않겠어요. 미국에서 성공해야겠네요."

최찬양 교수가 첨언을 달았다. 그러나 강윤은 고개를 저었다.

"미국이든 한국이든, 일본이든 상관없습니다. 장소에 구애받는 건 바보 같은 짓이라 생각합니다. 중요한 건 노래하고 싶은 가수가 노래를 부를 수 있게 해주고 듣고 싶은 이들에게 들려주는 것. 이게 기본이 아닐까 합니다. 그러다 보면 셰무얼 존슨 같은 이도 나오지 않을까요?"

"……강윤 팀장은 정도를 좋아하는군요."

이현지 사장은 수긍했는지 고개를 끄덕였다. 그러나 아직 구체적인 답을 듣지 못했는지 만족하는 모습은 아니었다. 그녀는 한발 더 나가서 물었다.

"그래서 앞으로도 회사에 계속 남아 있을 건가요?"

"……."

강윤은 말을 아꼈다. 가장 어려운 질문이었다. 지금까지 가치관에 대한 답을 들었으니 이젠 앞으로 어떻게 할 것인가를 듣겠다는 말이었다. 이건 떠보는 수준이 아니었다. 나도 말했으니 너도 말해라. 이것과 같았다. 최찬양 교수도 재미있는지 특유의 여유로운 모습으로 그의 답을 기다리고 있었다.

이현지 사장이 자신의 많은 걸 보였기에 강윤도 속내를 보이기로 마음먹었다.

"……언제까지 남아 있을 순 없겠죠."

"사업도 생각이 있는 건가요?"

드디어 듣고 싶은 답이 나왔는지 이현지 사장은 만족했다.

"……저도 언제까지 MG의 틀에 갇혀 있을 생각은 없습니다. 사장님 말씀대로 MG는 회사에 연예인을 맞추는 회사니까요. 회사 스스로 한계를 맞을 겁니다. 분명히 저도 일하는데 한계를 맞게 되겠죠. 제 발전을 위해서 언젠가는 나오게 되겠죠."

"사업 하나 차리는 건가요?"

"아직 잘은 모르겠지만……. 생각이 없는 건 아닙니다."

강윤은 잔을 들었다. 그는 확실히 생각을 전달했다. 이 정도면 만족할 만한 답을 들었다 생각한 이현지 사장은 웃으며 그의 잔에 맞부딪쳤다.

"나중에 강윤 팀장이 사업할 때 첫 투자는 내가 하죠."

"그래 주시면 감사하죠. 돈도 부족한데……."

"요즘 돈도 잘 벌면서 돈이 없다니요. 대신 자리 하나는 주겠죠?"

"하하하. 물론입니다."

둘의 분위기가 화기애애하니 최찬양 교수도 조용히 끼었다.

"저도 한 자리 끼어도 될까요?"

"하하하. 오시지요. 교수님이라면 언제든지 환영입니다."

강윤은 사양하지 않았다. 최찬양 교수는 건배하곤 단번에 잔을 비워버렸다.

"전 육성과 작곡에는 자신 있어요. 나중에 불러주시면 바로 달려갈게요."

"하하하하하. 좋습니다. 건배!"

모두 술기운에서 시작된 말들이었다. 그러나 모두의 바람이 깃든 대화였다. 서로가 생각들을 교환했고 비슷한 생각들을 하고 있었다. 통하는 사람들의 대화는 즐거웠고 서로를 더 가깝게 만들었다.

그리고 그날의 회식은 훗날 엄청난 빅뱅의 시작이 되었다.

"으으⋯⋯. 머리야."

술기운에 아픈 머리를 부여잡고 일어난 강윤은 정신없이 거실로 나갔다. 간단하게 세수를 하고 부엌으로 향하니 보글거리는 소리가 그의 귀를 간질였다.

"어제 술을 얼마나 마신 거야?"

부엌에선 앞치마를 한 희윤이 북엇국을 끓이고 있었다.

"어제 사장님이랑 회식했어. 술이 좀 과했나 봐."

"앞으로 술 적당히 해. 어제 오빠 많이 취해서 왔다고."

"미안."

주사라도 부렸는지 강윤은 사과부터 했다. 그러나 희윤은 별다른 말 없이 바로 아침을 내주었다.

희윤과 식사를 마친 강윤은 바로 출근을 했다.

아침 일찍 출근해서 간단하게 회의를 한 이후 강윤은 비보이팀 '배틀몬스터'의 연습실이 있는 온수동으로 향했다. 그곳에 그들의 연습실이 있었다.

11시쯤 되니 팀원들이 하나둘씩 연습실로 출근했다. 모두가 하나같이 말랐지만 그들의 팔과 다리는 탄탄한 근육들이 넘실거렸다. 강윤이 뒤편에서 이들의 몸 푸는 모습을 보고 있으니 방산혁과 김도민이 강윤을 맞으러 왔다. 세 사람은 간단하게 인사를 한 후 사무실로 향했다.

"현재 가장 중요한 건 홍보활동입니다."

강윤의 첫마디에 두 사람은 강하게 공감했다. 배틀몬스터가 세계대회에서 우승까지 한 실력 있는 팀이라지만 일반인에게 그저 멋있는 댄스에 지나지 않았다. 현실은 가혹했다.

"공연까지 두 달이 조금 안 남았습니다. 이젠……."

"저희가 홍보에 나서야 할 일이 있습니까?"

방산혁이 시큰둥하게 물었다. 그는 강윤의 의도를 파악했는지 직설적으로 물었다.

"네. 나서주셔야 할 것 같습니다."

"계약할 때는 알아서 다 해주신다 하지 않으셨나요?"

방산혁은 눈을 가늘게 떴다. 옆에 있는 김도민이 당황스러워 그를 제지하려 했지만, 강윤의 말이 더 빨랐다. 김도민의 걱정과 달리 강윤은 전혀 당황하는 기색 없이 차분했다.

"공연장은 부천 아트센터 소공연을 대관했습니다. 비보이는 청소년들이 좋아하는 문화입니다. 주 타깃을 그들로 삼을 겁니다. 그들이 많이 모이는 장소에서 간단하게 거리 공연을 펼칠 생각입니다."

"부천 아트센터 소공연장? 200명은 거뜬히 소화하겠군요. 알겠습니다. 거리공연이라……."

그 말에 김도민이 의아했는지 반론을 던졌다.

"거리 공연을 한다 하면 준비해야 할 것이 많습니다. 구청에 신고도 해야 하고 장비도 빌려야 해서 시간이 오래 걸립니다."

"3명만 갈 겁니다. 공연 시간은 30분. 오디오 한 대만 가져가고 말 그대로 잠깐 보여주고 휙 도망치듯 나올 생각입니다."

"흠. 그래도 공연이라는 게 간단하게 보여주면 안 되는 건데……."

방산혁은 뭔가 마음에 안 드는지 딴죽을 걸었다. 그러나 김도민은 달랐다.

"형. 괜찮은데 왜 그래? 잠깐이잖아."

"애들 연습할 시간도 없어. 그런데 30분이라지만 왔다 갔다 하면 2시간은 날아가는 거야."

그 말에 강윤은 걱정하지 말라는 듯 말을 이었다.

"팀원은 15명입니다. 제가 생각하는 인원은 3명입니다. 제가 알아본 바로 3명이 보여주는 퍼포먼스가 여러 개 있다고 알고 있습니다. 이걸 돌아가며 하는 겁니다. 삼 일에 한 번 단위로 돌아갑니다. 두 달 조금 안 남았으니 한 사람당 1번에서 2번 정도 하면 된다 보고 있습니다."

"나나 도민이는 연습시켜야 하니까 힘들다 치고, 13명이니까…… 2번 정도라. 그 정도면 괜찮겠군요. 알겠습니다. 애들한테 말해 놓지요. 오늘부터 나가면 됩니까?"

강윤의 말에 틀린 말은 없었다. 방산혁은 잠시 생각하다 수긍했다. 리더는 리더였다. 강윤은 미리 봐둔 포인트를 찍어주며 준비해야 할 것들을 일러주었다. 두 사람은 알겠다며 수긍했다.

필요한 것들을 모두 전달한 강윤은 멤버들을 보겠다며 사무실을 나섰다.

"도도한 것 같긴 한데, 믿어볼 만은 한 것 같네. 공연장도 빨리 구했고."

방산혁은 연습하고 있는 멤버들을 체크하는 강윤을 보며 중얼거렸다.

"돈이 좋긴 좋아. 저런 사람도 쓰고."

김도민은 방산혁보다 더 나아갔다. 두 사람은 오후에 누굴 보낼지 논의한 후 연습을 위해 사무실을 나섰다.

오후가 되어 강윤은 배틀몬스터 팀원 3명과 함께 강윤은 부천에서 학생들이 많이 모인다는 백화점 근교로 향했다.

"사람 많네요……."

팀원 전승진은 교복 입은 남녀들로 뒤덮인 거리를 보며 혀를 내둘렀다. 그와 동감하는지 지석현과 한우중도 동감하고 있었다.

"시간 없습니다. 저기 자리 잡고 준비해 보죠."

"네."

강윤은 여고생의 교복에 넋을 놓으려는 세 남자를 붙잡고 거리 한복판에 자리를 잡았다. 오늘 장비는 오디오 하나였다. 오디오는 강윤이 들고 세 남자는 사람들이 바로 자리를 잡고 섰다.

"여기서 사람들이 못 넘어오게 지켜줘요."

혹시 모르는 사태를 대비해 회사에 사람들을 요청했다. 덕분에 덩치 큰 보안업체 직원들과도 함께 왔다.

무언가 매력 있어 보이는 남자 3명이 대열을 갖추고 서니 교복을 입은 남녀들이 조금씩 몰려들기 시작했다. 강윤은 사람들이 관심을 보이는 기미가 보이자 바로 음악을 재생시켰다.

처음 그루브한 비트에 맞춰 전승진이 팔로 웨이브를 타며 가볍게 시작했다. 가벼운 시작이 천천히 커지더니 한 손으로 몸을 버티며 도는 기예 같은 춤을 비롯해 공중돌기 등 갖가지 춤의 향연이 펼쳐졌다.

"와아아아!"

낙엽만 굴러가도 소리치는 여학생들이다. 이런 춤의 향연이 펼쳐지니 난리가 날 게 뻔했다. 이미 주변은 삽시간에 구름같이 몰려든 교복 인파로 난리가 났다. 모두가 휴대전화를 들고 동영상과 사진의 향연을 펼쳤다.

-올라왔습니다.

-알겠습니다. 수고해 주세요.

홍보팀에서 문자로 연락이 왔다. 지금 사진과 영상들이 SNS로 퍼지고 있다는 소식이었다. 강윤은 홍보팀에 바람을 잘 불어넣어 달라며 몇 가지 지시를 내렸다.

짧은 공연은 금방 막바지로 접어들었다. 하이라이트는 전승진의 헤드스핀이었다. 빨간 헬멧을 쓴 그는 머리로 몸을 수도 없이 돌리며 전 관객의 찬사를 받아냈다.

그리고 자리에서 일어나며 바닥에 있는 플래카드를 꺼내 들었다.

-5월 16일 5시 부천 시민회관에서 만나요~

"꺄아아아아악!"

엄청난 여학생들의 환호 소리와 함께, 짧은 거리공연은 그렇게 막을 내렸다. 앙코르 요청이 쇄도해 뭔가를 더 보여주려는 멤버들을 제지하며 강윤은 바로 철수를 지시했다. 사람들의 아쉬움 속에 팀원들은 썰물같이 관객들 사이를 빠져나갔다.

거리공연의 성공으로 마케팅은 급물살을 탔다. SNS와 유
튜브에 배틀몬스터의 거리공연 영상들이 올라가고 각종 사
이트에도 소개되며 홍보 효과를 톡톡히 보고 있었다.

'한 방이 부족해.'

찬양 일색의 인터넷 사이들을 보면서도 강윤은 부족함을
느꼈다. 멋있는 퍼포먼스, 화려한 남자들의 춤. 당연히 돈이
아깝지 않은 공연들이다. 하지만 뭔가가 빠져 있었다.

'스타? 민아 스케줄이라도 알아봐야 하나?'

강윤이 사무실에서 고심하고 있을 때, 노크 소리가 들렸
다. 강윤이 답하니 문이 벌커덕 열리며 한 여인이 난입했다.

"내가 왔다네!"

큰 소리와 함께 당당히 등장한 그녀, 주아였다.

"연주아?"

"후후후! 오랜만!"

강윤은 오랜만에 보는 주아를 반겼다. 그녀는 가져온 일본
과자들을 테이블에 올려놓으며 소파에 앉았다. 강윤은 커피
를 내며 마주앉았다.

주아는 긴 일본 활동이 끝나 드디어 휴식기에 들어갔다 했

다. 부모님을 뵙고 회사에 인사차 들렀다가 가장 먼저 여기부터 들렀다 말했다.

"제일 먼저 들른 거니까 좀 더 반가워해."

"그래그래. 요즘은 아카바시 PD님이랑은 안 싸우고?"

"당연하지. 일본에선 우리만큼 좋은 콤비도 없다고."

주아는 이젠 걱정할 거 없다며 자랑스럽게 어깨를 으쓱했다. 강윤은 좋아진 주아의 얼굴을 보며 만족했다.

"요새 종합음악? 새로운 팀 맡아서 한다며?"

"아아. 그렇지. 정신없다."

"들어보니까 신발가게 음악 선곡해 주고 그랬다며? 에이. 공연에 집중하지. 오빠는 그게 딱인데. 아, 맞다. 이번에 비보잉? 그거 하고 있다면서?"

"소식 빠르네. 배틀몬스터라는 팀이야."

"진짜? 그 팀 완전 짱인데. 나 그 팀 완전 좋아해. 팬이야."

"그래?"

"저기 오빠. 혹시 나…… 비걸로는 출연 안 될까? 잘할 자신 있는데…….'

주아는 관심이 가는지 눈을 반짝였다. 강윤은 잠시 생각하다가 부정적이라며 고개를 저었다.

"나쁠 건 없는데 주아 너는 너무 세서 안 되겠다."

"에에? 그게 무슨 말이야? 내가 그 사람들이랑 못 맞출까봐? 내가 춤으론 이 바닥에서 원탑인 거 몰라?"

"그런 것보다, 에이. 아니다."

주아와 티격태격하다 강윤은 멈칫했다.

"뭐야. 말을 하다 말아?"

"……."

"아 진짜. 뭔데!"

주아는 강윤이 말을 할 듯 말 듯 하니 답답해 죽을 것 같았다. 평소의 강윤이라면 거의 없는 일이었다. 성질 급한 그녀는 강윤을 계속 닦달했다. 결국, 그 닦달에 못 이겼는지 강윤은 속에 있는 말을 하고야 말았다.

"뭐? 진짜 비걸을 구한다고?"

"……그래도 넌 안 돼. 쉴 땐 쉬어야……."

"나 할래!"

"……."

강윤은 할 말을 잃었는지 입을 뻐끔거렸다.

"나 할 거야, 할 거라고!"

"휴식 기간이라며."

"그러니까 시간 많다고."

주아는 비걸을 하겠다고 난리였다. 사실 비걸이 필요한 건 강윤이었는데 그는 거절하고, 안 해도 되는 주아가 하겠다는 기현상이 펼쳐지고 있었다.

한참을 티격태격하다 주아는 정색을 했다.

"오빠. 생각해 봐. 솔직히 내가 그 팀에 참여하면 더 나으면 나왔지. 안 되는 이유라도 있어?"

"회사 허락은 받았어?"

"내가 하겠다는데 뭐 어때."

말도 안 되는 소리였다. 강윤은 주아의 머리를 쥐어박았다.

"왜 때려. 우리 사이에 이러기야?"

"말도 안 되는 소리를 하니까 그렇지. 대체 왜 하려는 건데?"

"미래에 도움이 되잖아. 비보잉 댄스도 배울 수 있고, 나한텐 큰 기회라고. 이게 당장은 돈이 안 돼도 나중에 크게 쓸 날이 올걸?"

주아는 계속해서 강윤을 설득했다. 강윤은 그래도 주아를 재보려는지 눈을 가늘게 떴다. 그 눈초리를 받아넘기며 주아는 강윤을 졸라댔다.

"한번 하게 해주라. 응? 오빠 그 정도 힘 있잖아? 응? 응?"

주아는 애교까지 부리며 강윤에게 매달렸다. 그의 팔을 마구 흔들며 귀여운 표정으로 부탁해 왔지만, 강윤은 침묵으로 일관했다.

'……주아라면 나야 땡큐지.'

그런데 강윤은 주아의 생각과는 완전히 다른 마음을 품고 있었다. 냉정하게 공연에 주아가 이번 공연에 출연해 준다면 방점을 아주 화려하게 찍는 것이다. 강윤의 요청을 '받아서' 하는 것이 아니라 주아 본인이 요청을 '해서' 갔다면 태도에 분명히 차이가 있을 터.

이 정도면 되겠다 생각한 강윤은 그제야 말을 꺼냈다.

"……알았어. 한번 말은 해볼게."

"진짜지? 무르기 없기야?"

강윤의 속셈을 모르는 주아는 만세를 불렀다.

"회장님 허락도 받아야 하고. 너 한번 외부로 나가는 데 처리할 게 한둘이 아닌데…… 아, 머리야. 너 진짜 올 때마다……."

"알았어, 알았다고. 그래도 나 하나면 팬들이 얼마나 많이 오는데. 그거 생각하면 오빠한테도 좋잖아."

"에라이. 나 일해야 하니 가봐. 회장님하고 거기 리더한테도 말해봐야 하니까."

"홋. 그럼 수고해. 난 오빠만 믿고 간다."

목적을 이뤘다 생각한 주아는 생글생글 웃으며 사무실을 나갔다. 그녀가 나가자 강윤은 책상 위에서 서류를 꺼내 들었다. '배틀몬스터 찬조 요청 건. 주아'라고 쓰인 서류였다.

"조금 찔리긴 하네."

강윤은 정민아 서류는 폐기하고 주아 관련 서류를 챙겨 회장실로 향했다.

♩ ♪ ♩ ♪ ♪♬ ♪

"아우, 날씨 좋다."

희윤은 따사로운 햇살을 맞으며 천천히 잔디를 거닐었다. 그녀 옆에는 친구 박소영이 팔짱을 끼며 천천히 봄을 만끽하고 있었다.

"오늘 날씨 캡빵 좋지?"

"응응. 짱이야, 짱."

"이런 날에는 나가 놀아야 하는 거야. 집에만 있는 게 아니라고."

"그런 것 같아."

박소영은 집에만 있겠다는 희윤을 불러 자신의 학교에 초대했다. 그녀는 한려예술대학에 합격한 후 서울에 집을 구해 살고 있었다.

봄을 만끽하고 나니 출출해진 두 사람은 바로 학생식당으로 향했다. 식사시간이 지나 식당은 한산했다. 분식 거리를 사 자리에 앉으니 주변에서 그녀들을 힐끔힐끔 쳐다보았다.

"저 오빠들이 자꾸 쳐다보는 것 같아."

"희윤아. 보지 마. 질 안 좋은 오빠들이야."

"왜?"

"신입생들만 보면 껄떡대는 하는 이상한 사람들이래. 현아 언니가 그랬어."

박소영은 치를 떨었다. 그 말마따나 한 무리의 남자들은 괜찮다 싶은 여자를 발견하더니 이내 달려가 말을 걸고 있었다. 물론 뺑하니 차여 버렸지만…….

그 모습을 지켜보던 희윤과 박소영은 킥킥댔다.

"풋. 우리 웃기려고 일부러 그랬나 보다."

"소영아. 너무 그러지 마. 근데…… 재밌다."

"희윤이 니가 더 무서운 거 알아?"

두 사람은 떡볶이를 먹으며 수다를 이어갔다. 둘 다 서울에 있으니 생각보다 자주 볼 수 있었다. 대화가 많아질수록 마음이 잘 맞아 더더욱 가까워지고 있는 두 친구였다. 덕분에 민감한 이야기도 할 수 있는 사이가 되었다.

"희윤아. 대학은 안 갈 거야?"

"가고는 싶은데…… 오빠가 조금만 기다려 보래."

"강윤 오빠가? 왜?"

"미국에서 준비하고 있는 게 있는데. 잘하면 미국 가게 될 거라고 한국에서 대학가는 건 미뤘어. 대신 학원에서 음악은 배우고 있어. 영어도 배우고 있고."

"아아. 수능은 안 보는 거야?"

"나중에 필요하면 봐야겠지? 그런데 지금은 계획이 없어."

희윤도 남들이 말하는 일반적인 루트를 걷는 건 아니었다. 음악을 한다고 마음먹은 순간부터 이미 다른 사람들이 걷는 평범한 루트와 거리가 멀어진 셈이었다. 박소영 그녀도 마찬가지였다. 그래서 두 사람이 더더욱 친해진 것인지도 몰랐다.

"미국에는 언제 가?"

"아직은 잘 모르겠어. 그런데 오빠가 오래 걸리진 않을 거라 했어."

"그래? 갔다가 오래 있다가 오는 거야?"

"잘 모르겠어. 오빠가 그건 말 안 해 줬거든."

"강윤 오빠 비밀이 많네. 혼나야겠어."

"내 말이."

두 여자는 이후 강윤에 대한 뒷담화로 이야기를 꽃피웠다. 물론, 수위를 넘어가면 희윤이 말을 끊어버렸지만……

♪ ♫♪♪ ♫♫ ♪ ♪

주아가 비보잉 공연에 출연하기로 한 이후, 강윤은 거기에 맞춰 다른 준비들을 서둘렀다. 일단 주아가 잠깐이라도 나온 다면 팬들이 올 가능성이 커진다. 게다가 거리공연으로 올 고정 팬들이 있다. 소공연장에서 이 인원들을 다 수용할 수 있을 리 만무했다.

"대공연장을 말입니까?"

부천 아트센터 대관을 담당하는 이현식 차장은 강윤이 제출한 자료들을 검토하며 아미를 급격히 좁혔다.

"5월 16일이면 다행히 아직 예약은 잡히지 않았습니다. 그러나 지금 심사 중인 공연들이 2개나 있죠. 여기에 입찰하시려면 지금 하시려는 소공연장 공연도 포기하셔야 합니다. 괜찮으시겠습니까?"

도박이었다. 이현식 차장은 자신 혼자 결정하는 사안이 아니라 센터장을 비롯해 임원진들과 책임자들이 모여 회의를 거쳐 결정하는 사안이라 했다.

"결정되는데 시간이 얼마나 걸립니까?"

"3일 정도 소요될 겁니다. 개인적으로는 추천하진 않습니다. 저희가 대관료에 비해 시설이 좋은 편이다 보니 경쟁이 치열한 편이니까요."

"3일이라…… 알겠습니다. 해보죠."

강윤은 돌아보지 않았다. 소공연장도 포기한다는 말이 무시무시하긴 했지만, 대공연장은 반드시 필요했다.

"그럼 결과는 전화로 알려드리지요."

시에 속한 공무원답게 그는 딱딱했다. 강윤은 일을 마무리 짓고 부천 아트센터를 나왔다.

'그래도 혹시 모르니까……'

만약을 대비해 공연장 몇 군데를 더 돌아본 강윤은 온수동의 연습실로 돌아왔다.

"하나, 둘. 하나, 둘."

연습실에서는 여느 때와 같이 방산혁이 팀원들과 함께 연습에 한창이었다. 리드미컬한 음악과 함께 난이도 높은 동작을 연습하며 구슬땀을 흘리는 중이었다. 그들은 강윤을 보더니 크게 인사하곤 다시 연습에 돌입했다.

한참이 지나 쉬는 시간이 되었다. 사무실에서 서류들을 보던 강윤에게 방산혁이 다가왔다.

"제가 그때 말씀드렸던 비걸은 어떻게 됐습니까?"

"구했습니다."

"아, 그래요?"

강윤을 볼 때마다 무표정했던 그의 얼굴에 조금 화색이 돌았다. 그만큼 비걸이 중요했다는 말이었다.

"어떤 사람인가요?"

"그게……."

하지만 강윤은 선뜻 말하기가 망설여졌다.

"혹 아무나 골라오신 건 아니시죠?"

"설마 그랬겠습니까."

"저희가 비걸과 같이 하는 곡이 무척 중요합니다. 그래서 믿고 맡긴 건데……."

방산혁은 강윤만 보면 으르렁거렸다. 첫날부터 그는 강윤이 마음에 들지 않았다. 평소처럼 강윤은 부드럽게 잘 넘기려 했지만, 오늘은 쉽지 않은 듯했다. 방산혁은 작정을 했는지 비걸 문제로 강윤을 잡고 늘어지려 했다.

그런데 그때, 연습실에서 웅성대는 소리가 들렸다.

"뭐야……."

연습실에서 난데없이 큰 소리가 났다. 한두 사람에게서 나는 소리가 아니었다. 김이 샌 방산혁은 투덜대며 연습실로 향했다.

"헉!"

별생각 없이 나갔던 방산혁은 눈앞의 여인을 보고 저도 모르게 소리를 질렀다. 아니, 그뿐만이 아니었다. 팀원들 모두가 그와 똑같았다. 연습실에는 야구 모자를 쓰고 헐렁한 옷을 입고 김도민과 함께 들어 온 여인이 있었다.

"안녕하세요? 연주아입니다. 강윤 오빠한테 이야기 많이 들었어요. 이번에 비걸 찬조 출연으로 왔어요. 부족하지만 잘 부탁합니다."

"……."

처음 보는 사람을 눈앞에 두고도 방산혁은 잠시 멍해졌다. 간단하게 꾸미고 온 주아에 이미 팀원들은 수군거리면서 힐끔힐끔 주아를 돌아보고 있었다.

방산혁은 아찔했다. 주아라면 실력에 모자람은 당연히 없었다. 그러나 주아의 몸값은? 수지타산이 맞을까? 머릿속에 굉장히 복잡했다. 그런데 그런 걸 계산해야 하는 김도민이라는 작자는 희희낙락이었다.

"어어? 형 왜 그래?"

"닥치고 따라와."

방산혁은 김도민을 화장실로 끌고 갔다. 방산혁은 문까지 걸어 잠그고는 심각하게 따져 물었다.

"야, 너 미쳤냐? 저 강윤 팀장이라는 사람은 돈 더 받으려고 했다고 치더라도 너까지 가만히 있으면 어쩌라는 거냐?

제정신이야?"

"뭐가?"

방산혁이 심한 말을 했어도 김도민은 별 반응이 없었다. 오히려 내가 뭘 어쨌냐며 배 째라는 식이었다. 그게 방산혁을 더 화나게 만들었다.

"너 이 새끼!"

방산혁은 김도민의 멱살을 잡아 벽에 밀어붙였다. 속에 있는 게 폭발했다. 화를 낼만한 상황에도 김도민은 오히려 부드러웠다.

"에이, 난 또 뭐라고. 걱정 안 해도 돼. 주아 출연료 때문에 그러는 거지?"

"걱정 안 하게 생겼냐? 잘못하면 공연이고 뭐고 거덜 나게 생겼는데?"

"진짜, 서두르지 말라고. 우리 주아 출연료 안 받기로 했다고."

"뭐?"

방산혁은 황당했다. 이게 말이 되는 소리인가? 연주아만큼 비싼 가수가 출연료를 받지 않는다는 게 도무지 이해가 되질 않았다. 김도민은 힘이 빠진 방산혁의 팔을 풀어냈다.

"주아한테 비보잉 댄스를 가르쳐 주는 조건이야. 찬조 출연. 강윤 팀장이 확인도장까지 찍어서 줬어."

"댄스 지도? 주아한테? 그래서 거기에 남는 게 뭔데?"

"주아의 장기적 발전. 그리고 인맥이라네. 회사에서도 승인해 줬대."

"하…… 거긴 흙 파서 장사한다니? 우릴 뭘 믿고 이리 퍼 준데?"

당혹스러움의 연속이었다. 이 공연에 대체 이익이 얼마나 걸려 있다고 이렇게까지 하는지 그는 알 길이 없었다. 물론, 좋았다. 주아가 불러올 관객 동원력에 올라가는 공연의 이름값까지 계산하면……

"그 회사에서 강윤 팀장 영향력이 대단한가 봐. 우리야 이 득 봤으니 괜찮다지만……"

"허. 그 사람은 우리 편이야, MG 편이야?"

"나도 어이가 없었어. 나중에 우리도 크게 도와줘야지. 주아 몸값이면 때우긴 쉽지 않겠다. 그치?"

"허허. 나 원 참. 알았다. 주아는 내가 직접 지도할 테니까 걱정 마. 이거 좋아해야 하나 말아야 하나."

말은 그렇게 했지만 이미 방산혁의 태도는 180도 달라졌다. 화장실에 들어가기 전과 나온 후, 그의 표정은 확실히 달랐다.

♪ ♪♩♩ ♪♫ ♩♪

"여기서, 이렇게……."

주아는 어려운 비보잉 동작들을 하나하나 습득해 갔다. 원래 춤에 있어선 타의 추종을 불허하던 그녀였다. 방산혁이 가르쳐 주는 것들을 빠르게 익혀갔다.

"물구나무도 한번 해볼까요?"

"할 수 있겠어요?"

"연습생 때 자주 하고 놀았거든요. 조금만 봐주세요."

주아는 오히려 적극적으로 나섰다. 주아는 신나는 음악과 함께 리듬을 타더니 이내 한 손을 짚고 잠깐 물구나무를 서는 기염을 토했다.

"좋아요, 좋아! 이야! 최고다!"

방산혁은 평소에 보이지도 않던 감탄사를 꺼내며 주아에게 찬탄을 보냈다. 슈퍼스타라더니 잘난 척도 없고 연습에는 적극적이며 팀원들에겐 분위기 메이커까지 되어주니 이보다 완벽할 순 없었다. 지금 눈앞의 이 소녀가 슈퍼스타 주아라기보다 그냥 자신의 팀원이라고 해도 믿을 정도로 그녀는 소탈했다.

"스와이프는 다리를 이렇게……."

평소에 무게 있게 잘 움직이지도 않던 방산혁은 더더욱 적극적으로 나서며 주아를 지도했다.

'대장도 남자였어.'

'에효. 누가 장가 좀 보내드려라.'

모종의 딜을 모르는 팀원들은 고개를 흔들어대며 한숨짓

기도 했지만, 팀 분위기는 전체적으로 매우 밝았다. 남자들만 있는 곳에 여자 한 명이 추가되니 매우 화사해졌다.

"아직도 주아가 여기 있다는 게 믿기질 않습니다."

김도민에게는 아직도 주아가 같은 연습실에 있다는 사실이 얼떨떨했다. 그러나 강윤은 편안하게 이야기했다.

"주아가 당혹스러운 면이 있습니다. 하나에 꽂히면 아무도 컨트롤을 못하죠."

"허허. 새로운 사실을 알았네요. 돈도 불사하고……."

"어차피 휴식기에 자기가 좋아서 하는 일입니다. 굳이 수익에 연결할 필요까지는 없다는 판단이 들었습니다. 대신 주아에게 월드 클래스가 어떤지 확실히 보여주셔야 합니다."

"걱정 마십시오."

강윤의 말에 김도민은 씨익 미소 지었다. 돈에 대한 부담이 사라지니 마음이 한층 가벼워졌다. 거대 소속사의 힘도 느껴지면서 강윤이 자신들을 많이 배려한다는 것과 믿을 수 있겠다는 생각이 함께 지배했다.

두 사람은 이야기를 마치고 연습실로 향했다. 연습실에서는 주아에 빠진 팀원들과 방산혁이 한창 연습에 몰입하고 있었다.

"오빠!"

주아는 강윤에게 반가움을 표하며 손을 흔들었다. 강윤도 간단히 손을 흔들고는 방산혁에게 다가왔다.

"휴식!"

"네!"

평소보다 기합이 더 들어간 목소리가 연습실을 울리고, 방산혁과 강윤, 김도민은 모여앉았다. 주아는 팀원들과 친해져야 한다며 그들과 어울려 춤을 배웠다. 서로 자기가 가르쳐주겠다며 난리였다.

"주아 씨 성격 참 좋네요."

방산혁은 팀원들과 섞여 대화를 주도하고 있는 주아를 보며 무표정하게 이야기했다. 그러나 김도민은 그의 흔들리는 눈동자를 보며 바로 알 수 있었다.

'빠졌구먼.'

김도민은 어깨를 으쓱할 뿐이었다.

강윤은 방산혁에게 주아가 이 공연에 어울리는지를 물어왔다. 방산혁은 덤덤하게 괜찮은 수준이라 답했다. 하지만 김도민이 거기에 토를 달았다.

"형, 솔직히 말해. 이 정도면 최고 아냐?"

"최고까지는……."

"하여간. 우리 형님이 솔직하지 못해서요. 지금 아~주 만족하고 있을 겁니다."

"이 자식이……."

정곡을 찔린 방산혁은 투덜투덜하다가 팀원들에게 둘러싸인 주아가 걱정된다며 자리에서 일어났다. 주아에게 화려한 기술들을 뽐내는 팀원들을 쫓아내며 그 자리를 차지한 방산혁을 보며 김도민은 킥킥댔다.

"큭큭. 죄송합니다. 우리 형님이 솔직하지 못해서요."

"아닙니다. 재미있네요. 그런데 주아가 몇 곡이나 도와드리면 됩니까?"

"형님이 말하기로는 1곡입니다."

"1곡 말입니까?"

강윤은 콘티로 시선을 돌렸다. 중간에 좋은 타이밍이었다. 하지만 그는 뭔가 만족스럽지 않은지 고개를 갸웃거렸다.

"마음에 안 드십니까?"

"모처럼 주아 같은 애를 쓰는데 아쉬워서요. 분명 주아 팬들도 올 텐데 5분 남짓 나오면 아쉬울 것 같은 느낌이 듭니다."

"한 곡 더 추가해 볼까요?"

"가능하겠습니까?"

"10분이라면 딱 맞을 것 같습니다. 오히려 형도 팀원들도 좋아할 겁니다. 하지만 적합한 곡이 있는지 찾아봐야겠네요. 저희는 비걸이 들어가는 건 한 곡밖에 없어서요."

"저도 같이 봐도 되겠습니까?"

강윤은 김도민과 함께 사무실로 돌아갔다. 이후로는 음악과 동영상과의 전쟁이었다. 적합한 춤, 영상 등을 참고하며 혹여 주아가 할 만한 곡들이 있는지를 찾아보았다. 그러나 적합한 곡은 쉽게 찾을 수 있는 게 아니었다.

저녁 시간이 되었다.

몇몇 팀원들은 거리 홍보를 위해 나가고 김도민과 주아, 방산혁이 강윤이 있는 사무실로 왔다.

"오빠. 밥 먹자. 엑? 그거 아직도 보고 있어?"

지금까지 계속 영상을 보고 있는 강윤을 보며 혀를 내둘렀다. 그의 자리에는 각종 필기의 흔적들이 역력했다. 고민의 흔적들에 까칠한 방산혁도 조심스레 말했다.

"식사부터 하고 오시지요."

"그래, 오빠. 일도 먹는 게 우선이야."

결국, 강윤은 영상을 잠시 멈추고 이들과 식사를 위해 근처 식당으로 향했다.

저녁 메뉴는 순두부찌개였다. 강윤은 빠르게 밥을 마셔버리고는 다시 고민을 시작했다. 그 모습에 김도민마저 한마디 했다.

"팀장님이야말로 한번 꽂히니까 헤어나질 못하시네요."

"회사에서 제가 가장 믿는 오빠예요. 저런 모습들이 있으니 지금의 제가 있는 거죠."

"호오. 같이 일도 하셨나요?"

"저 일본 처음 갈 때 오빠가 대장이었어요."

주아의 보증에 김도민의 눈이 동그래졌다. 말 없던 방산혁도 마찬가지였다. 주아는 조심스레 다가오는 팬들에게 사인을 해주며 말을 이어갔다.

"제가 일을 아무하고나 하지 않아요. 성격이 지랄 맞다고 소문난 게 그 때문이에요. 그런데 오빠하고 일하면 별말 없이 다 맡겨요. 알아서 다 고민하고 해결해 주거든요. 난 그냥 내 일에만 집중하면 되었어요."

주아에 대한 여러 가지 소문들은 방산혁이나 김도민이나 조금은 알고 있었다. 물론 연예계 X파일이니 뭐니 하며 뜬구름 잡는 이야기가 대부분이었다. 그런데 이런 이야기를 본인에게 직접 들으니 신기하면서 재미있었다.

"인형사?"

강윤은 느린 인터넷을 억지로 부여잡으며 한 인터넷 영상을 찾아보았다. 연극 영상이었는데 사람이 사람을 뒤에서 실로 조작하고 또 조작하는 사람을 조작하는 사람이 있는 조금은 심오하기도 한 영상이었다. 강윤은 이 영상을 모두에게 보여주었다.

"이걸로 춤을 만들 수 있을까요?"

"네?"

방산혁은 무슨 말인지 이해가 가지 않았다. 연극으로 춤이라니. 그뿐만 아니라 모두 같은 생각이었다. 강윤은 계속 설명을 이어갔다.

"사람은 무언가에 항상 얽매여 있습니다. 그리고 조작하는 무언가가 있죠. 춤으로 그 모습을 표현하는 겁니다. 칼군무도 이룰 수 있고, 극단적으로 어두움과 밝음도 살릴 수 있을 것 같은데 어떻습니까?"

"잠깐만요. 이전에 했던 게 있습니다."

김도민의 말을 듣고 강윤의 안색에 화색이 돌았다.

"있다고요?"

"네. 인형사라고 대회에 나갔던 안무인데……."

"그걸로 해 보는 게 어떻겠습니까?"

강윤의 말과 함께 공연 준비는 급물살을 타기 시작했다.

[여기야?]

MG엔터테인먼트 본사 앞에서 아카바시 프로듀서는 커다란 덩치에 수염이 덥수룩한 남자를 이끌었다.

[빨리 와.]

[천천히 가자고. 나 힘들어.]

커다란 덩치만큼이나 산만한 배는 충분히 힘들만 했다. 소식하는 일본인답지 않은 덩치였다. 옆의 아카바시 프로듀서는 한심하다는 듯 한숨을 내쉬었다.

[그러게 살을 빼라니까.]

[여기서 살 이야기가 왜 나오는데?]

[됐다. 사장님 기다리겠네. 가자.]

두 사람은 각종 업무로 분주한 로비를 지나 사장실로 향했다. 그곳에서 이현지 사장이 반갑게 그들을 맞아주었다.

[어서 오십시오. 환영합니다.]

[오랜만입니다, 현지 씨.]

[안녕하세요, 아카바시 씨, 이쪽이 오다 후타바 씨인가요?]

오다라 불린 덩치가 산만한 남자는 반갑다며 손을 내밀었다. 이현지는 간단하게 소개와 인사를 나누곤 자리로 안내했다. 간단한 다과와 함께 소개가 이어지고 본격적인 이야기가 시작되었다.

[한국에서의 공연이라. 어느 정도의 규모를 생각하고 계시는지요?]

[1,000명에서 3,000명 정도 동원하는 공연을 열고 싶네요.]

[명색이 한국에 오셔서 하는 공연인데 그러면 수지타산이 맞을까요.]

오다는 그런 건 잘 모르겠다는 듯 손을 내저었다.

[난 그저 팬들과 즐기는 공연을 하고 싶어요. 큰 수익은 바라지 않아요.]

[아무리 그래도 단순히 즐기는 공연은 저희가 담당하기 힘듭니다.]

이현지 사장은 선을 그었다. 가수들은 쉽게 팬들을 위해서라며 손해 보는 공연도 불사하지만, 회사로서는 좋을 게 없었다. 수익이란 매우 중요한 요소였다. 이 문제로 가수와 회사가 많이 다투기도 했다.

다행히 오다는 편향된 시선을 가진 사람은 아니었다.

[제가 어떻게 하면 될까요?]

[크게 다를 건 없습니다. 오다 씨는 그냥 공연에만 집중하시면 됩니다. 관객 동원이나 공연장 수익에 관련된 부분은 저희가 다 알아서 할 테니까요. 물론, 저희와 계약을 하신다면 말이죠.]

[한국과 일본은 많이 달라서 고민이 많이 되네요. 괜히 팬들에게 실망만 안기는 건 아닌지.]

그러자 아카바시 프로듀서가 끼어들었다.

[내가 괜히 여기 왔겠어? 여기에 괜찮은 사람이 있다고 몇 번을 말했나?]

[하지만 너도 음반 기획할 때밖에 못 봤다며.]

이번에는 이현지 사장의 차례였다.

[이강윤 팀장을 말씀하시는군요. 이 팀장은 저희가 내놓을 수 있는 저희의 자랑이지요. 만족할 만한 공연을 약속드릴 수 있습니다.]

[만족할 만한 공연이라.]

오다는 망설였다. 그런데 옆의 아카바시 프로듀서도 그렇고, 이현지 사장도 전적으로 강윤이라는 사람을 믿는 눈치였다. 그는 이강윤이라는 사람이 궁금해졌다.

[그 사람을 만나고 결정해야겠네요.]

쇠뿔도 단김에 빼라고 오다는 강윤과의 접견을 요청했지만, 이현지 사장은 고개를 저었다.

[당장은 어렵습니다. 지금 공연이 잡혀 있어서 외부에 있습니다. 나중에 복귀하면 연락드리라고 하겠습니다.]

[어떤 공연입니까?]

오다는 공연장에 당장 찾아갈 기세였다. 그러나 이현지 사장의 망설이는 모습을 보이니 오다의 인상이 흐려졌다. 잠시 뜸을 들이던 그녀가 부천 아트센터에서 비보이 공연을 한다는 것을 알려주자 오다는 곧 자리에서 일어났다.

[예매해.]

[뭐?]

[일단 보자고. 얼마나 대단한 사람인지.]

오다의 행동력에 친구인 아카바시 프로듀서가 입을 쩌억 벌렸다.

공연 준비는 착착 진행되어갔다.

새롭게 준비하기 시작한 '인형사'의 공연도 하나둘씩 준비되고 있었다. 주아 처음과 달리 두 곡을 준비해야 했지만, 비보잉을 제대로 배울 수 있어 만족했다. 싹싹한 주아는 분위기 메이커 노릇을 톡톡히 했다. 실력 있는 사람들에겐 전혀 까칠하지 않은 주아의 성격이 한몫을 단단히 했다.

모두가 공연 준비에 한창일 무렵, 강윤은 전화 중이었다.

－대공연장 사용 승인이 통과되었습니다. 축하합니다.

"알겠습니다. 신경 써 주셔서 감사드립니다."

－하하하. 아닙니다. 공연 내용이 참 좋다고 센터장님과 임원진들이 모두 강윤 씨의 공연을 선택하셨습니다. 게다가 주아라니. 올해 최고의 공연이 될 거라면서 모두 관람하러 오신다 하셨습니다. 그래서 말인데 혹 남는 자리가…….

"걱정하지 마십시오. 가장 잘 보이는 자리로 선별해서 바로 보내드리겠습니다."

"역시! 감사합니다."

강윤은 기쁜 마음으로 통화를 마쳤다. 대공연장 승인에 표 몇 장이야 아무것도 아니었다. 200명이 500명으로 불어나고 이젠 1,500명까지 확장되는 기적이 일어났다.

강윤은 바로 연습실로 달려가 모두에게 소식을 알렸다.

"진짜입니까?!"

가장 반응이 큰 이는 방산혁이었다. 그는 어린아이처럼 팀원들의 손을 잡고 방방 뛰며 난리가 났다. 애초에 200명을 생각했던 공연이 몇 배로 확장이 되니 모두가 하늘을 나는 심정이었다.

"이 정도야 당연한 거지."

물론, 주아는 예외였다. 이미 강윤이 만든 기적에 면역이 단단히 되어 있었다. 여자 친구 생일 선물로 가방을 줬다가 다음 해에 꽃을 주면 흔히 볼 수 있는 미지근한 반응과도 같았다.

김도민도 신이 났다. 그러나 팀에서 행정을 맡은 사람답게 문제점도 발견해 냈다.

"이제 문제는 티켓 판매군요. 1,500장을 다 팔려면……."

그제야 환호성이 잦아들었다. 그 넓은 자리를 확보했다고 해서 일이 전부가 아니었다. 모두가 걱정할 때 강윤은 가볍게 말했다.

"전문 사이트에 의뢰도 했고, 거리공연을 했던 영상들도 올려놓았죠. SNS를 이용해 홍보도 꾸준히 했고 주아 찬조 출연도 팬카페와 MG 홈페이지를 통해 알렸으니 1,500장은 충분히 팔 수 있을 겁니다."

"……."

강윤의 빠른 일처리에 모두가 입을 다물지 못했다. 강윤이 사무실에서 서류만 보고 있는 게 무언가 궁금했는데 이런 일들을 하고 있을 줄은 생각하지도 못했다. 이제야 반신반의했던 모두에게서 그에 대한 믿음이 확고해졌다.

그런데 여기서 끝이 아니었다.

"콘티들을 살펴보니 조명이나 네온 등 필요한 장비들이 있었습니다. 현재 자금에서 렌탈할 수 있는 것은 거의 주문했습니다. 티켓, 장비, 콘티도 끝났고……. 더 필요한 거 있습니까?"

"……."

이젠 놀라움을 넘어 경악 수준이었다. 심지어 강윤과 가장 오래 붙어 있었던 김도민도 마찬가지였다. 언제 이만한 일들을 처리했는지 놀랄 따름이었다.

'왜 저리들 놀라?'

강윤을 잘 아는 주아만이 혀를 찰 뿐이었다.

"모두 지금까지 힘써주신 팀장님께 박수!"

방산혁의 감탄 어린 말과 함께 팀원들 모두가 연습실이 떠나가라 박수를 쳤다. 평소에 약간 무시당한 일들이 조금은 기분 나쁘기도 했던 강윤은 그제야 마음이 풀렸는지 기쁜 미소를 지었다.

다시 연습이 시작되어 연습팀은 다시 구슬땀을 흘렸다. 그때 강윤은 부천 아트센터 대공연장으로 향했다. 무대의 크기를 보고 어떻게 세팅을 해야 할지 실무자들과 일을 해야 했다.

강윤이 도착했을 때 이미 무대를 설계할 실무자들은 도착해 있었다. 그들은 도면을 들고 어떻게 무대를 시공할지 서로 대화 중이었다.

"안녕하십니까."

강윤은 그들에게 정중히 인사를 한 후 본격적인 업무를 시작했다. 조명 설계자부터 음향 담당자, 특수효과 담당자까지 모두가 강윤에게 저마다의 생각들을 이야기하며 설계도에 필요한 것들을 그려나갔다.

"바닥이 미끄러워서 드라이아이스는 최소한으로 써야 할 것 같습니다. 잘못하면 부상의 위험이 있거든요."

"포그머신은 공기가 위로 뜹니다. 그럼 이 곡에서 원하는 효과를 주지 못할 텐데요."

강윤의 말에 특수효과 담당자는 심각한 얼굴이 되었다. 강윤도 그의 생각에 동의했다.

"차라리 연기 말고 다른 효과를 쓰는 게 어떻겠습니까? 어차피 춤을 보여야 하니 화려함보다 심플함으로 나가는 거죠."

"알겠습니다. 그럼 연기 종류는 제거하고 레이저로 대체해 볼까요?"

"그것도 좋겠네요. 불기둥 같은 게 있으면 좋겠지만 여기선 힘들겠죠?"

"하하하. 센터장한테 욕먹을 겁니다."

특수효과 담당자와 이런저런 가벼운 이야기도 섞어가며 강윤은 현장을 만들어갔다.

조명의 관건은 빛이 새어 들어오지 않아야 한다는 것이었다. 강윤은 아트센터의 특징상 빛이 새어 들어오는 공간은 없다는 걸 알았지만, 혹시 몰라 불을 끄고 빛이 들어오는 곳은 없는지 관찰하고 또 관찰했다.

그렇게 세 담당자와 일을 처리하다 보니 시간은 금방 흘러갔다.

"수고하셨습니다."

간단하게 담당자들과 술자리까지 가지고, 강윤은 그들과 헤어졌다. 필요한 사항들도 협의를 끝냈으니 이젠 본격적으로 무대를 세팅하고 리허설을 하면 공연에 들어갈 수 있을 터.

집으로 향하는 지하철에 몸을 실으니 피곤이 몰려왔다. 강윤은 잠시 뒤의 벽에 기대 잠을 청했다.

그의 하루는 그렇게 흘러가고 있었다.

"난 왜 지갑을 놓고 와서는……."

학교에서 막 귀가한 희윤은 현관에서 신발을 벗어 던지며 투덜거렸다. 투석을 받는 날에 하필이면 지갑을 놓고 가다니……. 결국 집까지 다시 들러야 했다.

식탁 위에 놓아둔 지갑을 챙겨 나오려는데 우편함에 놓인 편지 한 통이 눈에 들어왔다. 영어로 쓰여 있는 예사롭지 않은 편지였다.

'뭐지? 오빠한테 온 건가?'

수신자명에 'Lee Kang-Yoon, Lee Hui-Yoon'이라고 적혀 있었다. 자신의 이름도 적혀 있어 바로 집어 들었다. 호쾌하게 찌익 찢어 살피는데 그녀의 아미가 급격히 좁혀졌다.

'다 영어야?'

고급스러운 편지지에 금테까지 둘린 편지지는 온통 영어 일색이었다. 결국, 희윤은 편지를 가방에 넣고 병원으로 향했다.

평소처럼 희윤은 의사 선생님과 간단하게 상담을 한 후 투석을 받기 시작했다. 투석을 받으면 몸이 나른해지곤 했지만, 몸이 좋아지는지 이제는 투석 후에도 무난하게 일상생활이 가능할 정도가 되었다. 물론 무리는 하기 힘들었지만, 이 정도 회복만으로도 의사들 모두가 놀라고 있었다.

조용히 기계가 돌아가는 와중에 희윤은 편지를 이리저리 읽으며 한 글자라도 더 읽어보려 애를 썼다.

'무슨 말이야?'

'Hello'는 쉽게 읽을 수 있었다. 그러나 문제는 다음부터였다. 평소에 학교에서 배웠던 영어 형식이고 뭐고 다 소용없었다. 영어 선생님이 가르쳐 준 문장의 구조 같은 것들은 전혀 상관없는 것 같았다.

"어? 웬 편지야?"

그런데 희윤의 편지에 관심이 있었는지 젊은 인턴의사가 다가왔다. 그는 희윤의 영어편지를 간단히 보더니 유창하게 늘어놓았다.

"친애하는 강윤, 희윤 님, 저희 XX 병원을 이용해 주셔서 진심으로 감사합니다. 지난번 말씀하셨던 신장이식 건에 대해……."

"잠깐, 신장이식이요?"

희윤이 놀라 외쳤다. 그 소리가 어찌나 컸던지 고요한 병실이 쩌렁쩌렁 울렸다. 희윤은 민망했는지 다시 작게 물었다.

"시, 신장이 어쨌다는 거예요?"

"줘 볼래?"

희윤에게서 편지를 받아 든 인턴의사는 본격적으로 읽어주었다. 희윤의 대기 순서가 되었으니 준비가 되면 빠른 시일 내에 미국으로 오라는 이야기였다. 자세한 비용과 내용은 추후에 연락을 준다고 적혀 있었다.

"……."

"걱정 마. 이건 비밀로 해줄게."

멍하니 있는 희윤에게 인턴 의사는 편지를 돌려주고는 다시 병실을 돌기 시작했다. 가면서 편지 이야기는 비밀로 해줄 테니 걱정하지 말라는 말도 함께 남겼다.

홀로 남은 희윤은 두근거리는 가슴을 부여잡았다.

'이식……?'

정상, 정상의 몸이 된다? 또래의 친구들과 같이 꿈을 이루며 살 수 있다?

희윤의 가슴이 마구 요동치기 시작했다.

5월 16일 토요일.

부천 아트센터 대공연장.

5시에 시작되는 공연을 보기 위해 시작 2시간 전인 3시부터 사람들이 슬슬 모이기 시작했다. 연령대가 어린 학생들부터 플래카드를 든 주아의 팬, 나이 지긋한 어른들까지 표를 끊고 들어오는 사람들은 꽤나 다양했다.

'나쁘지 않네.'

강윤은 로비를 돌며 팬들을 분석했다. 혹여 주아의 팬들이나 10대만으로 이루어지면 어쩌나 걱정하기도 했지만 그런 일은 없었다. 마케팅을 고르게 한 효과가 있었다.

"자자자! 거기서……."

닫힌 대공연장 안에서는 방산혁의 지시에 맞춰 드레스 리허설이 한창이었다. 옷까지 갖춰 입은 팀원들은 동선체크를 하며 오늘 하는 곡들을 주욱 진행해 보았다. 바닥이 혹시 미끄러지지 않는지, 조명이 너무 밝지 않은지 등 필요한 것들을 체크해 나갔다.

어느덧 공연 40분 전.

입장이 시작되었다. 관객들은 순식간에 자리를 가득 메워 나갔다. 커튼이 쳐진 무대 뒤에서 배틀몬스터 팀원들은 마지막으로 한 번 더 맞춰보았다.

"후우⋯⋯."

주아도 순서에 맞춰 리허설에 함께하고 있었다. 단 두 곡의 출연이지만 그녀는 최선을 다했다. 가면을 쓰고 무대 중앙에 서서 어려운 비보잉 댄스를 칼같이 연출해야 하니 부담이 상당했다.

시간이 되어 최종 리허설도 끝이 나고 무대의 정리까지 마무리되었다.

대공연장 입구가 열리고 팬들이 입장을 시작했다.

"오늘 주아 나온다며?"

"우와. 돈 많이 들었겠네. 그래도 난 도민 오빠가 더 좋아."

"난 주아⋯⋯. 하앍."

사람들은 각자의 기대를 안고 지정된 자리에 착석했다. 플래카드에 야광봉 등 여러 가지를 챙긴 모습들이 인상적이었다.

관객들이 웃고 떠드는 사이, 공연 시간이 다가왔다.

Ten.

스피커로 웅장한 남자의 목소리가 터져 나왔다. 시끌시끌하던 팬들이 주변을 두리번거리며 시선을 돌려댔다.

Nine.

조명이 조금 어두워졌다. 사람들이 조금씩 무대가 곧 시작된다는 것을 알아채기 시작했다.

Eight.

사람들이 함께 소리를 높이기 시작했다. 전광판 하나 없는데도 모두의 호응은 대단했다.

그렇게 숫자가 하나하나 줄어갔다.

5, 4, 3, 2…… 1. 커튼이 천천히 올라가며 관객석을 비추던 조명들이 어두워졌다.

그리고 Zero.

모든 조명이 꺼지며 스포트라이트가 확 무대 중앙을 비췄다. 그리고 두둥하는 소리와 함께 세 남자의 팝핀이 시작되었다. 리드미컬한 음악은 점점 다른 소리를 더해가더니 종국엔 쾅하는 심벌즈 소리를 내며 사방의 모든 조명이 켜지며 본격적으로 한 남자가 백핸드를 하며 모두의 시선을 사로잡았다.

"꺄아아아아아아ㅡ!"

대공연장을 울리는 관객들의 함성과 함께 배틀몬스터의 본격적인 무대가 시작되었다.

라디오 스튜디오에는 '방송 중'이라는 불이 켜져 있었다.

정민아는 그곳에 있었다. '별 헤는 거리'라는 젊은 층을 대상으로 하는 방송이었다. 그녀 옆에는 다이아틴의 리더 강세경이 함께했다.

음악의 신 4

메인 MC 김효진은 정민아에게 많은 걸 물었다.

"……학교도 그런 일들이 있네요. 힘드셨겠어요."

"민아 양도 학교에 나가시죠?"

"네. 스케줄이 없으면 꼭 나가요. 그래서……."

살짝 김효진의 몸이 정민아에게 돌아간 게 인지도의 차이를 보여주었다. 그렇다고 강세경이 만만치 않았다. 그녀도 대화에 끼려고 많은 노력을 했고 간간이 날카로운 말들과 재치 있는 입담을 보였다. 덕분에 정민아도 2시간 내내 긴장을 늦추지 않았다.

그렇게 시간이 가고, 방송이 마무리되었다.

"수고하셨습니다."

강윤에게 배운 대로 정민아는 90도로 스태프들에게 정중히 인사했다.

"수고했어요, 민아 양. 언제 봐도 참 예뻐."

"감사합니다."

정민아는 웃으며 스튜디오를 나섰다. 그녀의 뒤를 강세경이 따라나섰다.

"……잘하네, 민아는."

"뭐가요?"

"그냥 다. 괜히 리더가 아니야."

강세경과 보폭을 맞추며 정민아는 대화를 나누었다. 22살, 데뷔는 조금 늦었어도 나이는 더 많아 정민아는 그녀를 존중해 주었다. 비록 마음에 드는 건 아니었지만…….

"언니도 잘하던데요."

"아냐. 민아 선배 따라가려면 멀었지. 그럼 나중에 봐."

"네."

서로 웃으며 대화를 끝냈지만, 벽이 있었다. 정민아는 다이아틴이 자신들을 경계하며 어떻게든 딛고 올라서려 한다는 것을 누구보다도 피부로 느끼고 있었다.

"쟤들은 우리 스케줄에는 항상 있는 것 같아."

김지현 매니저가 강세경의 뒷모습을 보며 혀를 찼다.

"어쩔 수 없죠. 라이벌이라면 밟고 이겨야죠. 그런데 강윤 아저씨 뭐 하는지 아세요?"

"너 그거 2시간 전에도 물어본 거 알아?"

"에이. 궁금하잖아요?"

김지현 매니저가 혀를 찼다.

이미 정민아의 강윤 바라기는 이미 모두에게 유명했다.

화려한 비보잉이 펼쳐지고 있는 부천 아트센터 대공연장.

배틀몬스터의 춤은 단순히 화려한 기술로만 관객들을 붙들지 않았다. 가볍게 몸을 움직이는데도 요동치는 듯한 웨이브, 거기에 언뜻언뜻 보이는 복근과 팔의 잔근육들은 앞 열에 자리한 어린 여성관객들의 시선을 단번에 사로잡았다. 오른편에 크게 설치된 스크린에도 이런 모습이 크게 비쳤다. 2층의 관객들도 열광하며 소리쳤다.

팀원 전승진은 마무리로 모자를 휙 던지며 신사답게 허리 숙여 인사를 했다. 그 무언의 포즈에 관객들의 소리가 온 무대를 덮었고 조명이 천천히 어두워져 갔다.

[한국에 이런 비보잉 무대가 열린단 말이야?]

앞 열에서 소녀팬들에 둘러싸여 공연을 보고 있던 오다는 화려한 비보잉 공연에 눈을 떼지 못했다. 공연자들에 어울리는 조명이나 사운드, 게다가 매끄러운 공연 진행까지 무엇하나 마음에 들지 않는 게 없었다.

[하나를 보면 열을 안다더니. 역시 그 사람 대단하네.]

주아에게 강윤 이야기를 귀에 못이 박이도록 들었던 아카바시 프로듀서도 실제로 눈으로 보니 감탄을 금치 못했다. 그들의 머릿속엔 무대 뒤편의 스태프들이 어떻게 준비를 하고 있는지 영상들이 그려지고 있었다.

그들이 무대를 그려보고 있을 때, 완전한 암흑 속에 가면 하나가 무대에 덩그러니 나타났다. 이어 실, 하얀 장갑이 등장했다. 어둠 속에서 그것들은 진자같이 춤을 추더니 밑에서 다른 가면 하나를 끌어냈다.

[허……. 이건 또 뭐야?]

아카바시 프로듀서는 눈을 부릅떴다. 전위 예술을 보는 느낌이었다. 어둠 속에서 가면, 손만이 덩그러니 나타나 피아노 반주에 맞춰 춤을 추었다. 현란한 움직임에 사람들 모두가 천천히 빠져들었다.

[분위기 죽이네……]

무대가 조금씩 밝아지기 시작했다. 조명이 밝아지며 가면을 쓴 사람이 모습을 드러냈다. 그는 같은 가면을 쓴 사람에게 조종을 당하며 괴로워하는 모습을 춤으로 표현했다. 주변의 수없이 많은 사람이 중앙의 가면 쓴 이를 움직였고 그는 괴로워했다. 멋들어지는 춤과 함께 표현되는 움직임은 모두를 순식간에 몰입시켰다.

리듬이 빨라지며 분위기가 고조되었다. 사이키 조명이 반복되며 춤도 격렬해지기 시작했다. 조종당하는 사람은 조종하는 이에게서 벗어나려 발버둥을 쳤지만, 오히려 실에 단단히 얽매였다. 뚝뚝 끊어지는 춤과 함께 번쩍이는 조명 효과에 쾅쾅대는 배경음악이 더해지니 관객들은 긴장감에 주먹을 꼬옥 쥐었다. 하지만 조종을 당하는 이는 결국 혼란함을 더하며 바닥에 쓰러졌다. 그와 함께 사방이 어두워졌다.

하지만 노력이 빛을 발했던 것일까.

조종당하던 이를 묶었던 실이 끊어진 것인지, 빛이 천천히 밝아오며 그가 천천히 일어났다. 밝아오는 조명과 함께 그는 삐그덕, 삐그덕 몸을 움직였다. 그런데 실이 떨어져 나간 걸 확인하자 천천히 아주 천천히 부드러운 움직임을 되

찾아갔다.

환희와 함께, 얼굴에 썼던 가면도 함께 벗어던졌다.

"주…… 주아다!"

온몸을 완전히 감싸 사람들이 전혀 알아보지 못했다. 출연한다는 건 알았지만 이렇게 출연할 줄은 상상도 하지 못했다. 사람들은 시원하게 얻어맞은 뒤통수에 열렬한 환호를 보냈다.

그리고 그 환호에 답하기라도 하듯 신나는 음악이 흘러나오며 모든 배틀몬스터 멤버들이 가면을 벗어던지고 뛰어나왔다.

"와아아아─!"

"주아주아!"

조금 전과는 다른 심각한 분위기를 불식시키기라도 하듯, 대공연장은 환호와 열광으로 뒤덮여 갔다.

'한숨 돌렸군.'

무대 뒤편, 방송실에서 강윤은 하얀빛들이 넘실대는 장면을 보며 안도의 한숨을 쉬었다. 특히 주아가 가면을 벗어 던지면서 하얀빛이 더 아름답게 빛이 났지만, 그 영향이 뒤까지 이어가지 못한 데선 아쉬움이 남았다.

주아는 이어진 무대에서 신나는 곡 한 곡을 더 하고는 무대에서 내려왔다. 지금까지와는 전혀 다른 모습을 보여주니 팬들은 저마다 난리도 아니었다. 분명히 새로운 모습이다 뭐다 해서 엄청난 홍보가 될 터. 장기적으로 주아에게도 엄청난 이익이 될 공연이었다.

"거기거기. 1번 핀 오른쪽으로 조금만."

방송실은 전쟁터였다. 조명 엔지니어가 핀 조명 담당자에게 지시를 내리고, 음향과 특수효과 등 여러 팀들이 정신없이 자신들의 일들을 해나가고 있었다.

한숨 돌린 강윤은 방해되지 않도록 조심스럽게 무대 뒤편으로 향했다.

"수고했어."

"후아."

무대 뒤에는 전신에 땀을 흘리며 주아가 말 그대로 널브러져 있었다. 강한 체력을 가진 그녀에게선 흔치 않은 장면이었다.

"나 괜찮았어?"

강윤은 말없이 엄지손가락 하나를 척 들어주었다.

"홋. 역시 내가 짱이지?"

"말을 말아야지."

"뭐야. 하여간 나한테 이렇게 말하는 사람은 오빠밖에 없다니까? 홋. 그래도 용서해 준다. 오늘은 기분 좋으니까."

주아는 드러난 배를 가리며 천천히 일어났다. 강윤이 내민 수건에 땀을 닦고는 천천히 대기실을 나섰다. 두 사람은 남은 공연을 보기 위해 공연장으로 향했다.

"역시 월드 클래스는 다르네."

강윤은 주아의 태도에 만족했다. 어지간하면 남을 인정하지 않는 주아였지만 저들은 인정하고 있었다. 강윤이 봐도 저들의 춤은 수준급을 넘어 최고였다.

"고마워. 여기 불러줘서."

"뭘 새삼스럽게."

"저런 사람들은 자존심이 전부인 사람들이 많아서 쉽지 않거든. 오빠 덕에 여러 가지 해보네. 고마워."

좋은 결과가 나온 것 같아 강윤은 웃었다.

어느새 공연은 막바지로 흘러가고 있었다. 주아도 인사를 준비해야 한다며 다시 무대 안으로 들어갔다. 무대 위에서 방산혁과 김도민을 비롯한 모두가 한 번씩 자신만의 스킬을 보이며 사람들의 환호를 이끌어 내며 마지막으로 주아가 나이키라는 기술까지 보이니 사람들의 환호를 절정을 달렸다.

그렇게 배틀몬스터의 무대는 성공적으로 마무리되었다.

"허허. 벌써 1분기 감사 시즌인가?"

원진문 회장은 김진호 이사로부터 일련의 서류를 받아들었다. 서류에는 'MG엔터테인먼트 1분기 감사'라는 긴 제목이 적혀 있었다.

"네. 문광식 이사, 유경태 이사 산하의 팀들은 진행을 마쳤습니다."

"결과는 어떤가? 저번에 보니까 서류상 들어온 돈하고 실제 돈하고 안 맞는 것 같던데."

"예산 집행 과정에서 오류가 있었습니다. 혹여 중간에 무슨 일이 있을까 해서 조사를 했는데 한 대리가 장난을 쳤더군요."

"그래?"

원진문 회장은 눈을 가늘게 떴다. 그는 서류에 적힌 자세한 이야기들을 하며 책임자들에게 정직과 감봉 등을 요청하는 서류들을 추가로 제출했다. 원진문 회장은 알았다며 사인을 했다.

"회장님, 궁금한 게 있습니다."

"말해 보게."

"종합음악팀이라는, 이현지 사장님 산하에 있는 팀 말입니다."

"무슨 문제라도 있는 겐가?"

원진문 회장은 의아함을 담아 물었다. 그러자 그는 잠시 심호흡을 하며 조심스럽게 이야기를 시작했다.

"종합음악팀의 전신은 공연팀입니다. 아시다시피 이강윤 팀장이 담당하고 계속 성과를 내고 있는 팀이기도 합니다."

"그렇지. 하고 싶은 말이 뭔가?"

원진문 회장은 바로 본론을 재촉했다. 김진호 이사는 조심스럽게 다가가다가 결심을 했는지 직격탄을 날렸다.

"지금까지 이강윤 팀장 산하에 있는 팀은 감사를 단 한 번도 받지 않았습니다. 회장님의 특별지시로 말입니다."

"맞아. 내가 그렇게 지시했지. 그게 무슨 문제가 있나?"

"확실히 이강윤 팀장은 유능합니다. 회장님의 배려를 받을 만하죠. 하지만 이대로 가면 형평성에 어긋나지 않을까 하는 생각이 함께 듭니다."

"형평성, 형평성이라……."

틀린 말은 아니었다. 모두가 분기마다 받는 감사를 성과가 좋다고 안 받는다면 문제가 될 소지가 있었다.

"이번에 전사적인 감사가 진행 중입니다. 그래서 말인데 이번 기회에 함께 감사를 진행하는 건 어떨까 합니다."

"흠……."

원진문 회장은 고민에 빠졌다. 강윤의 팀은 이제 막 날개를 달고 날아오르는 시점이었다. 그러나 다른 팀과의 형평성도 함께 고려해야 하는 게 회장의 입장이기도 했다. 한편으로는 기존의 회사색깔과 조금은 다른 듯한 느낌에 경계심이 들기도 했다.

장고의 고민 끝에 원진문 회장은 입을 열었다.

"곧 비보잉 공연이 끝나니까 그때 진행하게. 간단하게 해.

말 안 나오게. 무슨 말인지 알겠는가?"

"알겠습니다, 회장님."

김진호 이사는 원진문 회장에게 인사를 하고 회장실을 나섰다.

'드디어⋯⋯.'

김진호 이사는 주아의 일본 프로젝트를 주장했다가 반려당했던 과거를 떠올렸다. 최초로 사내에서 주장한 자신이 있었는데 결국 해낸 이는 외부에서 들어온 강윤이었다.

그때를 생각하며 김진호 이사는 이를 부드득 갈았다.

최근 몇 년 사이 홍대에 생긴 신조어가 있다.

홍대 여신!

원래 홍대 인디밴드는 여성 싱어가 귀하디귀해 따로 모셔갈 정도였다. 그래서 원래 홍대 여싱이라는 말로 주로 사용되었다. 그런데 거기에 외모까지 되니 홍대 여싱이라는 말이 '여신'이 되었다. 현재 홍대에는 여러 여신이⋯⋯.

"그중 하나가 나라고?"

이현아는 홍대 여신으로 불린다는 김진대의 말에 헛웃음을 지었다. 그러자 정찬규도 한마디 했다.

"하긴. 연습 중에 코 파는 거 한 번만 보면 그런 말 나오지 않지."

"내가 언제 코를 팠다고 그래? 봤어? 봤냐고?"

"봤으니까 이러지."

"무슨 개뻑다구 같은 소리야?"

이현아는 정찬규에게 달려들었다. 정찬규는 이차희 뒤로 숨어 방어태세에 들어갔다. 두 사람이 으르렁대며 주변이 시끄러워지니 이차희는 자리에서 일어나 조용히 말렸다.

"지난번 공연부터 이름 알려지고 인지도 높아졌으니까 그런 거잖아. 홍대 여신이라면 이름 알려지고 좋은 거지. 그리고 찬규 너, 여자한테 코딱지 이야기를 하면 되겠어?"

"……쳇."

둘은 결국 투덜거리며 끝을 냈다. 좀 조용해지니 그녀는 다시 자리에 앉아 베이스 줄을 갈기 시작했다.

김진대가 계속 이야기했다.

"홍대 여신도 나왔으니 이제 사람들이 좀 더 많이 오겠지?"

"아, 오글오글……."

이현아는 계속 기분이 이상하다며 난리도 아니었다.

배틀몬스터 업무를 위해 온수동으로 출근해 회사에는 거의 오지 않았던 강윤이지만 이제는 복귀의 시간이었다.

회사로 출근한 강윤은 서류들을 정리하며 보고를 준비했다. 공연의 성공과 성과를 알리고 직원들에게도 성과를 알릴 생각을 하니 마음이 들떴다.

그런데 노크 소리와 함께 몇몇 직원들이 안으로 들어왔다.

"무슨 일이십니까?"

갑자기 들이닥친 점, 오만한 표정 등 강윤은 그들을 경계했다. 그들은 회사 신분증을 보여주며 강윤에게 다가왔다.

"감사팀에서 나왔습니다."

"감사팀?"

강윤은 지금 1분기 감사가 진행 중이라는 걸 기억해 냈다.

"아, 감사 기간이군요."

강윤은 평소에 준비해 두었던 서류들을 꺼냈다. USB, 서류파일, 하드 등 강윤이 꺼내 든 자료들은 방대했다. 아무리 원진문 회장이 감사에서 예외를 두었지만 언제 무슨 일이 있을지 모른다는 생각에서였다. 그의 생각에 따라 오늘 그런 일이 일어났다.

강윤이 순순히 자료들을 내놓으니 오히려 직원들이 이상하게 생각했다.

"더 있지 않습니까?"

"네?"

"이전 공연팀 관련 서류도 함께 주십시오."

강윤은 어이가 없었다. 1분기 감사는 1분기 것만 진행할 것이지 왜 이전 것까지 들추려는지 이해가 가지 않았다.

"1분기 감사 아닙니까? 게다가 지금 제가 담당하는 일은 종합음악팀이지 공연팀이 아닙니다."

"죄송하지만 저희는 지시받은 대로 움직일 뿐입니다."

정장을 입은 사내는 완강했다.

"기다리세요."

강윤은 되지도 않는 실랑이는 하지 않았다. 이런 문제는 윗선에서 해결해야 했다. 그는 작년 공연팀 관련 서류들과 깊이 넣어두었던 하드디스크를 꺼내 내주었다. 말 그대로 공연팀의 중요 문서들이었다.

"더 없습니까?"

다 꺼내 놨음에도 그들은 강윤의 자리로 와서 서랍을 열려 했다. 그 행동에 강윤은 결국 폭발해 버렸다.

"공연팀 자료부터 에디오스, 주아의 업무 자료까지 다 넣었습니다. 내 부서 감사에 뭐가 더 필요한 겁니까? 부족한 게 있습니까? 이게 무슨 짓입니까?"

"……."

"감사팀은 업무를 이렇게 합니까?"

"저희는 지시받은 대로……."

"지시고 자시고 사무실을 뒤지는 게 감사팀 방식입니까?"

사실 감사팀도 거기엔 할 말이 없었다. 다른 부서들은 허가를 받고 시행하는 곳도 있는데 여기는 만만치 않았다. 게 다가 빠진 자료도 없으니 할 말이 없었다.

"필요한 건 다 줬으니까 돌아가세요. 이번 일은 그냥 넘어가지 않을 겁니다."

"그럼……."

감사팀 직원들은 조금은 수그러진 자세로 사무실을 나섰다. 아무리 그들이라도 성과만으로 회장의 신뢰를 받는 강윤에게 이렇게까지 하는 것엔 무리가 따랐다.

강윤은 강윤대로 화가 머리끝까지 났다. 아무리 생각해도 사무실을 뒤지려 하는 건 이해가 가지 않았다.

'후우…….'

그래도 마음은 차분히 가라앉혀야 했다. 간신히 마음을 가라앉힌 강윤은 보고에 필요한 서류들을 챙겨 회장실로 향했다.

7화
계기

"주아 개런티가 아쉽기는 하군. 그래도 전체적인 공연은 만족스러우니 괜찮네."

원진문 회장은 강윤의 보고에 만족하는지 보고완료란에 사인을 했다. 특히 규모가 점점 커져 큰 공연이 되었다는 점과 그로 인해 회사의 인지도가 높아졌다는 것을 높이 평가했다.

"이대로 조금만 가면 대형 콘서트도 문제없겠어. 여름은 무리겠고……. 가을이나 겨울 즈음에 대형 콘서트 하나 추진하는 걸로 가지."

원진문 회장은 강윤의 보고서에 신이 났는지 어깨를 들썩였다.

'이야기해, 말아?'

강윤은 감사팀과 있었던 트러블에 대해 말할지 말지 망설였다. 자칫 잘못하면 사소한 것도 일러바치는 쪼잔한 놈이 될 수도 있었다. 결국, 말이 턱밑까지 차올랐지만 천천히 내렸다.

"알겠습니다. 가을은 무리일 것 같고, 겨울이 어떨까 합니다. 연말 콘서트 정도면 괜찮다 생각합니다."

"연말 콘서트. 좋네. 그때를 기대하지."

강윤은 인사를 하고 회장실을 나왔다.

"자자! 힘내자고! 오늘은 야근이야!"

감사팀 여진형 차장은 직원들 모두를 격려하며 테이블에 쌓인 서류들을 독파하기 시작했다. 그에 말에 강동형 과장이 짙은 한숨을 내쉬며 고개를 흔들었다.

"이제 감사 다 끝나서 해방인 줄 알았더니……."

갑자기 날아든 엄청난 양의 자료들은 감사팀 직원들을 한숨 짓게 했다. 하지만 그런 직원들의 한숨에도 여진형 차장은 파이팅이 넘쳤다.

"요즘 가장 핫하다는 종합음악팀 건이다. 이거 잘하면 특진이라고 이사님이 말씀하셨으니 꼼꼼히 잘들 찾아보자고."

"예!"

특진이라는 말에 직장인들의 눈이 확 밝아졌다. 진급은 생계를 책임져야 하는 직장인들에겐 꿀처럼 달콤한 유혹이었다. 모두가 눈을 빛내며 업무를 시작했다.

그렇게 1시간, 2시간……

업무시간이 지나고 또 야근 타임.

"뭐 이리 깨끗해!"

어둑어둑해진 밤.

결국, 팀에서 제일 괄괄한 민두진 과장은 소리를 지르고 말았다. 이사회의에서 통과된 예산과 강윤이 준 자료는 10원 단위, 1원 단위까지 모두 똑같았다. 보통 사소한 오차는 나오게 돼 있는데 당혹스러웠다.

"프로그램 다시 돌려 봐."

여진형 차장이 인상을 썼지만 민두진 과장은 이건 아니라며 고개를 저었다.

"이번에 돌리면 다섯 번째 돌려본 겁니다. 이 사람 괴물인데요?"

"허. 이러면 이사님한테 할 말이 없는데……."

"네?"

"아냐, 아무것도."

여진형 차장은 에디오스 관련 건들을 살피고 있었다. 대형 예산이 들어간 프로젝트라 건질 게 많을 거라는 판단이었다.

그러나 에디오스 선발전부터 들어간 예산들은 지급 받은 예산과 차이가 없었고 남은 금액도 모두가 다 들어맞았다.

"이 사람, 진짜 너무하네."

여진형 차장은 인상을 쓰며 혀를 찼다. 그 와중에 강동형 과장이 서류들을 보며 한마디 보탰다.

"세디 건도 이상 없습니다. 다 들어맞아요."

"주아 일본 건은?"

"말할 것도 없습니다. 제일 먼저 돌려봤잖아요."

혹여 조작된 건 아닐까, 날짜 등도 살폈지만 파일 작성날짜는 모조리 과거였다. 조작 여부는 의심할 것도 없었다.

"차장님, 더 볼 게 없습니다."

"……."

강동형 과장의 말대로 감사할 게 없었다. 모든 직원이 종일 매달려 감사를 진행했지만, 꼬투리를 잡을 게 없었다. 혹시나 영수증 누락된 게 없나 몇 번을 살폈지만, 오차는 존재하지 않았다.

"……퇴근해."

"차장님은 안 하십니까?"

"난 조금만 보고 갈게."

여진형 차장은 결국 강동형 과장을 비롯한 모두를 퇴근시켰다. 그러나 그는 넥타이까지 풀어헤치고는 다시 서류들에 매달렸다.

"누가 이기나 한번 해보자!"

그리고 혼자만의 기나긴 전쟁이 시작되었다.

"……신발."

이미 날이 밝아오고 있었지만, 여진형 차장은 벌게진 눈으로 자료들에서 눈을 떼지 못했다. 도무지 이놈의 서류들은 빈틈 하나가 없었다. 하지만 여기서 물러날 수 없었다.

"이런 젠장!"

그러나 몇 번이 아니라 몇 십번을 뒤져보아도 결과는 변하지 않았다. 그는 결국 기나긴 한숨을 쉬며 책임자, 김진호 이사에게 전화를 걸었다.

─하나라도 있겠죠. 반드시 찾아내세요. 반드시.

"전 팀원들이 매달렸어도 없었습니다. 아무래도 이쯤 하시는 게……."

여진형 차장은 은근히 포기를 부탁했다. 감사팀 최고 책임자의 지시는 변함없었다. 이쯤 되면 물러날 법도 한데 그의 태도는 전혀 바뀌는 게 없었다.

─없으면 만드세요.

"네?"

─어차피 사람이 하는 일입니다. 작업을 해보세요.

뚜뚜 소리가 나며 통화는 끝이 났다. 여진형 차장은 암담했다. 이런 철저한 자료들에 대체 무슨 작업을 하라는 건지 눈앞이 깜깜했다. 하지만 상관이 까라면 까야 하는 게 그들의 운명이었다.

'에이씨, 일단 해보자…….'

여진형 차장은 눈을 질끈 감았다. 그의 눈엔 에디오스 관련 자료들이 펼쳐져 있었다.

"……알겠습니다. 일단 자세한 일정을 잡아서 연락드리도록 하겠습니다."

─이쪽도 오래 기다리지는 못한다 합니다. 장기라는 게 사람을 오래 기다릴 수 있는 게 아니라서요. 최대한 빠른 시일 내에 일정을 잡아주셔야 합니다.

"알겠습니다."

출근 중에 걸려온 전화는 강윤의 마음을 심란하게 만들었다. 며칠 전, 희윤에게 미국에서 편지가 왔다는 연락을 받고 준비를 하는 중이었지만 막상 전화를 받으니 싱숭생숭했다. 희윤만 보내자니 걱정이 되었고 자신도 따라가자니 아직은 때가 아닌 것 같아 망설여졌다.

혼란한 마음을 안고 강윤은 출근했다. 그런데 사무실에 손님이 있었다. 이현지 사장이었다.

"사장님?"

"앉아봐요."

그녀는 강윤을 이끌어 소파에 앉았다. 아침부터 무슨 일인지 강윤은 궁금해졌다.

"회사에 흉흉한 소문이 돌고 있어요."

"흉흉한 소문이라니요? 무슨 일이 있습니까?"

"이 팀장이 회사 돈을 횡령했다는 소문입니다."

"네?"

강윤은 어이가 없었다. 횡령이라니. 그로선 마른하늘에 날벼락이었다.

"제가 횡령을 할 이유가 없잖습니까?"

"그렇지요? 지금 소문의 출처를 찾고 있으니까 오늘은 기분 나쁜 시선을 받더라도 이해하세요."

"허……."

이현지 사장이 나가고 강윤은 업무를 시작했다. 그러나 횡령이라는 말에 마음이 심란했다. 1원 단위까지 절사하지 않고 모조리 맞춰 감사팀에 넘겼는데 횡령? 아무리 생각해도 앞뒤가 맞지 않았다.

'뭔가 있어.'

강윤은 다시 자료들을 열어보았다. 감사팀에게 넘겨준 파일들의 복사본들이었다. 그는 이사회의에서 나온 예산 자료들과 하나하나 대조해 보았지만 어디서 횡령이 성립하는지 알 길이 없었다.

자료의 양이 워낙 많아서 다 살피니 어느덧 퇴근 시간이 되었다. 모처럼의 칼퇴근이었다. 로비로 나서니 직원들이 그에게 인사를 해왔다. 그러나 이전만큼 친근한 인사는 아니었다.

'소문이 많이 퍼졌나 보군.'

사람들의 미묘하게 달라진 모습들을 보니 속이 부글부글 끓었다. 의심받는 건 질색이었다.

다행히 그런 자리는 금방 마련되었다. 이틀 뒤 긴급 이사 회의가 소집된 것이다.

강윤이 통보를 받아 회의실로 향하니 이사들 모두가 그를 기다리고 있었다.

"불미스러운 일로 이사회의까지 소집하게 되어 안타깝지만, 좀 더 좋은 방향으로……."

문광식 이사의 조금은 긴 서론과 함께 이사회의가 시작되었다. 오늘의 안건은 강윤의 횡령 문제였다. 원래는 청문회가 열려야 한다는 말이 많았으나 이현지 사장의 반발과 원진문 회장의 반대에 따라 이사회의로 형식이 변경되었다.

오늘 안건에 따라 강윤은 중앙에 나섰다. 강윤이 준비되자 김진호 이사가 본격적으로 질문을 시작했다.

"며칠 사이 회사에 이 팀장에 대해 흉흉한 소문이 돌고 있어 개인적으로 안타깝게 생각합니다. 소문은 소문이라 생각했지만 몇 가지 이상한 게 있어 이 자리를 마련했습니다. 질문해도 괜찮겠습니까?"

"말씀하십시오."

"에디오스 일과 관련해서 질문하겠습니다. 이 팀장은 에디오스를 선발할 때 예산을⋯⋯."

김진호 이사는 회의를 진행하는 비서에게 USB를 넘겨주었다. PPT 자료였다. 비서는 프로젝트에 자료를 띄웠다. 그러자 강윤이 에디오스 선발에 사용했던 총예산과 이사회의를 통과했던 예산이 화면에 떴다.

'뭐야?'

강윤은 눈을 부릅떴다. 비교된 예산이 그가 준 자료에서 나온 게 아니었다.

"이 팀장. 우리가 통과시킨 예산에 비해 금액이 좀 적은데 남은 금액은 어디로 갔는지 말해 줄 수 있습니까?"

"⋯⋯."

"좋습니다. 한꺼번에 답을 줘도 되니까 두 번째로 넘어가죠."

김진호 이사는 에디오스 예산에 관해 집중적으로 질문했다. 특히 개인 연습을 위해 썼다는 예산과 회사에서 준 예산의 차이가 다른 이유를 집중적으로 물고 늘어졌다. 거기에 조심스럽게 에디오스의 숙소 문제를 집어넣어 연습생 때부터 숙소를 제공할 수 있었던 게 예산 유용에서 온 게 아닌지를 따져 물었다.

온 이사들이 술렁였다. 지금까지 감사가 없었던 탓에 예산이 펑크가 났다. 그렇다면 남은 예산은 어디로? 그들의 눈은 강윤을 의심하고 있었다.

강윤은 어이가 없었다. 화면에 떠 있는 자료는 자신이 준 자료와 완전히 다른 자료였다.

'내가 이런 취급이나 당하려고 일했었나?'

이 자리에 서 있는 스스로가 한심해졌다. 이사들은 수군거리며 강윤에게 한마디 하고 싶어 안달이 났고, 앞에서 지적하는 이는 날 선 눈매로 그를 노려보고 있었다. 강윤은 화도 났고 서글퍼졌지만 냉정하게 마음을 추슬렀다.

"먼저 선발 시 들었던 예산부터 말씀드리겠습니다."

강윤은 비서에게 손짓해 USB를 넘겨주었다. 역시 PPT 파일이었다. 비서가 열어보니 똑같은 자료가 화면에 나타났다. 그런데 재생된 파일에서 나온 금액은 이전과 완전히 달랐다.

"이건 무언가요?"

"이게 제가 감사팀에 넘겨드린 자료에 있는 예산 사용 내역입니다."

"잠깐. 그럼 이중장부를 작성하고 있었다는 말입니까?"

김진호 이사의 말에 강윤은 터지려던 머리를 살짝 내리눌렀다.

"……제 자료는 사장님과 회장님께 보고 드리던 자료입니다. 지금 당장 가져와 보서도 일치할 겁니다."

원진문 회장은 바로 비서에게 자료를 뽑아오라 했다. 잠시 후. 비서는 USB에 자료를 담아와 화면에 재생시켰다. 과연 강윤의 말대로 그가 준 자료와 똑같았다. 모두가 다시 술렁일 때 강윤이 일침을 놓았다.

"제가 회장님께 보고하던 자료를 조작할 이유가 없습니다. 잘못되었다면 감사하던 쪽에서 장난을 치지 않았겠습니까?"

"뭐라고?! 지금……!"

"날짜부터 확인해 보십시오. 사내 인트라넷으로 도는 모든 파일은 최종 수정일이 기록되니 말입니다."

강윤의 말대로 비서는 바로 원본 파일을 확인해 보았다.

"3일 전입니다."

거기에 강윤은 힘을 받았다.

"3일 전이라면 제가 저 파일을 소지하지 않았을 때입니다. 감사팀에서 제 파일을 모두 수거해 가서 더 이상 손을 댈 수 없었습니다. 그런데 최종 수정일이 3일 전입니다. 조작하지도 않았고, 할 필요도 없는 제가 이런 의심을 받아야 합니까?"

"……."

회의장이 침묵에 빠져들었다. 사실 파일의 수정일까지 확인하는 경우는 거의 없었다. 그런데 이렇게까지 확인을 하니 강윤에 대해 누구도 더 말을 하지 못했다. 여기에 강윤은 몇 마디를 더 추가했다.

"제가 넘긴 자료가 어디서 저렇게 변경이 됐는지는 모르겠습니다. 그런데 이사회의에 저런 변경된 파일이 왔다면 그 출처부터 조사가 이루어져야 한다 생각합니다. 이상입니다."

강윤의 말에 모두가 할 말을 잃었다. 이건 빼도 박도 못했다.

'너무 나갔어.'

'적당히 하지.'

김진호 이사도 이런 시선들을 느꼈다. 감사팀 차장이 뭔가를 발견했다며 가져온 파일을 바로 수용했던 게 화근이었다.

"……김 이사. 이게 지금 어떻게 된 건가?"

원진문 회장은 분노했다. 그는 이글이글한 눈으로 김진호 이사를 노려보았다.

"그게…… 이게 그러니까……."

"오늘 일은 그냥 넘어가지 않을 걸세. 오늘은 여기까지 하지. 더 볼 것도 없군."

원진문 회장은 회의장 문을 박차고 나가 버렸다. 남은 이사들은 그 기세에 눌려 꼼짝하지도 못했다.

'하…….'

평소와는 다르게 강윤도 이사들보다 먼저 회의장을 벗어났다. 누명은 벗었지만, 마음은 좋지 않았다.

"오늘따라 담배는 더럽게 맛없네."

강윤은 담배를 거칠게 비벼 껐다. 평소에도 썼지만, 오늘은 그 맛이 더했다.

'내가 그동안 뭐한 거지……'

강윤이 허탈함을 감추지 못할 때, 그의 옆으로 누군가 다가왔다. 돌아보니 이현지 사장이었다.

"사장님."

"방해했나 보네요."

"아닙니다."

이현지 사장은 담배를 태우지는 않았다. 대신 껌을 하나 꺼내 씹기 시작했다. 그녀는 강윤에게 껌 하나를 내밀었고 그는 고맙다며 받아들었다.

"감사팀 차장이 개인적으로 벌인 일이더군요."

"……."

"조치가 있을 겁니다. 그 여 차장이라는 사람도, 김진호 이사에게도."

그러나 강윤의 표정은 밝지 않았다. 처벌을 받는다지만 통쾌한 기분은 전혀 들지 않았다.

"회사를 대표하는 사람으로서, 미안하다는 말밖에 할 말이 없군요. 미안합니다."

"……."

이현지 사장은 고개까지 숙였다. 평소라면 괜찮다며 넘어
갔을 강윤이었지만 이번에는 생각이 달랐는지 침묵으로 일
관했다.

"가세요."

"네?"

이현지 사장에게서 도저히 나올 수 없는 말에 강윤이 반응
을 보였다.

"회사를 나가라는 말씀입니까?"

"앞으로 나와 이사진들의 싸움이 더 치열해질 겁니다. 계
속 있다가는 오늘 같은 일들이 반복될 게 뻔해요. 솔직한 마
음으론 이 팀장이 있어 주면 좋겠지만…… 더 있으면 인재
의 발목을 잡는 정도가 아니라 자르는 일이 벌어질 게 분명
해요."

"……."

이현지 사장의 말에 강윤은 더 혼란해졌다.

"이 팀장, 아니 이강윤 씨는 능력이 있어요. 사람을 보는
눈, 곡과 시류를 읽는 시야. 이건 아무나 가지고 있는 능력이
아닙니다. 회장님이 이 팀장을 좋아하는 큰 이유 중 하나이
기도 하죠."

"……."

"이 정도 능력이면 홀로 서는 게 오히려 나을 수도 있어

요. 그때 말했던 것처럼."

할 말을 마쳤는지 그녀는 머리를 휘날리며 옥상을 내려갔다.

"……홀로 서기라."

어려운 문제였다. 깊어 가는 고민 속에 강윤은 잘 태우지 않던 담배를 다시 꺼내 들었다.

희윤은 학원이 끝나고 이른 시간에 귀가했다. 강윤에게서 중요하게 할 말이 있으니 일찍 들어오라는 말을 들었기 때문이었다.

"오빠."

"왔어?"

희윤이 현관문을 열고 들어가니 강윤이 저녁을 준비하고 있었다. 고기와 치킨 등 진수성찬이 차려져 있었다.

"내가 할게."

"괜찮아."

강윤이 괜찮다며 마다했지만, 희윤은 팔을 걷어붙이고 나섰다. 그녀는 오빠가 저녁을 차리는 게 마음이 불편했다. 자신 때문에 고생하는 걸 뻔히 아는데 집에 와서까지 힘쓰게 하고 싶지 않았다.

"괜찮다니까……."

강윤은 결국 강제로 식탁에 앉혀지고 말았다. 이럴 때의 희윤은 강했다.

저녁 식사 준비가 끝나고 남매는 마주 앉았다. 두 사람은 달그락거리는 소리를 내며 즐겁게 식사를 시작했다.

"오빠, 나한테 무슨 할 말 있어?"

"……."

희윤은 강윤이 뭔가 망설이는 모습을 보며 할 말이 있다는 걸 눈치챘다. 오빠에게서 흐르는 미묘한 기류가 느껴졌다. 동생은 동생이었다.

강윤은 잠시 생각하더니 본론을 이야기하기 시작했다.

"희윤아."

"왜? 어려운 이야기야?"

"저번에 이야기했던 거 있잖아."

희윤도 멈칫했다. 강윤이 말했던 미국행 이야기였다. 희윤은 집중했다.

"미국 말이지?"

"오빠 생각엔 가능하면 빨리 가는 게 나을 것 같아."

희윤은 이미 미국행을 마음에 두고 있었다. 특히 건강을 찾고, 자신의 꿈을 찾아 나가면 더는 강윤에게 짐이 되지 않을 거라는 생각이 강했다. 망설일 이유가 없었다.

"언제 가는데? 얼마나 걸릴까?"

"2개월 뒤면 되지 않을까 싶어. 서류 정리하고, 영어도 간단하게 준비하고. 괜찮겠어?"

"난 괜찮아. 오히려 좋은걸?"

망설임 없는 동생의 말에 강윤은 걱정 하나가 풀린 것 같아 안도의 한숨을 쉬었다. 혹시나 한국에 남겠다는 말을 하면 어쩌나 걱정했었다. 다행히 그런 일은 없었다.

문제는 다른 곳에 있었다.

"오빠는 어떻게 할 거야? 여기 일도 중요하잖아."

"정리하고 같이 가야지."

"오빠."

희윤은 단호하게 고개를 저었다. 혹여나 자기 때문에 강윤이 일도 포기하는 게 아닐까, 걱정이 앞섰다. 오빠에게 짐이 되고 싶지 않았다.

"나 때문이라면 절대 그러지 마. 나 혼자서도 잘 있을 수 있어."

"희윤아. 그것 때문만은 아냐."

"그러면? 나 때문에 일도 그만둬야 하는 거라면 나 그냥 안 갈래."

"그런 게 아니라니까."

"오빠. 내가 바본 줄 알아?"

희윤은 거세게 고개를 흔들었다.

"오빠가 지금 일을 얼마나 좋아하는지 내가 제일 잘 알아.

그런데 나 때문에 일도 그만두고 미국으로 가야 한다면 내가 뭐가 되겠어? 그냥 기다렸다가 한국에서…….''

"희윤아!"

결국, 강윤이 큰 소리를 냈다. 그제야 희윤이 조용해졌다. 그러나 그녀의 눈은 여전히 강하게 타오르고 있었다.

강윤은 분위기가 전환된 듯하자 차분히 이야기했다.

"나도 내 일을 하려면 본격적인 준비를 해야 하지 않겠어? 그래서 가는 거야."

"오빠 일? 무슨 말이야?"

"지금까지는 소속사에서 직원으로 있었잖아. 이제는 사장님이 되는 거지."

"에?"

희윤은 멍해졌다. 사장님이라니. 주아가 학교에 들이닥치고 오빠가 쳐들어왔을 때만큼 당혹스러웠다.

"사장님? 사업하게?"

"인맥이나 기반은 충분히 갖춰놨으니까. 이제는 내 일을 해볼까 해."

"하하…….''

희윤은 당혹스러웠다. 매니저를 거쳐 기획자가 되었다는 말을 들어도 놀라웠는데 이제는 사업을 하겠다니.

하지만 언제나 그랬듯, 그녀는 오빠를 믿었다.

"우와. 이젠 사업이야? 우리 오빠니까, 당연히 잘할 거야.

그치?"

"고마워. 바로 사업을 하려는 건 아니야. 여유는 있으니까 희윤이 치료하는 동안 오빠도 공부하면서 준비를 해보려고."

"공부? 어떤 거?"

"음악. 공연에 대해서도 자세히 공부하고 싶고."

강윤은 세무얼 존슨의 공연을 떠올렸다. 황금빛이 진하게 흐르던 아름다운 공연이 머릿속을 스쳐 지나갔다. 수많은 관객의 환호와 가수의 열정에 찬란한 금빛이 넘치던 무대는 아직도 눈에 선했다.

그런 공연을 만들기 위해서는 아직 부족한 게 많다 생각했다.

"나 그럼 오빠랑 같이 학교 다니겠네?"

"거기서도 공부하게?"

"당연하지. 나 건강해지면 오빠 고생 끝, 행복 시작이라고."

"요 녀석."

강윤은 기쁘게 희윤의 머리를 만져주었다. 희윤은 머리가 헝클어졌다며 투덜댔지만, 강윤은 일부러 그랬다며 낄낄댔다.

그렇게 남매의 밤은 흘러갔다.

며칠 사이, MG엔터테인먼트는 시끄러웠다.

연일 새로운 프로젝트를 성공시키며 화제가 되었던 강윤의 횡령 소식으로 떠들썩하더니 그게 감사팀의 비리였다는 말과 함께 이사까지 연결되어 있다는 소문까지 흘러나오니 직원들은 술렁였다.

거기에 오늘, 강윤은 정점을 찍었다.

"······이게 뭔가, 이 팀장?"

강윤이 하얀 봉투를 책상 위에 올려놓자, 원진문 회장이 허탈한 음성으로 중얼거렸다.

"사직서입니다."

"허, 결국 이렇게 되는군."

"······."

마치 예상이라도 한 듯, 그는 헛숨을 내쉬었다.

"횡령이라는 누명까지 쓰고 회사에 남아 있고 싶진 않겠지. 마음은 충분히 이해하네."

"회장님, 그건······."

"아아. 회사에서 아쉬운 소리를 하는 건 쉽지 않군. 허허······."

원진문 회장은 허탈함을 숨기지 않았다. 강윤을 반대를 무릅쓰고 발탁해서 주아의 일본 진출 프로젝트를 성공시켰다. 이후 각종 공연을 연달아 성공시키며 아이돌 전문 회사에서 공연기획으로까지 MG엔터테인먼트의 이름을 높여 나가고 있었다.

음악에 관련된 종합적인 업무라는 취지에 맞춰 발족한 종합음악팀 업무도 잘 감당해 여러 가지 가능성도 보여주었다. 이대로 가면 계획대로 사업부를 독립시켜 더 큰 사업을 펼쳐 나가는 건 시간문제였다.

그런데 이사 하나의 질투가 일을 이렇게 만들어 버릴 줄은 상상도 못 했다. 사장단과 이사진의 경쟁을 적당한 선에서 제재했어야 했는데……. 원진문 회장의 실수였다.

원진문 회장은 깊은 한숨을 내쉬었다.

"난 말일세. 나간다는 사람을 붙잡아 본 역사가 없어. 하지만 자네는 조금 다르네. 지금 이 시점에 자네 존재는 꼭 필요해. 생각을 다시 해주길 바라네."

"죄송합니다, 회장님, 사실은 다른 이유가 있습니다."

"다른 이유?"

강윤은 동생의 일을 이야기했다. 미국에 가서 수술을 받아야 한다는 이야기와 미국에서 머리를 식히며 공부를 더 하고 싶다는 이야기까지.

일이 이렇게 되니 원진문 회장도 수긍을 안 할 수가 없었다.

"……동생 일까지. 허허. 시기가 미묘하구만."

"저는 여기까지인 것 같습니다. 회장님 덕에 이렇게까지 성장할 수 있었습니다. 절대 잊지 않겠습니다."

"아쉽군. 언제 미국으로 갈 예정인가?"

"2개월 뒤입니다."

"······인수인계는 확실히 해주게. 가기 전에 식사나 한번 하지."

동생의 문제가 있다니, 더는 강윤을 잡을 명분이 없었다. 원진문 회장은 눈을 감으며 강윤에게 손짓했다. 축객령이 었다.

강윤이 회장실을 나와 비서 옆을 지날 때였다.

"김진호 이사님, 회장님이 찾으십니다."

'대판 깨지겠네. 뭐······. 자업자득이지.'

비서실을 지나치며 강윤은 어깨를 으쓱였다. 그리고 다음 목적지인 사장실로 향했다.

사장실에는 이현지 사장 외 2명의 손님이 더 있었다. 아카바시 프로듀서와 오다였다.

"이 팀장. 어서 와요."

[안녕하십니까?]

[PD님, 안녕하십니까?]

강윤은 생각지도 못한 의외의 방문에 아카바시 프로듀서와 악수를 했다. 지난번 아카바시 프로듀서가 희윤과 자신을 식사자리에 초대해 준 이후, 급격하게 가까워졌다. 아카바시 프로듀서도 주아와의 갈등 해결의 실마리를 제공해 준 강윤에게 호감을 가지고 있었다.

[이쪽은 오다 후타로. 기타리스트로······.]

아카바시 프로듀서는 강윤에게 오다를 소개했다. 강윤은

그와 인사를 나누곤 오늘 이곳에 온 목적을 듣게 되었다.

[……공연 말씀입니까?]

[지난번 비보잉 공연을 봤는데 매우 인상 깊었습니다. 특히 처음 인트로, 콜라보, 마지막 순서에 힘을 많이 줘서 사람들의 시선을 강하게 사로잡으시더군요. 가장 중요한 부분에 집중하는 게 마음에 들었습니다.]

분명 공연에 관해 이야기하러 온 게 분명했다. 아니나 다를까, 오다는 강윤에게 한국에서 공연한다는 이야기를 하며 의뢰를 하고 싶다 했다.

오다의 말은 고마웠지만, 강윤은 고개를 저어야 했다.

[죄송합니다. 제가 도와드리기는 힘들 것 같습니다.]

[네?]

오다로서는 전혀 예상치 못한 상황이었다. 그는 반문했다.

[아직 조건도 들어보지 않으셨습니다.]

[죄송합니다. 제가 동생 일로 미국에 가게 되었습니다. 그래서 힘들 것 같습니다.]

[지난번 건강하지 않다던 그 아가씨 말이군요.]

아카바시 프로듀서가 끼어들었다. 강윤은 고개를 끄덕였다.

[맞습니다. 제 동생이 기회가 생겨 이식 수술을 받게 되었습니다. 죄송하지만, 이번에는 힘들 것 같습니다.]

오다는 깊이 상심했는지 긴 한숨을 내쉬었다. 동생 일이라면 더 할 말이 없었다. 그는 잠시 생각해 봐야겠다며 아카바시 프로듀서와 함께 밖으로 나갔다. 사장실에는 강윤과 이현지 사장, 둘만이 남았다.

"결국, 제출했군요."

"네."

"회장님 상심이 컸겠네요."

"김진호 이사를 부르더군요."

"오늘 살풀이는 거하겠네요. 바보 같은 사람."

이현지 사장은 강윤에게 직접 차를 내주었다.

"감사합니다."

"이제 회사에서 같이 차를 함께할 날도 얼마 안 남았군요. 언제 미국으로 가나요?"

"인수인계를 마친 후, 2개월 정도를 예상하고 있습니다."

"아쉽네요. 간 김에 공부도 하고 오겠다 했죠?"

"네. 1년 정도 머리를 식히다가 올 생각입니다."

"잘 생각했어요. 찬양 선배가 가르쳐 준 것들도 완벽하게 익혀서 오세요."

그 외 강윤은 인수인계에 대해 이야기를 하고 자리에서 일어났다. 강윤이 나가니 오다와 아카바시 프로듀서가 들어왔다. 이현지 사장은 그들에게 미안하다 말하고는 괜찮은 공연 기획회사를 소개해 주겠다고 제안했다. 오다를 설득하는 게 시간이 걸리긴 했지만 일은 잘 마무리되었다.

에디오스는 최근 회사에 거의 들를 일이 없었다. 각종 행사를 비롯해 방송 등 여러 가지 스케줄들을 수행하느라 모두가 몸이 두 개라도 모자랄 지경이었다.

그 와중에 정민아에게 청천벽력 같은 소식이 날아들었다.

"뭐, 뭐라고요? 아저씨가 관둔다고요?!"

"미…… 민아야! 눈 뜨지 마!"

눈화장을 하던 와중에 들려온 엄청난 소식에 정민아는 격한 반응을 보였다. 그 바람에 눈 화장을 고쳐 주던 코디네이터의 손이 어긋나 버렸다. 그러거나 말거나 정민아는 몸을 돌려 문제의 발언을 한 한태형 매니저를 닦달했다.

"팀장님, 무슨 말이에요? 아저씨가 사표를 왜 내요?!"

"며칠 전에 횡령 이야기 나왔던 거 알지?"

"네. 무슨 말도 안 되는…… 설마 그거 진짜예요?!"

정민아는 뿔이 단단히 났다. 강윤이 횡령이라니. 그녀는 우상이나 다름없는 사람이 그런 어이없는 일을 할 리가 없다며 말을 꺼냈던 한태형 매니저를 마구 괴롭히기까지 했다.

"그럴 리가 없잖아. 팀장님이 뭐가 아쉬워서 돈을 떼먹어."

"당연하죠. 잘못한 것도 없는데 왜 사표를 내요? 뭐가 아쉬워서? 그쪽이 잘못한 거 아니에요?"

"그렇지. 일단 팀장님한테 횡령죄를 씌우려 한 김진호 이사는 정직 처분을 받았는데……. 나도 이유를 모르겠다."

한태형 매니저도 자세한 건 모른다 했다. 정민아는 더는 참을 수 없어 강윤에게 전화를 걸어봤지만, 소리샘으로 연결된다는 말뿐이었다.

"끝나고 가봐야겠어요."

"어디 가게?"

"어디긴요. 사무실 가야지."

흉하게 그려진 눈화장을 다시 고치니 촬영이 시작되었다. 강윤 때문에 마음이 심란했지만, 정민아는 프로였다.

"좋아! 좀 더 왼쪽으로……."

사진작가의 요구에 응하며 정신없이 촬영하다 보니 어느덧 밖은 어두워졌다.

마지막 파일까지 확인한 사진작가의 사인이 떨어지자 모두가 수고했다는 말과 함께 촬영이 끝이 났다. 정민아는 모두에게 인사를 하고는 빠르게 밴으로 향했다.

'있다!'

회사 밖에서 보니 강윤의 사무실에는 불이 켜져 있었다. 정민아는 뒤도 돌아보지 않고 내려 그의 사무실로 뛰어갔다.

"아저씨!"

정민아는 헉헉대며 사무실 문을 열어 재꼈다.

"뭐야?!"

한창 인수인계를 서두르던 강윤은 갑작스러운 난입에 놀

라 자리에서 벌떡 일어났다. 그러나 곧 정민아라는 걸 알고
허탈해졌다.

"……노크는 하고 다녀라."

"지금 노크가 문제예요?"

평소라면 애교 어린 장난도 치며 살가웠을 정민아지만 오
늘은 달랐다. 그녀는 강윤의 자리에 와서 난리를 치기 시작
했다.

"사표요? 갑자기 웬 사표예요? 무슨 일 있는 거예요?
네? 네?"

"……하나씩 해, 하나씩."

"갑자기 왜요, 왜?"

"일단 진정하자."

정민아는 흥분했는지 말에 가속도가 붙었다. 강윤은 일단
그녀를 자리에 앉히고 차를 내주었다. 진정하라는 의미였다.
그녀는 소파에 앉아 시간을 보내니 마음이 가라앉았는지 긴
숨을 내쉬었다.

"휴우우……."

"뛰어온 거야?"

"네. 1층부터 뛰어왔어요."

"대단하다. 무슨 일이야? 요즘 바쁘지 않아?"

"그게……."

그런데 막상 강윤이 물으니 무슨 말을 해야 할지 떠오르지

않았다. 그냥 강윤이 그만두는 게 싫을 뿐이었다. 표현이 안 될 따름이었다.

입 언저리가 씰룩이는 그녀를 보며 강윤은 의아해했다.

"할 말 있어서 온 거 아니었어?"

"그게…… 그러니까."

"모처럼 왔으니까 차나 한잔 마시고 가."

강윤은 소파에서 일어났다. 인수인계를 서둘러 마무리해야 다음 인계자가 일을 수월히 할 수 있었다. 일에 바빠서 그녀를 상대해 줄 여유가 없었다.

그때, 우물대던 정민아가 자리에서 벌떡 일어나 소리쳤다.

"가지 마세요!"

"민아야."

"아저씨 없으면 전 누굴 믿고 일해요! 가지 말아요!"

온 사무실이 떠나갈 듯한 소리였다. 우렁찬 소리에 강윤은 피식 웃고 말았다.

"민아야. 그게 무슨 말이야."

"가지 말란 말야! 흑…… 흑!"

그런데 감정이 격해졌던 걸까. 민아는 눈물짓기 시작하더니 소파에 주저앉아 고개를 푹 숙여 버렸다. 평소에 보이던 활달한 모습은 찾아볼 수도 없었다. 한번 눈물샘이 터지니 폭포처럼 터져 나왔다.

"이거 참……."

강윤은 돌아와 그녀 옆에 앉았다.

"흑흑……!"

"뚝뚝. 그만 울어. 지금까지 잘하고 있잖아. 응? 그만 울고."

"……가지 말아요……."

가슴을 들썩이며 힘겹게 말하는 정민아에게 강윤은 고마움과 미안함이 함께 교차했다. 이렇게까지 솔직함을 보여주는 이는 지금까지 없었다. 그의 마음도 촉촉해졌다.

"……고마워."

"흑흑……."

솔직한 마음을 보여주는 소녀를, 강윤은 진심을 담아 가볍게 안아주었다.

마음 한쪽이 쓰려 왔다. 다른 이들을 볼 때는 실감이 나지 않았지만 이제야 떠난다는 실감이 들기 시작했다.

'씁쓸하네.'

정민아를 다독이며 강윤은 쓰디쓴 미소를 지었다.

빠른 인수인계를 위해 주말에도 출근한 강윤은 오전 중에 일을 마무리했다. 음악 코디네이터와 같이 분야가 특이한 경우는 따로 정리해 가이드라인을 작성해 놓았고 공연 관련 업무들은 담당 부서에 업무들을 이관시켰다.

"휴우. 이제 조금만 하면 되겠네."

강윤은 기지개를 켜며 자리에서 일어났다. 창밖을 보니 햇살은 따뜻했고 거리에는 사람들이 가득했다. 나들이 가기 좋은 날씨였다.

"퇴근할까."

조금만 있으면 인수인계도 마무리되겠다. 이제 부담도 없었다. 강윤은 짐들을 챙겨 계단을 내려왔다.

강윤이 3층을 지나는데 웬 교복을 입은 소녀가 커다란 기타를 매고 있는 모습이 눈에 들어왔다.

'그러고 보니 정기 오디션 날이구나. 오디션 보러 왔나?'

오늘은 한 달에 한 번 있는 정기 오디션 날이었다. 교복 소녀는 번호가 호출되어 안으로 들어갔다. 강윤은 MG엔터테인먼트에 기타로 오디션을 보러온 게 신기해 강윤은 조용히 오디션이 있는 3층의 큰 연습실로 향했다.

―감싸주고 싶어 보고 싶은 너의 작은 어깨에~ 내가 기대고~

문 너머로 들려오는 소녀의 노래는 수준급이었다. 기타를 치는 솜씨도 나쁘지 않았다. 아르페지오로 기타 스트링을 뜯으며 노래하는 모습은 어린 소녀에게서 흔히 보기 힘든 장면이었다.

'괜찮은데?'

소녀에게선 하얀빛이 넘실거렸다. 순백의 하얀빛은 연습

실을 감싸 안았다. 강윤은 저 정도면 충분히 합격할 수 있을 거라 생각했다.

그러나 그의 생각과는 달리 의외의 결과가 나왔다.

"수고하셨습니다. 결과는 차후에 알려드릴게요."

가운데 남자 프로듀서의 말에 교복 입은 소녀는 감사하다는 인사를 하고 밖으로 나왔다. 강윤은 얼른 문에서 비켜났다. 소녀는 강윤을 지나쳐 로비로 내려갔다.

'뭐지?'

강윤은 의아했다. 저 정도 노래라면 충분히 합격이라고 생각했다. 오디션을 통과한다면 그 자리에서 바로 말해주는 게 MG엔터테인먼트의 방식이었다. 그런데 불합격이라니.

강윤은 궁금해져 안으로 들어갔다. 들어가니 프로듀서와 작곡가들이 있었다. 그들은 강윤을 보며 인사부터 건넸다. 강윤도 고개를 숙여 인사하고는 바로 이유를 물었다.

"보셨군요. 괜찮은 노래였지만…… 회사와 색깔이 맞지 않네요."

"색깔이라. 하긴, MG엔터테인먼트는 선발 기준이 있으니까요."

"네. 좋은 노래에 연주까지 다 괜찮습니다. 하지만 저 소녀는 외모에서 스타로 뜰 만한 특이성이 없다 판단했습니다."

강윤은 알았다며 말하고는 로비로 향했다. 그들은 회사의 기준으로 최적의 판단을 했다. 거기에 더 뭐라 할 말은 없었다.

'나라면 합격을 줬을 거야.'

하지만 강윤의 기준으로는 수긍하기 힘들었다. 혹시 회사에 계속 남아 있었다면 선발하겠다는 생각도 들었다. 그러나 지금은 다 소용없는 일이었다.

로비를 지나니 아까 그 소녀가 있었다.

'평범하네.'

소녀는 단발머리에 적당한 키, 옅은 화장 등 거리에서 흔히 볼 수 있는 중학생이었다. 처음 선발할 때 개성과 외모를 보는 MG엔터테인먼트가 선발하지 않는 게 당연했다. 그나마 특이하다는 이삼순의 경우도 꾸며놓으면 미인이었다.

'인연이 되면 보겠지.'

안타까웠지만 여기서 강윤이 더 할 수 있는 건 없었다. 연락처라도 줄까 생각했지만, 미국으로 가는 이상 무한정 연락을 기다리게 할 수도 없는 노릇이다. 강윤은 그냥 소녀를 지나 로비를 나섰다.

"하아. 그만 포기할까."

소녀는 짙은 한숨을 지으며 테이블에 고개를 숙였다.

강윤은 에디오스를 만나기 위해 연습실에 들렀다. 오늘은 단체 연습이 있다는 스케줄을 봤기 때문이었다. 그런데 연습실에 가니 에디오스는 없고…….

"야!"

"뭐야?"

소리 치고 있는 주아가 있었다. 그녀는 강윤을 보자마자 달려들었다.

"오빠 미쳤냐? 회사를 왜 때려치워?"

"……이걸 몇 번이나 설명해야 하는 거야."

"뭐뭐뭐?"

백번이라도 설명하라는 기세인 주아에게 강윤은 '또' 동생 일과 앞으로의 준비 등으로 미국에 가게 되었다고 말해야 했다. 요새 설명하는 일에 도가 튼 것 같아 머리까지 아파 왔다.

"……아, 진짜! 이희윤 얘는 말도 안 해주고."

"오빠 일이니까 내가 말할 때까지 조용히 있던 거겠지."

"아무튼! 아, 진짜……."

주아는 마음에 들지 않았다. 이제 좀 마음에 드는 사람이 있다 싶었더니 또 간단다. 이 바닥이 만남과 이별이 흔하다고 하지만 이런 식은 마음에 들지 않았다.

"그러고 보니 나도 처음 담당했던 게 주아 너였는데."

"진짜? 난 완전 베테랑인 줄 알았는데?"

"그렇게 보였어? 다행이네."

"처음엔 못 미덥긴 했지."

"야."

역시, 마지막은 태클로 마무리되었다. 그러나 주아는 섭섭한 기색을 숨기지 못했다.

"미국이라고? 뭐, 좀 멀긴 해도 만날 순 있겠네. 어디야? LA야?"

"응."

"뭐야, 지사 근처잖아. 난 또 얼마나 멀다고. 나 놀러가면 밥은 줄 거지?"

"……."

주아는 쿨했다. 섭섭함과 시원시원함이 동시에 묻어나오니 강윤은 피식 웃어버렸다.

"너답다. 그래, 와라. 흰 쌀밥만 왕창 줄 테니까."

"인간이 뭐 그러냐. 하여간 사람이 그러니까 여자 친구가 없지."

"소개나 해주고 말하든가."

강윤이나 주아나 서로 한마디도 지지 않았다.

겉으로는 화기애애했지만, 서로 헤어지는 서운함은 숨기지 못했다.

회사 인수인계가 끝나고 강윤은 지인들을 만나 인사를 나누었다. 화성학 스승인 최찬양 교수를 비롯해 이준열, 디에스 등 같이 작업을 했던 사람들을 만나 나중을 기약했다.

일은 착착 진행되어갔다. 여권을 비롯해 항공권, 미국에서 머무를 집 등 모든 것을 준비해 갔다.

그리고 출근 마지막 날.

"오늘까지인가."

원진문 회장이 직접 마지막 짐을 정리하는 강윤의 사무실로 찾아왔다.

"네. 끝나고 인사드리려고 했는데……."

"아냐. 내가 왔으니 됐네. 그거 아나? 후임 구하기가 쉽지가 않아."

원진문 회장은 고개를 도리도리 흔들었다. 강윤만 한 센스 있는 기획자는 쉽게 구해지는 게 아니었다. 젊지, 유능하지……. 여러 가지로 아쉬웠다.

"비록 마지막에 불미스러운 일이 있었지만, 좋은 기억만 가지고 가길 바라네."

"회장님이 해주신 일들은 정말 감사하고 있습니다."

"못난 놈들……."

원진문 회장은 이사들을 생각하니 머리가 아파 왔다. 실적도 적당히 챙겨야지 이런 사단이 안 날 게 아닌가. 상대를 깎아내리며 만드는 게 아니라 자신의 가치를 올려야 하는데, 저들은 그렇게 하지 못했다.

"이젠 괜찮습니다."

"그래. 나중에 또 볼 날이 있겠지. 조심해서 가게나."

원진문 회장은 손을 내밀었다. 크고 투박한 손이었다. 강윤은 손을 맞잡았다. 그는 강윤의 어깨를 툭툭 두드려 주곤 그대로 사무실을 나섰다.

강윤은 짐을 챙겨 로비로 향했다. 여기를 나서면 정말로 끝이었다.

'아쉽네.'

로비를 걸으며 강윤은 시간을 돌이켜 보았다. 무엇 하나 쉽지 않은 일이 없었다. 그러나 음악을 보는 힘과 경험에 그동안 알고 있던 모든 것을 총동원해 하나하나 넘겼다. 지금 생각해 보면 기적과도 같았다.

잠시 과거에 젖어들어 지하주차장에 있는 차에 짐을 실을 때, 타다닥 하는 구두 소리가 들려왔다. 뭔가 하며 돌아보니 급하게 뛰어오는 민진서였다.

"진서?"

"선생님!"

민진서는 별말도 없었다. 그녀는 달려오자마자 강윤 앞에 서더니 그의 손을 꽉 잡았다.

"선생님, 가지 마세요. 네?"

"그게……."

금방이라도 울 것 같은 표정이 정민아 때와 똑같았다.

민진서로서도 당황스럽긴 마찬가지였다. 해외 촬영으로 주욱 밖에 있었는데 공항에 들어오자마자 강윤이 나간다는 무시무시한 소식을 듣고 달려온 것이다.

"왜요? 무슨 일이 있었던 거예요? 선생님 아무 잘못도 없다면서요? 그런데 왜 나가시려는 거예요? 뭐가 잘못된 건데요? 누구예요? 누가……."

"……하나씩 하자, 하나씩. 일단 진정부터 하고……."

"지금 진정하게 생겼어요!"

평소답지 않게 민진서는 소리까지 빽 질렀다. 강윤이 놀라 뒤로 조금 물러날 정도였다. 민진서의 매니저가 이건 아니다 싶어 말리려고 했지만, 강윤이 괜찮다며 제지했다.

"대충 듣고 왔어요. 가요."

"어딜 가려고?"

"선생님 이렇게 만든 사람들 다 잘라 버리게!"

강윤은 웃음이 나왔다. 진짜로 따지러 쳐들어갈 기세였다. 평소에는 어른스러웠지만 이럴 때의 민진서는 영락없는 10대 소녀였다. 철없어 보이긴 했지만, 강윤은 자신의 편이 있다는 게 고마웠다.

"진서야. 괜찮아. 다 해결됐어. 그리고……."

강윤은 동생 문제로 미국에 간다는 이야기를 차분히 해주었다. 씩씩대던 민진서는 그제야 들썩이던 어깨를 추슬렀다. 거친 숨소리도 조금씩 잦아들었다.

"······그럼, 어쩔 수 없는 거예요?"

"그래. 나도 더 공부해야 앞으로 더 많은 일을 할 거 아니냐. 계속 거기 있는 게 아니라고."

"······."

불타던 민진서의 눈에 기어이 방울이 졌다. 그녀는 강윤의 손을 놓고 돌아섰다.

"진서야."

"······."

강윤은 그녀를 달랬다. 그러나 민진서는 강윤을 손으로 제지하며 마다했다. 그래도 그는 계속 민진서를 달랬다.

"주변 애들이 왜 이렇게 다 울보야."

강윤은 어깨를 으쓱해야 했다.

한참이 지나서야 민진서가 진정되었다. 그녀는 벌게진 눈으로 강윤을 올려다보았다.

"······얼마나 있다가 오실 건가요?"

"1년? 더 길어질 수도 있지만 예정은 그 정도야. 생각하고 있어."

"기네요."

"그래도 나 올 때 즈음엔 진서 너는 대배우가 되어 있겠지?"

강윤의 말에 민진서는 자신 있다는 듯 눈을 빛냈다.

"물론이죠."

"그때는 이렇게 보고 싶어도 못 보겠구나."

"선생님이라면 뭐……."

민진서는 말을 흐렸다. 전혀 그렇지 않다는 제스처였다. 그러나 강윤은 그걸 아는지 모르는지 자리에서 일어났다.

"그럼 미래의 대배우님, 난 이만 갈게. 정리할 게 많아서 말야."

강윤은 차 문을 열었다. 이제는 헤어져야 할 시간이었다.

"선생님……."

"진서야. 그럼 나중에……."

그때, 민진서가 강윤에게 안겨들었다. 강윤은 놀라 그녀를 떼어내려 했지만, 깍지까지 낀 그녀를 쉽게 떼어내기가 힘들었다.

"진서야. 이게 뭐 하는……."

"잠깐만, 잠깐만요."

강윤은 이러지도, 저러지도 못했다. 다행히 누가 있나 주변을 살폈지만 아무도 없었다. 매니저도 어디 갔는지 보이지 않았다.

잠시 후, 민진서가 강윤에게서 벗어났다.

"너 이게 뭐 하는……."

"……나머지는 나중에 할게요……."

"뭐라고?"

"안녕히 가세요."

그리고 민진서는 강윤이 떠나는 걸 보지도 않고 돌아섰다.

강윤은 당혹스러워 민진서를 계속 불렀지만, 그녀는 멈추지
않았다.

"허참. 요즘 애들은 무서워."

강윤은 고개를 도리도리 흔들며 차에 올랐다.

'이상한 애라고 생각하는 건 아니겠지?'

아직도 민진서의 가슴은 두근두근 뛰었다. 원래 이렇게까
지 할 의도는 전혀 없었다. 하지만 그가 떠난다는 사실이 견
딜 수 없었다.

'나중에는 꼭…….'

민진서는 강윤이 떠나는 모습은 보지 못할 것 같았다. 하
지만 후에는 다를 것이다.

사무실로 향하며 민진서는 그렇게 다짐했다.

♭ ♪ ♩ ♪ ♩ ♪♫ ♩ ♪

"오빠! 아직이야?!"

"지금 나가!"

현관 밖에서 희윤이 외치자 강윤은 커다란 여행용 가방을
끌며 밖으로 나섰다.

드디어 오늘, 강윤과 희윤이 미국으로 떠나는 날이었다.

밖에서는 빵빵대는 차 소리가 들려왔다. 강윤은 이현지 사

장의 차에 짐을 싣고 동생과 함께 차에 올랐다.

"저희 때문에 이렇게까지…… 감사합니다."

"이 정도야 별거 아니죠. 앞으로도 계속 같이 일할 텐데."

차가 고속도로에 진입하자 도로는 뻥 뚫렸다. 차에 속력이 붙기 시작하자 희윤이 창밖을 보며 중얼거렸다.

"시골 같아. 저긴 철도야? 우와……."

마치 어린아이처럼 여러 가지에 놀라는 희윤을 보며 강윤은 흐뭇한 미소를 지었다. 그런 그에게 이현지 사장이 물었다.

"얼마나 있을 생각인가요?"

"아직은 잘 모르겠습니다. 최소 1년인데 더 길어질 수도 있을 것 같습니다."

"그래요? 강윤 씨가 귀국할 때면 많은 게 변해 있겠네요."

"그렇겠죠? 거기에 대응하려면 저도 준비를 많이 해와야 겠네요."

"강윤 씨야 워낙 감각이 있는 사람이니 잘할 겁니다. 그래 야 나도 투자하는 가치가 있죠."

이젠 투자라는 게 기정사실이 돼버렸다. 강윤은 어깨를 으 쓱해 버렸다.

그렇게 달리다 보니 어느새 공항에 도착했다. 주차장에 차 를 대고 세 사람은 출국장으로 향했다.

출국 수속을 밟기 전, 이현지 사장이 강윤에게 손을 내밀 었다.

"그동안 감사했습니다."

"저야말로 감사했습니다."

"한국에서 뵙죠. 나중에 볼 때는 사장과 직원이 아닌 파트너인가요?"

강윤은 피식 웃었다. 아직 마음의 결정을 하진 못했다. 그러나 이현지 사장은 진심으로 투자할 생각이 있는 것 같았다. 투자는 받는 쪽이나 하는 쪽이나 신중해야 하는 법. 강윤은 즉답을 피했다.

"그때가 된다면…… 잘 부탁드리겠습니다."

"그래요. 비행기 시간 늦겠네요. 가세요."

강윤은 희윤과 함께 수속을 밟고 출국장 안으로 들어갔다. 이현지 사장은 그들에게 손을 흔들어주었다.

그렇게 남매는 미국으로 출발했다.

이후, 3년이라는 시간이 흘러갔다.

to be continued

REBIRTH
ACE 리버스 에이스

승현 장편소설

프로 선수 16년. 코치 6년.

가늘고 길게 평범하게만 살아왔던
특출한 것 없는 야구 인생이었다.

그때 조금만 더 열심히 할걸.
고등학교 시절로 돌아간다면,
정말 좋은 투수가 될 수 있을 텐데……

**후회하며 잠든 그가 눈을 떴을 때,
그는 과거로 돌아와 있었다.**

불세출의 에이스가 되기 위한
한정훈, 그의 빛나는 인생이 시작된다!

포텐
POTENTIAL

어떤 사물에는 그것을 오랜 기간 사용한
사람의 잠재된 능력이 고스란히 담긴다.
그리고 난 그것을 사용할 수 있다.

천재 디자이너, 죽은 이도 살리는 명의,
감성을 울리는 피아니스트, 바람기 가득한 첩보원.
그 누구라도 될 수 있다. 단, 애장품만 있다면!

달인의 눈으로 세상을 바라보는,
유쾌한 민호의 더 유쾌한 애장품 여행기!!